Diogenes Taschenbuch 23351

Jessica Durlacher

Die Tochter

Roman
*Aus dem Niederländischen
von Hanni Ehlers*

Diogenes

Titel der 2000 bei
De Bezige Bij, Amsterdam,
erschienenen Originalausgabe: ›De Dochter‹
Copyright © 2000 by Jessica Durlacher
Mit freundlicher Genehmigung von
Linda Michaels Limited, International Literary Agents
Alle Rechte vorbehalten
Die deutsche Erstausgabe erschien 2001
im Diogenes Verlag
Der Verlag dankt dem Nederlands
Literair Produktie- en Vertalingenfonds
für die Übersetzungsförderung
Umschlagillustration: Gabriele Münter,
›Sinnende II‹, 1928
Copyright © 2001 ProLitteris,
Zürich

*Für meine Tochter Moon und
meinen Sohn Moos.
Und, nicht zu vergessen,
für Leon.*

Veröffentlicht als Diogenes Taschenbuch, 2003
Alle deutschen Rechte vorbehalten
Copyright © 2001
Diogenes Verlag AG Zürich
www.diogenes.ch
60/03/8/2
ISBN 3 257 23351 5

Erster Teil

I

Von unserer ersten Begegnung ist mir vor allem ihr Blick in Erinnerung geblieben. Dieser ärgerliche Blick, dessen wahre Bedeutung erst so viel später offenbar wurde.

Ich mag zwar nicht der Allerfeinfühligste oder Liebenswürdigste gewesen sein, wenn ich mich so mit meinen damaligen Freunden vergleiche, aber als Rüpel konnte man mich nun auch wieder nicht bezeichnen. Ich vermochte diesen Blick damals einfach nicht recht zu deuten. Neugierig guckte sie, verlegen und zugleich beschützend, als kenne sie mich, als nehme sie etwas bei mir wahr, das mir selbst gar nicht mehr bewußt war. Dadurch fühlte ich mich *ertappt,* ohne daß ich etwas zu verbergen gehabt hätte, und das nahm ich ihr anfangs übel. Später ging mir auf, daß ich das wohl vor allem mir selbst übelgenommen hatte, denn wenn man sich ertappen läßt, und sei es bei ureigenen Gedanken, geschieht das nicht von ungefähr.

Und auch für die übelsten Gedanken ist man letztendlich selbst verantwortlich.

Es war während eines Besuchs von Onkel Benno und Tante Judith, die schon nach wenigen Tagen, kaum von ihrem Jetlag erholt, mit der ganzen Familie ins Anne-Frank-Haus gehen wollten. Als wären die Tränen nicht schon reichlich genug geflossen.

Wir hatten fast zwei Stunden draußen auf dem Bürgersteig im Nieselregen anstehen müssen, inmitten zig unbekümmerter Amerikaner und Deutscher, die dies genau wie Judith für einen notwendigen und logischen Programmpunkt zu halten schienen. Einen gefahrlosen Ausflug, bei dem man sich ohne allzu großen Aufwand Geschichtsbewußtsein aneignete. Absehbar und doch ergreifend: etwas, von dem man daheim erzählen konnte.

Ich konnte mir nur schwer vorstellen, daß es außer meinen Angehörigen noch irgendwen in dem hier wartenden Haufen gab, den wirklich etwas mit der Vergangenheit Anne Franks verband. Das waren doch allesamt nur Touristen, die an einem Ort, an dem Gut und Böse ihre Protagonisten gefunden hatten, auf billige Weise an ein großes Gefühl kommen wollten, dachte ich grimmig. Eine Besichtigung des Anne-Frank-Hauses als interaktive Erfahrung der Tragik der Geschichte. Gespenstergeschichten über entfernte Verwandte, für die meisten nicht mehr als eine ferne Wirklichkeit, komfortables Erinnerungsgut, ein Zugewinn für den Familienbesitz.

Gegen Gefühle sei nicht viel einzuwenden, versuchte ich mir einzureden, zumal wenn es um historische Ereignisse gehe. *Vor allem*, wenn es um historische Ereignisse gehe. Ohne zu fühlen, würden sie nie was lernen, die Dummen, die Gleichgültigen, die anderen.

Es wurde lebhaft geredet, während wir da im Regen Schlange standen, und Judith mokierte sich über ihre Landsleute, die sich beschwerten, daß man beim Anne-Frank-Haus nichts zu essen oder zu trinken bekam. Meine Mutter zog die Schultern hoch und warf mir einen bedrückten, schicksalsergebenen Blick zu. Sie verhielt sich wie ein bloßer Schatten, aber ich kannte meine Mutter. Die feilte jetzt im stillen an ihrem Widerspruch, der sich früher oder später Luft machen würde.

Meine Mutter brauchte immer etwas länger als andere, ehe sie sich darüber im klaren war, was sie dachte und empfand.

2

Einmal drinnen, konnte ich nicht anders als still sein. Die seltsame Alltäglichkeit des Hinterhauses versetzte mich in eine solche Spannung, daß sich meine Gedanken sofort festliefen.

Unwillkürlich sahen wir allesamt aus einem der Fenster, das trotz des Regens – wohl zum Lüften – offenstand. Als wäre dort draußen die Lösung für das Drama zu suchen, als fänden sich dort die Zeugen für das, was hier geschehen war.

Die Amerikaner unterhielten sich gedämpft wie auf einer Beerdigung. Judith hielt endlich den Mund, mein Vater tat, als wäre er gar nicht da. Er stand am Fenster und starrte zu den gegenüberliegenden Häusern hinüber, in die Gärten der Nachbarn, die nicht mehr Annes Nachbarn waren (und es nie gewesen waren).

Als ich mich als erster umdrehte und zu den Fotos von Deanne Durbin und Ray Milland hinüberging, die Anne vor einer Ewigkeit an die Wand geklebt hatte, wurde mir bewußt, daß mich das Haus trotz der vielen stillen Fremden um mich herum und trotz seiner engen Räume verzaubert hatte. Und irgend jemand sah mich an, sah mich sogar schon ziemlich lange an.

Ich tat, als bemerkte ich es nicht, doch als mein Vater sich vom Fenster abwandte und durch den Wohnraum zu dem kleinen Zimmer von Annes Freund Peter van Pels hinüberging, spürte ich den Blick aus noch größerer Nähe.

Ich konzentrierte mich auf das Foto von einer Frau mit einem kleinen Jungen. Ich war schuldig, weil ich so oft *nicht* an meines Vaters Krieg und KZ-Zeit dachte. Weil ich nie in Annes Haus gewollt hatte. Weil ich *keine Lust* dazu gehabt hatte.

Es war ein junges Mädchen. Ich hörte sie neben mir atmen. Ich schneuzte mir geräuschvoll die Nase, den Kopf immer noch so gesenkt, als wäre ich allein, und da sprach sie mich plötzlich an.

»Still hier, nicht? Und das bei so vielen Menschen.«

Ich sah sie an, und in dem Moment sah ich diesen Blick, der mir mißfiel und mich zugleich auf widerliche Weise beruhigte. Vielleicht mißfiel er mir ja, *weil* er mich beruhigte. Unverschämt neugierig, teilnahmsvoll und doch scheu. Bekannt.

Sie hatte runde, braune Augen mit schwarzen Wimpern unter dichten, dunklen Augenbrauen. Den Blick auf die Fotos an der braunen Wand gerichtet, sagte sie: »Sie kommt nie mehr wieder. Das ist doch unvorstellbar, nicht?«

Wieder so eine, die alles *aussprach*, eine Schwätzerin. Warum mußten die Leute Dinge sagen, die man besser nur dachte? Ihretwegen war die Stille weg, aufgehoben, die Stille, die mein Gesicht zum Glühen gebracht hatte, die Stille der nicht aufhebbaren, nicht umkehrbaren Vergangenheit, die

Stille des schuldbeladenen Orts, der nun mal nicht sprechen kann.

Woher nahm sie diese Dreistigkeit? Etwa allein daher, daß sie auch Jüdin war? Geteiltes Familienleid verlieh wohl gewisse Rechte! Ich hätte wild herumtanzen und danach handgreiflich gegen sie werden können vor Wut.

Statt dessen sagte ich so ungerührt wie möglich, daß sie mich störe.

Oder nein, das sagte ich nicht. Wollen wir ehrlich sein. Es ist aber auch schon so lange her. Siebzehn Jahre! Ich brummelte etwas. Ich machte: »Mmm, mm.« Nichts, worauf man stolz sein könnte.

Sie ließ sich davon auch nicht abschrecken. Nervös war sie allerdings schon. Ich sah sie mir an, und sie sich selbst auch, merkte ich. Sie errötete. Aber sie schien fest entschlossen, mit mir ins Gespräch zu kommen. Warum? Was wollte sie von mir?

»Ich arbeite schon seit einem Jahr hier und komme dreimal die Woche, aber jedesmal graust's mir davor«, sagte sie. »Für mich ist das einer der schaurigsten Orte, die ich kenne.«

Sie hatte dickes, langes Haar, schwarzviolett wie Auberginen, und dünne, aber muskulöse Arme. Nervöse Hände und kleine, schmale Finger mit abgekauten Nägeln.

Daß sie nervös war, neurotisch, weckte bei mir Vertrauen und gab mir zugleich eine gewisse Macht. Ich hörte nicht auf, sie anzusehen. Ihr Gesicht, diese Blässe mit dem vielen Schwarz, wirkte so bekannt, daß man geradezu darauf reagieren *mußte,* wohingegen ihr fragender, leicht ängstlicher Blick solcher Offenkundigkeit widersprach.

»Wieso schaurig?« fragte ich.

Das wollte ich wirklich wissen. Schaurig war ein kindliches Wort, geradezu leichtfertig kindlich, unerlaubt eigentlich.

»Na, wenn man bedenkt, daß das hier ein für allemal bleibt, was es war«, sagte sie schrill, aber ohne Hast. »Das geht nie vorüber. Niemals. Es bleibt für immer leer. Das ist so grausam, so tragisch. Nein, ich hab das nicht richtig ausgedrückt. Eigentlich wird dieses Haus Tag für Tag aufs neue geräumt. Tag für Tag werden sie aufs neue verhaftet. Und jeden Tag, jeden Morgen, an dem ich herkomme, finde ich das Hinterhaus wieder leer vor. Sind sie zum wiederholten Mal weg. Eine schauerliche Wiederholung, genau wie in der Hölle.«

Sie zupfte an ihrem Finger herum. Wieso bemühte sie sich so krampfhaft darum, mir ihr Herz auszuschütten, hier und jetzt?

»Alles, was für immer nie mehr ist, finde ich schaurig«, sagte sie und guckte mich an.

Ich sah, daß ihr das Pathos ihrer Worte bewußt war, daß sie jetzt aber keinen Rückzieher mehr machen wollte. Na prima!

»Wieso arbeitest du dann hier?« fragte ich.

»Weil mir was an diesen Gefühlen liegt. Weil diese Gefühle ein *Muß* für mich sind. Tag für Tag. Ohne das geht es nicht.«

»Dann solltest du vielleicht full-time arbeiten«, sagte ich.

Sie blickte ernst zu Boden, lachte dann aber trotz allen Ernstes auf

»Tolle Idee«, sagte sie.

Sie kratzte sich an der Nase. »Und du«, fragte sie, »was machst du?«

»Ich schreibe«, sagte ich – gespielt gleichgültig, damit es sich nicht ganz so angeberisch anhörte. »Aber vorläufig studiere ich noch Literaturwissenschaft.«

»Ich muß das ihnen zuliebe fühlen, meiner Familie zuliebe«, sagte sie. »Verstehst du das?«

Sie sah mich unverwandt an, wieder mit diesem Hundeblick, der mich nun wirklich stark irritierte.

»Verstehst du das?« fragte sie noch einmal.

Ein *Wir-sitzen-in-einem-Boot-Blick*. Ich wollte auf den Tod nicht mit irgendwem in dessen Boot gefunden werden, auch nicht in ihrem, und erwiderte ihren Blick daher möglichst unbeteiligt, ja eher schon feindselig.

»Ich fühle nichts«, sagte ich, »schon gar nicht, wenn es ein Muß ist.«

»Max, kommst du?« ertönte es hinter uns.

Meine Familie stand am Fuß der Treppe, die ins Zimmer von Peter van Pels hinaufführte, und wartete auf mich. Judith machte als einzige ein pikiertes Gesicht.

Das Mädchen sah mich enthusiastisch an.

»Ist das deine Familie?« fragte sie und ging mit mir zu ihnen hinüber.

»Ich heiße Sabine«, sagte sie, wieder mit diesem Augenaufschlag, an den ich mich schon zu gewöhnen begann, der aber jetzt meinem Vater und Judith galt. Ich sah plötzlich, wie ähnlich sich die beiden waren.

Sabine stellte sich allen vor: »Sabine Edelstein«, als wäre sie hier die Gastgeberin. Sogar mir.

»Max«, brummte ich fast tonlos.

»Lipschitz«, sagte mein Vater freundlich. Sie knüpfte wahrhaftig ein Gespräch mit ihm an, mit meinem Vater, fragte ihn, wie das hier für ihn sei.

Ich wagte kaum, mir seine Antwort anzuhören, und tat so, als blickte ich zu Boden, ließ die beiden aber nicht aus den Augen.

»Schwierig«, sagte er zögernd. »Wir, meine Schwester und ich, wissen aus allzu nächster Nähe, wie sich das abgespielt hat.«

Sabine nickte und berührte ihn kurz am Arm.

»Ich auch«, sagte sie. »Ich weiß, was Sie meinen... durch meinen Vater...«

Sie lächelte Judith verlegen an, als habe sie sofort erfaßt, daß sie die Schwester war.

Judith enthielt sich entgegen ihrer Gewohnheit einer Erwiderung. Sie nickte nur zurückhaltend, beinahe als hätte sie Angst. Auch meine Mutter und Lana schwiegen. Und da fing Sabine doch glatt noch an zu erzählen, wofür die Anne-Frank-Stiftung eintrat. Ich traute meinen Ohren nicht.

Als ich mich abwenden und zum Ausgang gehen wollte, spürte ich ein leichtes Streicheln ihrer schmalen Hand auf meinem Regenmantel. Für eine Schrecksekunde stockte mir das Herz, aber ich ignorierte die Hand und fühlte sie dann auch von meinem nassen Mantel gleiten. Mit kurzem Gruß über die Schulter verabschiedete ich mich.

3

Judith war die Zwillingsschwester meines Vaters. Sie hatten gemeinsam das Konzentrationslager überlebt. Mein Vater hatte sie ein paarmal allein in Chicago besucht, war von diesen Abenteuern aber schweigsam zurückgekehrt und hatte nicht viel darüber rauslassen wollen. Sie hatte uns noch nie besucht.

Mein Vater hatte seinerzeit nicht auswandern wollen, weil er fürchtete, daß er, wenn er die Niederlande verließ, die Chance verspielte, noch Bekannte oder Verwandte wiederzufinden. Mein Vater ist schon immer ein Träumer gewesen und einer, der an magisches Denken geglaubt hat, denn er wagte selbst dann nicht wegzugehen, als er überhaupt keinen mehr wiederfand und mit Sicherheit auch keinen mehr wiederfinden würde.

Dabei bot seine Schwester ihm immer wieder Posten in ihrer rapide expandierenden Spielzeugkette an. Die Niederlande entsprächen eher seiner Kragenweite, sagte er immer, und das traf wahrscheinlich auch zu.

Nachdem wir Judith nun endlich kennengelernt hatten, dämmerte uns, daß mein Vater wohl noch andere Gründe gehabt hatte. Aus seinen spärlichen Erzählungen über die Lagerzeit mochte Judith zwar als Lichtgestalt an Stärke und Unbeugsamkeit zutage getreten sein, doch mir war schon nach anderthalb Tagen klar, daß sich mein Vater aus reinem Selbsterhaltungstrieb dazu entschlossen haben mußte, in den Niederlanden zu bleiben und hier sein eigenes Stoffgeschäft aufzubauen.

Für ihn muß es in gewisser Hinsicht ein Segen gewesen

sein, daß Judith die Tatkräftige 1945 gleich Benno den Geschäftsmann kennengelernt hatte und mit ihm weggegangen war – auch wenn das ein großes Gefälle in den jeweiligen Besitzverhältnissen nach sich zog.

In seinen Geschichten hatte mein Vater Judith zu einem Kameraden von Format gemacht, der sie wohl, zumal unter den gegebenen Umständen, auch gewesen war, aber wir waren schon immer ziemlich neugierig gewesen, wohin so viel Kaltblütigkeit und Tatkraft führten, wenn der Betreffende *nicht* im KZ saß. Es zeigte sich jetzt, daß das Gute bei Judith inzwischen recht tief lagerte. Aber überlegen war sie meinem Vater nach wie vor in jeder Hinsicht.

»Ha, Siem«, blaffte sie bei ihrer Ankunft, umarmte meinen Vater einmal kräftig und marschierte ohne weitere Umschweife ins Haus.

Benno, der ihr folgte, lächelte freundlich und verteilte weiche, nasse Küsse, wo immer er konnte. Er hatte früher mal, wie ich von Fotos her wußte, sehr gut ausgesehen mit seinen feinen indonesischen Zügen und den großen Augen, die ihn intelligent und sympathisch wirken ließen. Älter und ziemlich rundlich geworden, hatte er jetzt eher etwas von einer Matrone. Judith ähnelte meinem Vater. Sie war klein und mager und trug das dunkelgraue Haar ganz kurz. Mit ihrer Brille und den großen, schwarzen Ohrringen sah sie aus wie ein kleiner Junge, der sich verkleidet hatte. Nebeneinander wirkten Benno und sie wie Mutter und Sohn.

Judiths Autorität über meinen Vater war noch gar nicht mal das unheimlichste an der so lange hinausgeschobenen Begegnung.

Normalerweise konnte mein Vater ein Beisammensein allein durch seine Gegenwart lohnend machen. Sobald er da war, bekamen die Leute Lust, sich zu unterhalten, füllte sich ein Raum auf angenehme Weise mit Leben. Doch als Judith und er sich wiedersahen, schien es, als löse sich seine Persönlichkeit auf – oder gehe in die Judiths über. In der Diele, wo sie sich begrüßten, schien plötzlich die Temperatur abzusinken, und meine Familie – mein Vater, meine Mutter, meine Schwester Lana und ich – stand den sogleich mehr als bekannten Neuankömmlingen völlig verloren gegenüber. Ein vereinsamter Stamm.

Wir gingen ins Wohnzimmer, das mir, nachdem ich mein ganzes Leben darin herumgegangen hatte, nun mit einem Mal fremd vorkam. Ich hoffte, daß Judith die alten Bilder nicht bemerken würde, die mein Vater vor langer Zeit aus seinem Elternhaus hatte retten können.

Sie ging sofort darauf zu und starrte.

»Verdammt, Simon, wieso hast du mir davon nichts gesagt?«

Ihr Tränenausbruch folgte auf dem Fuße und kam dennoch völlig unerwartet.

Mein Vater antwortete nicht. Mit hängenden Armen wartete er, bis es vorüber sein würde. Dann setzte bei ihm der stille Tränenstrom ein, an den wir uns in jener Woche noch gewöhnen sollten. Anschließend nahm er ihre Hand, und sie tätschelte die seine.

Sie ließen sich nebeneinander auf dem Sofa nieder und waren während der nächsten Stunde beide außerstande, noch irgend etwas zu sagen. Die Einsamkeit, die sie im nahen Miteinander ausstrahlten, hatte etwas Gespenstisches – so hatte ich meinen Vater noch nie gesehen.

Judith zündete sich die erste Zigarette an. Meine Mutter versuchte uns mit dem Auffahren von Kaffee und Kuchen abzulenken, Benno unterhielt sich mit meiner Schwester und mir über den Flug, aber die Stille blieb. Mit einem Mal fehlten allerhand Menschen, die ich nie gekannt hatte.

Und ich hatte immer gedacht, mein Vater sei schwierig, weil er nie über seine Vergangenheit sprach! Judith redete von nichts anderem.

»Siem, was kratzt du dich denn so am Kopf – hast du etwa Läuse?«

Darauf zu uns: »Im Lager kriegte man dann nämlich Typhus!« Ihr hartes, tiefes Raucherlachen dazu. »Aber so was kennt ihr ja nicht, was? Wenn man jeden Tag duschen und sich abschrubben kann, kriegt man das nicht. Aber im KZ duschen – das ließ man besser bleiben. Das war 'n bißchen link.«

Mit ihrem Lachen schien sie uns abschrubben zu wollen.

»Ich wär beinah krepiert wie alle andern, ihr hättet mich damals mal sehen sollen«, brüllte sie. Die Hemmungen, die die Geschichten meines Vaters immer so unerträglich machten, schien Judith nicht zu kennen. Und dann ihr seltsames, altmodisches Niederländisch mit diesem rollenden amerikanischen R.

Typhus war was an der Lunge, wußte ich. Warum rauchte sie so viel? Warum redete sie so laut?

Judith hatte keine Kinder. Auch nie welche gehabt. Das hatte auch was mit dem Lager zu tun.

Aber am allerseltsamsten war, daß die fünfunddreißig Jahre, in denen sich mein Vater und Judith kaum gesehen hatten, Jahre, in denen sich beide die größte Mühe gegeben hatten, ihre Nerven mit Schutzschichten zu versehen und die Vergangenheit nach Möglichkeit mit Arbeit und neuen Familienmitgliedern zu überdecken, daß diese recht erfolgreichen, ja vielleicht sogar glücklichen fünfunddreißig Jahre plötzlich kaum noch zu zählen schienen.

Judith schien fest entschlossen, ja geradezu besessen, ihrem Zwillingsbruder möglichst viele Erinnerungen vorzulegen – als hätte sie auf der Suche nach etwas Speziellem einen ganzen Sack Müll ausgeleert und könnte nun nicht mehr aufhören, darin herumzuwühlen. Alles mußte aus dem Dreck hervorgefischt und genauestens studiert werden. Über ihr Leben in Chicago bekamen wir nichts zu hören, schon gar nicht in den ersten Tagen. Nur immer über den Krieg.

Außerdem versuchte sie mit ihrer wütenden Tatkraft den ganzen Haushalt an sich zu reißen. Meine Mutter wurde während Judiths Besuch wegradiert.

Judith und Benno schliefen im hellen und geräumigen Gästezimmer im Souterrain, das mit allem Komfort ausgestattet war, doch in Ermangelung eines für ihre Garderobe ausreichend großen Kleiderschranks hatte Judith quer durchs Zimmer eine Leine gespannt, an der sie alles aufhängen konnte.

Zu Hause in Chicago wohnten sie meinem Vater zufolge in einer luxuriösen Villa, hier sah ihr Domizil binnen kürzester Zeit wie eine Einzimmer-Mietwohnung im Ostblock aus. Man konnte meinen, Judith habe den amerikanischen Reichtum beim Betreten von Europa mit Freuden abgelegt, um sich ganz ihrer eigentlichen Bestimmung widmen zu können: dem Improvisieren in schwieriger Lage.

Also übernahm nun sie die Wäsche für uns alle – was ich erst mitbekam, als ich sah, daß meine Unterhosen und Oberhemden anders zusammengelegt waren, als ich es von meiner Mutter gewohnt war – und spülte das Geschirr, zweimal, einmal mit Geschirrspülmittel und einmal mit Salz.

»Laß mich das doch machen, Tientje. Das mach ich gern.«

Auch scheuerte sie die Badezimmer, ihres am ersten Tag und unseres ein paar Tage später, unmittelbar bevor unsere Putzfrau kam.

Schon am Ende des ersten Tages hörten Lana und ich lautes Schluchzen aus dem Schlafzimmer meiner Eltern, und uns war klar, daß Judith das Leben meiner Mutter innerhalb dieser wenigen Stunden in seinen Grundfesten erschüttert hatte.

Ich selbst wäre damals am liebsten gleich in mein Dachzimmer in Amsterdam-Zuid zurückgeflüchtet, um mich in meiner Stammkneipe sinnlos zu betrinken. Aber ich wagte die vier nicht miteinander allein zu lassen. Und ich wollte einen klaren Kopf bewahren. In jener ersten Nacht tat ich kein Auge zu, und den Rest der Woche eigentlich auch kaum. Denn so lange, eine ganze Woche, blieb ich bei meinen Eltern, überzeugt, daß ich sie beschützen müsse, Gott weiß wovor. Vor sich selbst?

4

Am Sonntag regnete es, und da hatte Judith den Vorschlag gemacht. Eine Besichtigung des Anne-Frank-Hauses war das einzige, was ihr als möglicher Veranstaltungspunkt in den Sinn kam. Wenn man in den Niederlanden war, ging man ins Anne-Frank-Haus, fand Judith, die trotz allem auch eine richtige Amerikanerin geworden war. Sie hielt das für lehrreich.

»Simon Lipschitz, wieso hast du diese Kinder nicht besser aufgeklärt? Sie wissen rein gar nichts!«

Mein Vater schwieg nur, weinte, nickte.

Es schien unmöglich, ihn zu beschützen, denn er sah Lana und mich nicht mal. Als hätte es uns nie gegeben.

Judith sah uns um so deutlicher. Waren wir ihr Publikum? Sie erzählte Geschichten, unaufhörlich. Wie eine Mutter, die ihrem Kind geduldig die Worte für das vorsagt, was sie gemeinsam erlebt haben. »Und was sahen wir da? Schubkarren... nicht, Siem?«

Das Lager. Das Lager in allen Einzelheiten. Der Hunger. »Hunger war eigentlich nicht das richtige Wort, nicht, Siem? Eher Schmerzen, die nur durch Essen zu beheben waren.«

Mein Vater nickte nur, und ich mußte unwillkürlich an seine ewige Nervosität, ja seinen Ingrimm denken, wenn etwas zu essen in Sicht war.

Auch daran, welche Mangelware vernünftige Schuhe gewesen waren, erinnerte Judith. Und an die Krematorien. Die unzähligen Male, da Abschied genommen werden mußte. Die unzähligen Male, da kein Abschied genommen werden konnte.

Wenn es mal still wurde, dann wegen der Tränen, die zu fließen hatten. Für mich hatten sie was von einem Defekt, einem Leck. Ohne daß ich es wollte, wurde ich aber auch davon angesogen, faszinierten mich die Informationen und die Tränen, auf die ich unbewußt schon so lange gewartet hatte.

Andererseits ging mir auch bald auf, daß mein Vater uns diese Geschichten nicht umsonst all die Jahre vorenthalten hatte. Sie waren so unfaßbar, daß bei mir gleich die Alarmglocken schrillten und die Verdrängung einsetzte, als sei sie mir zur zweiten Natur geworden. Bloß den Deckel drauf auf diese Jauchegrube, diese Quelle des Entsetzens.

Was ich besser nicht mitbekommen hätte, ging mir leider erst auf, nachdem Judith meinem Vater in Erinnerung gerufen hatte, wie sie ihre Mutter für immer hatten weggehen sehen, in ein anderes Lager. Es war, als kollabiere er, mein Vater, sein Weinen glich Erbrechen.

Sein Weinen erschütterte mich seltsamerweise vor allem, weil es so unbeherrscht war. Einen Moment lang haßte ich Judith dafür. Obwohl ich mir doch so sehr eingeschärft hatte, daß man niemanden seiner Stärke wegen hassen durfte, genausowenig wie man jemanden seines elenden Schicksals wegen lieben durfte.

Dennoch war ich mir bewußt, daß es kein Sadismus von Judith war. Wahrscheinlich konnte sie nur fühlen, was sie aussprach. Das mußten wir ihr zugestehen. Und ich glaubte auch nicht mal, daß es für meinen Vater so schlecht war.

Unheil bedeuteten die Sitzungen auf dem Sofa aber schon – für mich und für Lana.

Die Schluchzer meines Vaters waren derart laut, daß ich den Eindruck gewann, mein ganzes Leben, mein ganzes bereits dreiundzwanzig Jahre dauerndes Leben habe nur in irgendeinem Hinterstübchen seiner Seele stattgefunden. Oder womöglich überhaupt nicht. Wie konnte es sein, daß es mich gab, daß es Lana und mich gab, wenn das hier unser Vater war?

Wo war er, wer war er?

Und wer war ich?

5

Am vierten Tag des Besuchs war es, glaube ich, als Benno eine Bemerkung machte, die uns plötzlich klarwerden ließ, daß Judith etwas hatte. Er sagte so was wie »das letzte Mal« oder »hat keinen Sinn, sich darüber noch zu streiten, wo Judith jetzt...«

Lana und ich sahen uns an und begriffen beide gleichzeitig: Mein Vater hatte wahrscheinlich längst davon gewußt.

Das erklärte die eigenartige Intensität der ganzen Tage und bestärkte mich in dem Vorsatz, meinem Vater möglichst nicht von der Seite zu weichen.

Er mimte zwar gern den Fidelen und Patenten, doch Tobsucht und Panik lagen stets auf der Lauer. Das äußerte sich dann meistens in bitteren, blinden Verwünschungen, wenn ihm mal ein Mißgeschick widerfuhr. Es war, als hebe sich ein Vorhang und ein Fremder trete auf. Schon der kleinste Anlaß genügte. Hartnäckige Übel wie die Studiengebühren, die man aufzubringen hatte, oder unser spätes Nachhausekommen von Feten, das ihn in Angst und Schrecken versetzte, nötigten ihn zu immer wiederkehrenden Vorwürfen: Wie wir es wagen könnten, ihn so zu beunruhigen. Oder: Was wir uns denn einbildeten, wir hätten auf nichts, aber auch rein gar nichts Anspruch.

Wenn wir dann genervt und gedankenlos vorbrachten, was wir sehr wohl für berechtigte Ansprüche hielten, reagierte er in der Regel beleidigt.

»Trampelt nur wieder alle auf mir herum. Nur zu! Ich mach's ja doch nie jemandem recht!« Oder noch schlimmer: »Die Juden sind ja sowieso an allem schuld.« Letzteres war besonders ärgerlich, weil es so unsinnig war. Denn was waren *wir* denn?

Zwar hatte das Ganze nie gravierendere Folgen als eine lange, tränenreiche Versöhnung, aber wir haben dennoch alle drei nie die Angst vor einem Zusammenbruch oder gar einem tödlichen Ausgang abgelegt, obwohl mein Vater inzwischen erheblich milder und ruhiger geworden ist. Wir sind uns nun mal bewußt, daß seine Wut und sein Schmerz von der heutigen Welt um ihn herum losgelöst zu sein scheinen, und vor allem meine Mutter tut daher seit Menschengedenken ihr möglichstes, um alles, was ihn erzürnen könnte, vorsorglich aus dem Weg zu räumen.

Schon als kleiner Junge erfaßte ich instinktiv, daß es half, wenn ich ihn verstand oder zumindest so tat, als ob. Ich wußte, daß er, wenn ich es nicht tat, zusammenbrechen oder daß irgend etwas explodieren würde. Womöglich sogar ich selbst.

Und komischerweise verstand ich ihn meist auch tatsächlich. Ich konnte nachempfinden, daß es ihm physische Schmerzen bereiten mußte, für etwas so Triviales wie die Kleidung oder das Studium seiner Kinder Geld auszugeben. Schließlich hatten wir sämtliche Freiheiten, die Welt zu erkunden, und machten nicht mal von all unseren Zukunftschancen Gebrauch.

Daß ich so viel Zukunft und solche Möglichkeiten hatte, hat mir, glaube ich, immer ziemlich im Magen gelegen. Und ich glaube auch, daß ich aus Solidarität sehr lange möglichst wenig Freude an allem hatte.

6

In der Nähe waren Lana und ich während jener Tage zwar schon, doch wir gingen meinem Vater wohlweislich möglichst aus dem Weg. Er redete auch kaum mit uns. Nur sah er uns manchmal mit einem betrübten, beinahe entschuldigenden Blick an, als wollte er uns um Verzeihung bitten. Weil er auch nichts dafür konnte. Als wenn uns das nicht klar gewesen wäre.

Erst am letzten Tag von Judiths und Bennos Besuch erzählte mein Vater es uns, morgens nach dem Frühstück, als die beiden noch im Souterrain zugange waren. Er tat es hastig und nachlässig, als könnte er es damit weniger schlimm machen und weniger wahr.

»Sie will nicht, daß darüber geredet wird«, sagte er. »Sprecht es also bitte nicht an. Aber ich fand, daß ihr es wissen solltet.«

Wir nickten. Ich wollte noch fragen, was sie denn habe und wieviel Zeit ihr noch zum Leben bleibe, aber da hörte ich schon ihre harte Stimme auf der Treppe nach oben und schwieg.

Alle schwiegen, als Benno und sie oben waren. Und daraus schloß Judith sofort, daß über sie gesprochen worden war.

»Oh«, sagte sie, faßte mit einer Hand die Tischkante und wedelte mit der anderen so ein bißchen in der Luft herum, als dirigiere sie. Sie hatte ihre schwarz eingefaßte Brille nicht auf, und zum erstenmal konnte ich ihre riesigen, tiefliegenden, dunklen Augen richtig sehen – unerschrocken und zugleich verletzlicher als mit Brille. Sie lächelte mit dem gleichen traurigen und entschuldigenden Ausdruck wie mein Vater, aber begleitet von einem Auflachen, das es erträglicher machte. Ich hatte schon zu glauben begonnen, sie wäre wirklich ein lästiger kleiner Junge, aber nun, da ich ihre Augen ohne Brille gesehen hatte, wurde mir wieder bewußt, daß sie eine Frau und die Schwester meines Vaters war. Außerdem war ihr Haar nicht glattgekämmt wie sonst, sondern stand zu allen Seiten ab – ein seltsam drolliger Anblick.

»Ja, ich sterbe«, bellte sie. »Ein bißchen später zwar, als Adolf geplant hatte, aber früher, als wenn es ihn nicht gegeben hätte. So kriegt er am Ende doch noch, was er wollte, der *motherfucker*.« Und sie atmete langsam aus, als sei sie erleichtert über ihre Mitteilung und könne sich nun endlich auf das ihr bevorstehende Abenteuer freuen.

Obwohl ich sie zu dem Zeitpunkt erst sieben Tage kannte, hatte ich inzwischen begriffen, daß mir ihre Brutalität guttat. Daß ich eine solche Kraft in meiner Familie genoß. Und so fehlte sie mir schon, meine Tante, während sie noch dort am Frühstückstisch stand und schwadronierte. Komischerweise hatte gerade sie das Bild einer fröhlicheren Zukunft für unsere Familie geweckt, und es war ein abscheulicher Gedanke, daß ihr Tod das vereiteln würde. Es schien, als gehörte diese Woche nun schon der Vergangenheit an und ich blickte aus ferner Zukunft darauf zurück.

Am Ende bewahrte ich das im Gedächtnis, was ich jetzt aufschreibe.

Und daß ich an jenem Tag Sabine anrief.

7

Ein Stein war ich damals. Wenn ich mich mal bei einem Gefühl ertappte, wurde ich nervös – und insgeheim zugleich euphorisch.

Judiths ruppiges Auftreten und ihr nahender Abschied hatten mich jedoch aufgeschlossener gemacht. Auf einmal waren Sabines Neugierde und Vertraulichkeit im Anne-Frank-Haus vergessen, und ich sah nur noch ihre Augen, ihre abgekauten Fingernägel, ihre langen Beine vor mir, hörte ihre helle Stimme, die so schamlos die schlimmsten Dinge sagte. Welche sie wohlgemerkt auch sagen durfte, als Anne-Frank-Vertreterin, als jüdisches Mädchen, als *Eingeweihte*.

Im eigentlichen Moment war mir ihre Gegenwart zuviel gewesen, jetzt aber, am Tag vor Judiths Abreise, wenige Tage nach unserer Begegnung, hatte sie für mich plötzlich etwas Anziehendes und Bekanntes gewonnen. Etwas, das mich sentimental machte und – dessen war ich mir nur allzu bewußt – *erregte*.

Ich war mir sicher, daß ich sie anrufen konnte und sie das verstehen und zu schätzen wissen würde. Es war, als unterzöge ich mich selbst einem Experiment. Ich wollte anrufen, ohne genau zu wissen, warum und wozu. Eine gefühlsmäßige Eingebung, aber auch Angewidertsein und Wut steckten dahinter – Verliebtheit ganz sicher nicht.

Heute, siebzehn Jahre später, fällt es mir schwer nachzuempfinden, wie ich mich damals verhalten habe. Wie salopp ich war. Als schwömme ich in Möglichkeiten, Chancen, Reichtum. Als absolvierte ich eine unverbindliche Probezeit, in der ich fürs richtige Leben, das erst danach kommen würde, üben könnte.

Aber wie hätte ich auch wissen können, daß meine damaligen Erfahrungen, mit denen ich so achtlos und verschwenderisch umging und die ich ohne allzuviel Nachdenken oder Vorbereitungen oder Skrupel sammelte, den Beginn von etwas darstellen würden, an dem ich noch viele Jahre zu knabbern hatte? Oder hatten sie, gerade weil ich sie beinahe unbewußt gelebt habe, eine so nachhaltige Wirkung? Weil es solche Gedankenlosigkeit danach nie mehr geben sollte?

Alles, was danach kam, das heißt nach Sabines Verschwinden, könnte man als Versuch der Wiederholung jener experimentellen Jahre auffassen, forciert, überbewußt.

Ich hätte respektvoller mit jener Zeit umgehen müssen, das ist mir heute klar.

8

Wie es sich für ein hintergründiges junges Mädchen gehörte, stand Sabine nicht im Telefonbuch.

Und das Anne-Frank-Haus wollte ihre Nummer nicht herausrücken. (Aber ich bin auch ein bißchen jüdisch! Ich hab sie bei euch kennengelernt! Mein Vater war im KZ!! Ich *will* doch gar nichts von ihr. *Sie* hat *mich* angequatscht!)

Die paßten gut auf. Wahrscheinlich wimmelte es dort von *loonies.*

Doch am darauffolgenden Tag war sie im Haus, und nun stellte man mich aus unerfindlichen Gründen doch zu ihr durch.

»Sabine? Ha, hier Max. Wir haben uns bei Anne Frank getroffen.« Schwachsinn. Als wäre Anne eine gemeinsame Freundin.

»Max? Bist du das, Max? Deine Stimme klingt so komisch.«

Wieso sagte sie das? Ihre Stimme klang überhaupt nicht komisch, wenn auch weit weniger bekannt als anfangs. Ich fragte mich, ob ich nicht mehr ganz dicht war, sie einfach anzurufen.

»Weißt du noch, wer ich bin?«

»Mein Gott, Max, klar weiß ich das.« Dann trat eine kurze Stille ein. »Welcher Max? Ach, Max! Der Typ, der mit seiner Familie hier war! Natürlich! Max! Ja, ich erinnere mich. Max Lipschitz? So hast du doch geheißen, nicht? Willst du das Hinterhaus noch mal sehen, wenn's nicht so voll ist?«

»Nein, danke.«

Was wollte ich?

9

An dem Abend, als Tante Judith im Flugzeug saß und im Anschluß an diese Woche wahrscheinlich zum erstenmal um ihren Bruder weinen konnte, der sie nun nicht mehr brauchte, aßen Sabine und ich in Sabines winziger Studentenbude koscheres *Nasi Rames*. Dazu tranken wir zwei Flaschen Wein, und ich gab am Ende des Abends vor, zu betrunken zu sein, um noch nach Hause gehen zu können. Ich versuchte nicht an meine Eltern oder Tante Judith zu denken, die sich am Nachmittag brüsk und ohne viele Worte von uns verabschiedet hatte. Ich versuchte das Bild von den zuckenden Schultern meines Vaters zu vertreiben, der sein Gesicht hinter der gespreizten Hand verborgen hatte, und ich ließ auch keinen Gedanken an den bangen Blick meiner Mutter zu.

Es entsprach der Wahrheit, daß ich betrunken war.

Sabine erschrak, als ich plötzlich in voller Montur in ihr Bett stieg, protestierte aber nicht. Sie kicherte nur verwirrt und sagte: »Aber Großmutter, was hast du für große Ohren?«

Sie blickte auf mich herab, die Hände in die Hüften gestemmt, als habe sie eine Entscheidung zu treffen. Dann sagte sie: »Max, ich habe einen Freund. Er heißt auch Max.«

»Das ist ja praktisch«, sagte ich, »da kannst du dich nicht verplappern. Wo ist er denn jetzt?«

»Er weiß nicht, daß du zum Essen bei mir warst. Er ist bei seinen Eltern in Maastricht.«

»Das ist weniger praktisch – für ihn«, sagte ich. »Liebst du ihn?«

»Doch, schon. Er liebt mich, und er ist unheimlich lieb. Aber er ist katholisch.«

»Liebst du ihn?«

»Nicht so richtig, glaub ich ...« Sie zögerte. »Nicht voll und ganz. Weil er mich nicht versteht. Er findet mich, glaube ich, exotisch, wegen meines Hintergrunds. Ich kenn ihn schon so lange... manchmal vergeß ich ihn einfach.«

Sie ließ sich rücklings neben mich fallen. Einen Moment lang lag sie still da, dann stützte sie sich auf einen Ellenbogen, so daß ihr Gesicht über dem meinen hing. Wieder kicherte sie.

»Aber Großmutter, du hast ja wirklich eine furchtbar große Nase!«

Sie war mir jetzt so nah, daß ich sah, wie groß ihre Augen waren und wie weich und kindlich ihr Gesicht trotz der bösen schwarzen Augenbrauen war.

»Ich finde es so beruhigend, daß ich weiß, aus was für einer Familie du stammst«, sagte sie. »Da fühle ich mich nicht schuldig. Da weiß ich ganz einfach, wer du bist.«

»Aha. Das jüdische Element. Hast du mich deswegen angequatscht?« fragte ich mißtrauisch.

»Nein.«

»Wieso dann? Raus damit. Du bist doch hoffentlich nicht auf der Suche nach deiner Identität oder so?«

Sie sah mich unverwandt an, ohne sich zu rühren.

»Natürlich bin ich das«, sagte sie kühl. »Und das ist auch angebracht, ich bin schließlich einundzwanzig. Ich hab dich gesehen und sofort gewußt, wer du bist, zufrieden?«

Das verschlug mir für einen Moment die Sprache.

»Könntest du jetzt bitte still damit sein«, sagte ich und war froh, daß das relativ normal rauskam. »Sonst muß ich handgreiflich werden.«

Es war mir beinahe ernst damit, aber das konnte sie nicht wissen. Aufstehen und gehen war nicht mehr drin. Dazu war ich zu lasch. Mein Körper fühlte sich total wohl.

Sie legte sich still wieder neben mich und schloß die Augen. »Okay«, sagte sie und zog sich im Liegen aus.

»Eigentlich steh ich nicht so drauf«, sagte sie obenhin.

»Auf was?« fragte ich verdutzt.

»Na, geil rumzubumsen und so.«

Ich verschluckte mich. Sie grinste, aber ich sah, daß sie Mühe hatte, ein unbeteiligtes Gesicht aufzusetzen.

Unser beider Blick ging kurz von ihrem weichen, weißen Bäuchlein zwischen den sich nicht sonderlich deutlich abzeichnenden Hüftknochen über einen rötlichen Haarbusch hinweg zu ihren Füßen, die sie, die Knöchel aneinander, im rechten Winkel zum Körper aufgerichtet hatte – als führte sie im Liegen einen clownesken Ballettschritt aus.

Überrascht war ich nicht, aber es rührte mich. Ich hatte sie bis dahin so kopflastig gefunden, als wäre ihr Körper nur eine zufällige Hülle für ihre ständigen Gedanken.

»He«, sagte ich, während ich meine Hand sachte von ihren vorstehenden Schlüsselbeinen über ihre Brüste wandern ließ, von links nach rechts und wieder zurück, und danach kurz den Finger in ihren Nabel bohrte, einen kleinen, tiefen Nabel in einem entspannten, untrainierten, unschuldigen Bäuchlein, und das alles so weiß, so weiß. »He, nix mit geil rumbumsen heute?«

Ihre Schultern zuckten leise, aber sie tat keinen Mucks. Die Härchen von ihrem Busch stellten sich auf, als ich die flache Hand darüber schweben ließ. Ein kurzer Schauer durchlief sie.

»Brrr und igitt?«

»Ja«, flüsterte sie, »aber nicht, wenn ich nichts davon weiß.«

Achtlos drückte sie meine Hand runter, bis die Härchen geplättet waren. Sie ließ ihre Hand kurz auf der meinen liegen und drückte sie einmal fest, als wünschte sie mir Erfolg.

»Das meine ich«, murmelte sie und seufzte mit geschlossenen Augen.

Sie hat mir in jener Nacht übers Haar gestrichelt, als ich mich schlafend stellte. Und danach schlief ich zum erstenmal in jener Woche tatsächlich ein – aber das habe ich ihr morgens nicht erzählt.

10

Wir hatten ein eigenartiges kleines Verhältnis, zumal am Anfang. Bis was Richtiges daraus wurde, vergingen sieben Monate, und als es was Richtiges geworden war, hielt es noch fast ein Jahr. Bis sie verschwand.

Anfangs sahen wir einander nicht oft, so als würde mit dem Eintreten jeder Selbstverständlichkeit und Regelmäßigkeit ein unerträglich ernstes Versprechen abgelegt. (Meine größte Furcht.)

Nur zum Teil hatte es etwas mit dem anderen Max zu tun. Ehrlich gesagt, ignorierte ich dessen Vorhandensein schlicht und ergreifend. Der Form halber äußerte ich mich zwar hin und wieder besorgt über sein Wohlergehen – wobei ich mir nicht mal bewußt war, was das für eine gerissene Methode war, mir ein Bild von Sabines Loyalität zu verschaffen –, aber im Grunde orientierte ich mich nur nach Sabines Launen. Und da sie unter ihrem Dilemma nicht sonderlich zu leiden schien, stand für mich schon bald fest, daß der andere Max offenbar keine große Rolle spielte.

Sie rief oft an. Aber so besessen, wie sie Anekdoten erzählte und mich pausenlos nach meiner Meinung zu allen möglichen Themen fragte, brauchte sie sich nicht zu wundern, daß ich zurückhaltend blieb und meine Unabhängigkeit wahrte. Sabine war mir einfach zu nervös. Da hielt ich sicherheitshalber mit meinem Enthusiasmus hinter dem Berg und hütete mich, ihr zu zeigen, daß ich sie begehrte, oder ihr auch nur ein wenig entgegenzukommen.

Für wen hielt sie mich eigentlich?

Wenn *ich* anrief, hatte ich immer ein gut untermauertes Vorhaben. Kino, gemeinsames Essen, Theater. Ein konkretes Ziel. Öfter als etwa einmal in drei Wochen packte ich das nicht.

Der andere Max diente nur als Ausrede.

Es hatte was mit der Intensität zu tun, mit der sie mir begegnete. Auf die mußte ich mich vorbereiten, von der mußte ich mich wieder erholen, und das brauchte seine Zeit. Ungefähr zwanzig Tage kostete es mich offenbar, die entsprechenden Regungen und die nötige Sentimentalität aufzubauen, um Sabine wirklich sehen zu wollen. Um dem gewachsen zu sein.

Sie war mir zu offenherzig und zu neugierig und nahm alles viel zu ernst. Über ihren Job im Anne-Frank-Haus redete sie, als handelte es sich um eine Mission. »Das Haus« hieß es immer nur. Alles, was sie dort erlebte, diente ihr als Aufhänger für eine Geschichte über ihren oder Fragen zu meinem Vater. Ich bemühte mich nach Kräften, sie zu bremsen, ihren Fragen auszuweichen, unsere Gespräche ungezwungen zu gestalten. Ich wollte nicht so viel über sie wissen wie sie über mich.

Wir seien *Freunde,* sagte sie immer. Und das mit so ungeniertem Ernst, daß mir ganz mulmig wurde. Ich empfand ihre Aufmerksamkeit und ihr Getue als Bedrohung für meine Leichtlebigkeit.

Trotzdem rief ich sie weiterhin an. Ich hatte irgendwie das Gefühl, daß sie zu mir gehörte. Hinter all ihrem Ernst, ihrer Beschäftigung mit Gut und Böse und ihrem Interesse für ihren und meinen Vater, die ich so zwanghaft fand, verbarg sie nämlich ein Meer von Ungezügeltheit. Sie konnte freiheraus lachen, explosionsartig und so ansteckend, daß jeder Ernst sofort verflog, fast wie ein kleines Kind. Selbstironie: ein Meer von Selbstironie, die mir bestens bekannt war. Kindliche Albernheiten. Sie verulkte mich, neckte mich und mokierte sich über mich. Ich zog sie gern auf, und sie ließ sich gern aufziehen. Nicht der Ernst machte uns zu Freunden, sondern das unbändige Lachen.

Ihr Ernst machte mich spitzfindig und ihr Pathos nüchtern und hart – unser Lachen hob das alles wieder auf.

11

Verrat. Das war mein Leib- und Magenwort. Er drohte überall. Im Gerede lag das Übel. Zuviel Gerede, und man versank, wurde zum offenen Buch, zum offenen Haus, in das jeder hineinspazierte, löste sich in der Allgemeinheit auf. Ich hegte lieber meine Geheimnisse und meine vermeintlichen Traumata und hielt den Mund.

Sabine sprach alles aus. Und angesichts dieser übermäßigen Verbalisierung befand ich mich in ihrer Gegenwart auf derart unsicherem Parkett, daß ich darüber ganz meine eigentlichen Ängste vergaß. So lehrte Sabine mich *Arglosigkeit*, und die machte mich – wenn auch widerstrebend – klüger.

Wenn ich schlecht drauf war, wurde ich zynisch. Für Geborgenheit konnte man sich doch nichts kaufen. Von Solidarität konnte ich nicht leben. Trost in der Zusammengehörigkeit zu suchen, nein, nichts für mich. Ich verachtete Trost. Ich pflegte meinen Stolz. Sie nicht. Sie redete einfach.

»Papa ist ein Held, weißt du?« sagte sie. »Er hat das KZ überlebt, Menschen gerettet. Das weiß ich von Mama. Er selbst kann nur darüber schweigen. Krieg? Da wird er ganz stumm. Wenn ich ihn danach frage, ist es immer Mama, die antwortet. Mama flüstert darüber. Er selbst hat viel zuviel mitgemacht.«

Ich mußte an mich halten. Ha! Und ich erst! Aber da galt Schweigepflicht. Mit KZ-Leid durfte man nicht auftrumpfen. Lieber schweigen, als in den Verdacht geraten, man wäre womöglich stolz auf das Elend.

»Manchmal macht es mir zu schaffen, daß ich wahrscheinlich nie dahinterkommen werde, ob ich auch so ein Held sein könnte wie er.«

Ich schüttelte sie durch ein Achselzucken ab, gelähmt von ... ja, was? Wut? Scham? Eitelkeit? Gott weiß was. Nichts kam mir so irrelevant vor wie Heldentum. Woher sollte man wissen, ob ihr Vater tatsächlich ein Held gewesen war? Womöglich so einer wie mein Vater? Wie Tante

Judith? Was spielte das für eine Rolle? Sollte ich mich jetzt etwa an einem aberwitzigen Wettstreit um *Ehre* beteiligen?

Im konservierten Zustand war die Vergangenheit erheblich ruhiger, zumal da ich so wenig darüber wußte. Diese ganze Materie lähmte mich, schürte aber doch auch Wut in mir. Und mir war inzwischen klar, daß ich nicht die geringste Ahnung hatte, was ich sagen sollte, wenn mein Vater doch mal etwas preisgab.

12

Sabine brannte ihre große Geschichte auf den Nägeln. Ich sah es ihr an, aber ich wollte das nicht, ignorierte es.

Doch eines Abends, als wir in einem italienischen Restaurant essen waren – das übrigens in der Zwischenzeit zugemacht hat –, saßen wir einander so frontal gegenüber, daß ich sie wohl oder übel lassen mußte.

Schon beim ersten Schluck Wein geriet sie in einen Rausch. Ich sah ihr an, daß sie schwelgte – endlich konnte sie erzählen, hier und jetzt und mir. Gut, sollte sie, dieses eine Mal. Ich war bis zu den Zähnen bewaffnet mit meiner eigenen, na ja, meiner geliehenen Geschichte. Der Vergangenheit meiner Familie.

Es habe mal ein junges Mädchen namens Lisa gegeben, erzählte sie. Lisa Stern.

Lisa Stern sei im gleichen Haus untergetaucht gewesen wie ihr Vater und dessen Eltern. Bei der Familie van Vliet in Friesland.

»Stell dir vor«, sagte sie, »das weiß ich von meiner Mutter.«

»Ist sie...? Nein, sie kann nicht deine Mutter sein...«, sagte ich verwirrt, weil meine Fragelust wieder mal mit mir durchgegangen war, und das noch dazu unbedacht. Sabine schüttelte den Kopf.

»Nein, Lisa war seine Freundin. Seine große Liebe.« Flüsternd.

Wie bequem, diese Romantik toter Vergangenheit! höhnte ich im stillen. Warum war ich nur so verbiestert?

Sabine schien es nicht zu bemerken.

»Mein Vater freundete sich mit Minne, dem Sohn der Familie van Vliet an, als sie '42 zu ihnen kamen. Minne war so alt wie mein Vater und ging noch zur Schule, und er nahm möglichst viel von seinen Schularbeiten mit nach Hause, damit er meinem Vater ein bißchen was zeigen konnte. Meine Mutter sagt, daß er ein hübscher Junge war, aber nicht so klug wie mein Vater. So tauschten sie sehr bald die Rollen, und es war mein Vater, der Minne Nachhilfe gab.

Nach etwa drei Monaten zog Lisa ein. Auf dem ohnehin schon engen Dachboden mußte noch dichter zusammengerückt werden. Und es kam eine weitere Schülerin hinzu. Lisa war ein Jahr älter, hatte aber schon früher untertauchen müssen und freute sich riesig, mal wieder was lernen zu können. Jetzt lernten sie also zu dritt. Anfangs lief es so weiter wie bisher, und mein Vater gab Minne und Lisa Anleitungen. Aber nach zwei Monaten hatte Minne genug davon und sagte meinem Vater, *er* werde von nun an Lisa helfen, die längst nicht so weit war wie die beiden. Und er selbst brauche keine Hilfe mehr.

Das sorgte wohl erst mal nicht für Komplikationen, denn mein Vater war nur froh, die Zeit dazu nutzen zu können, selbst wieder ein bißchen voranzukommen. Anfangs hatten Lisa und er sowieso dauernd Streit, wenn sie tagsüber zu zweit waren. Gerade weil sie sowenig Raum hatten, machte Lisa ständig Zicken. Und weil mein Vater immer nur las. Er las alles, was im Haus zu finden war, vor allem über das Mittelalter, zu dem Minnes Vater einiges gesammelt hatte.

Nach einer Weile bemerkte mein Vater aber, daß Minne ihm Schulbücher vorzuenthalten versuchte, wohl damit er ins Hintertreffen geriet. Und da gingen die Probleme los. Natürlich erkundigte sich mein Vater nach den Büchern, aber Minne wirklich auf die Sache anzusprechen, wagte er nicht. Ihm war klar, daß das ein Winkelzug Minnes war, um Lisa für sich allein zu haben.

Lisa sah, wie sehr mein Vater unter Minnes Macht litt. Und sie beschloß ihm zu helfen. Denn sie bewunderte ihn, so sehr sie seine ostentative Unabhängigkeit auf dem winzigen Raum auch manchmal ärgerte. Sie redete mit Minne und las an dessen Unnachgiebigkeit ab, daß er ganz einfach Angst hatte, sie an meinen Vater zu verlieren.

Lisa war zu dem Zeitpunkt schon in meinen Vater verliebt und machte die Schularbeiten einfach ein zweites Mal mit ihm zusammen, wenn Minne in der Schule oder bei seinen Eltern war. Sie begann ihm Gedichte zu schreiben. Und mein introvertierter Vater schmolz dahin – so hab ich's jedenfalls immer verstanden. Sie wurden Freunde und nach einer Weile wohl auch mehr als das, und das bekam Minne mit. Ich glaub, er hat sie auch einmal erwischt, in einem Schrank, schätz ich, denn das war eigentlich die einzige

Möglichkeit, sich von den Eltern abzusondern. Oder auf dem Klo, ich weiß nicht genau. Tatsache ist, daß Minne sie fand, als sie sich in den Armen lagen, und da muß er sich so erbärmlich gefühlt haben und so wütend geworden sein, daß er sich dafür gerächt hat.«

Ich räusperte mich, um etwas zu fragen, aber Sabine redete einfach weiter.

»Ja, Lisa wurde abgeholt, genau wie mein Vater. Sie wurden allesamt verraten, eine Woche nachdem Minne sie in dem Schrank gefunden hatte. Von Minne, anders kann es gar nicht sein. Wahrscheinlich hat er es irgendwelchen Lehrern in der Schule erzählt, die mit den Deutschen unter einer Decke steckten.«

Ich schwieg.

»Mensch, stell dir mal vor, wie ohnmächtig und eifersüchtig man sein muß, um zu glauben, man könne sich nur so rächen.«

Sabines Augen flackerten, die Stille schien sie nervös zu machen, beinahe böse.

»Daß der Gedanke allein ihm nicht genügt hat oder er von mir aus seine Eltern überredet hätte, sie irgendwo anders unterzubringen. Nein, er mußte sie auf Teufel komm raus verraten. Wie kann man nur so eifersüchtig sein, daß man zum Verräter wird, das ist doch unglaublich! Daß man nur auf das Klingeln an der Tür wartet. Das war doch glatter Mord – auf Raten in diesem Fall, weil der Transport das Ganze noch hinausgezögert hat. Es heißt doch immer: In der Liebe und im Krieg ist alles erlaubt. Hier war zwar beides im Spiel, Liebe und Krieg, aber so was kann doch nie und nimmer erlaubt sein?!«

Sie schrie schon fast, als sei sie wütend auf mich. Vielleicht war sie das ja auch.

Ich hielt den Kopf gesenkt. Ich schämte mich, wagte nicht wie sie zu urteilen.

Sie fuhr fort: »Ich sehe immer einen Rücken vor mir, wenn ich daran denke, wenn ich mir meinen Vater ausmale, so einen wehrlosen, kräftigen Jungenrücken in verschwitztem T-Shirt, so einen Rücken zum Gernhaben, den jeder, der Böses im Sinn hat, ohne weiteres anspringen kann, weil er keine Augen hat und unbewaffnet und schutzlos ist. Rücken bringen mich immer zum Weinen.«

Auf ihre eine Gesichtshälfte fiel gerade etwas Licht von der untergehenden Sonne, eine Art Glut, die ihre Wange einen Moment lang durchsichtig zu machen schien. Sie war ja auch nur ein kleines Mädchen, dachte ich plötzlich, ein Mädchen, das alles mögliche gehört hatte, was Gefühle in ihm aufrührte, und das sich allerlei Erklärungen für das Ganze hatte zurechtlegen müssen. Und ich fühlte mich schuldig für die Leere in meinem eigenen Kopf.

»Menschen sind, wenn man nur an ihren Körper denkt und daß sie sterben können, so unschuldig und verletzlich, finde ich. Wenn man mal ihre böse Stimme außer acht läßt. Und im Haß... Wenn jemand haßt, vergreift er sich einfach instinktiv an diesem verletzlichen, unschuldigen Etwas, dem Körper eines anderen, der der andere doch aber auch *ist*.«

Jetzt, da sie zu theoretisieren begann, klang ihre Stimme mit einem Mal tiefer. Unversehens tauchten Bilder von ihrem Körper vor meinem geistigen Auge auf.

»Warum geht es immer um den Körper eines Menschen, um sein Leben? Weil ihm die Stimme ausgepreßt werden soll? Das ist doch Irrsinn! Nur, weil man ihm nicht das Wasser reichen kann, weil einem selbst die Worte fehlen. Und das hat dieser Knabe auf dem Gewissen. Verraten hat er sie, und damit letztendlich ermordet.«

»Du kannst doch einen zornigen, eifersüchtigen Siebzehnjährigen nicht bis in alle Ewigkeit verurteilen!« sagte ich.

Ich klang heiser. Ich fühlte mich angegriffen. »Falls er noch lebt, bedauert er das wahrscheinlich bis heute.«

»Das bezweifle ich«, sagte Sabine kategorisch. Und der Seufzer, den sie dabei ausstieß, verriet, daß sie dankbar war, sich da so sicher zu sein. Ich mußte ihr diese Überzeugtheit durchgehen lassen, obwohl ich mir so etwas meinerseits niemals gestattet hätte, beileibe nicht, weder die Überzeugtheit noch die Dankbarkeit. In meinem Kopf war es sehr still.

Sabine redete weiter. Sie sah beinahe triumphierend aus.

»Der Rivale hat am Ende überlebt. Mein Vater. Als einziger standgehalten, sonst keiner mehr. Seine Familie und seine Geliebte verloren. Die Strafe für den Mann, der mehr geliebt worden war.«

Sie bedachte mich mit einem strengen Blick, als hätte ich ihr widersprochen.

»Und in den Zeiten damals war Mord natürlich was ganz Legitimes«, fuhr sie fort.

Ich sagte immer noch nichts.

»Meine Mutter lernte er erst '57 kennen, und dann kam ich, 1960. Da wurde er wieder geliebt.«

Sie schien im Laufe dieses Monologs erwachsener geworden zu sein.

»Und Lisa Stern?«

»Lisa Stern? Weiß nicht. Tot wahrscheinlich.«

Ich war still und ärgerlich. Ärgerlich über ihre Geschichte und ihr Berauschtsein.

»Wieso denkst du eigentlich, daß er ein Held war?« fragte ich. Und meinte: Wieso liebst du deinen Vater so sehr? Und wollte eigentlich sagen: Daß er ein Opfer der Geschichte ist, zeichnet ihn doch nicht aus! Dafür liebt man jemanden doch nicht!

Warum war ich nur immer so skeptisch, wenn es um die Väter anderer ging?

Sie fing an zu weinen. Der Rausch war verflogen. Jetzt kam der Kater.

»Was ist denn das wieder für eine Frage? Ich liebe meinen Vater, okay? Er ist ein Held, ein Opfer *und* ein Held. Er ist der liebste, schwierigste und intelligenteste Mensch, den ich kenne. Er weiß viel, mehr als alle anderen, die ich kenne. Er selbst hat mir nie etwas von diesem Minne erzählt, daß er den gehaßt hat oder so. Ich denke, daß er ihm verziehen hat, denn mein Vater besitzt mehr Format als dieser andere und mehr als die meisten anderen.«

Streitlustig blitzte sie mich aus tränenverschleierten Augen an. Sie zupfte an ihrem Finger und biß einen Hautfetzen davon ab. Dann sagte sie: »Weißt du, was du nicht verstehst? Daß es keine Schande ist, jemanden zu lieben, der es schwer gehabt hat. Ja, nicht einmal, ihn zu lieben, *weil* er es schwer gehabt hat, wie du zu denken scheinst. Man könnte meinen, daß du deinem Vater seinen Krieg deswegen übelnimmst. Daß du ihm diesen Krieg nicht *zugestehst* und auch seine Tränen nicht. Du möchtest deinen Vater unter diesem Krieg hervorziehen. Aber das geht nun mal nicht. Das ist wirklich idiotisch und kindisch noch dazu! Tut mir leid.«

Mir schossen vor Wut Tränen in die Augen. Noch nie hatte jemand auf so umständliche und aufdringliche Weise meine Seele zu ergründen versucht. Aber ich sagte nichts.

»Sei doch ein bißchen gnädiger«, sagte sie. »Sei nicht so stolz und böswillig.«

Böswillig? Wieso hielt sie mich für böswillig? Ich war überhaupt nicht böswillig, verdammt noch mal. Ich hatte mit meinem Vater alle Geduld der Welt – aber ich wollte auch mal ein bißchen Ruhe.

Wir bezahlten, jeder für sich.

Schweigend radelten wir durch die Stadt. Sie blickte stur geradeaus. Jetzt, da ihr dunkelrotes Haar beinahe schwarz aussah, wußte ich auf einmal nicht mehr, woran mich ihr Gesicht immer erinnert hatte. Ich schämte mich für irgend etwas, aber ich wußte nicht, wofür. Ich wünschte, sie würde sich zu mir umdrehen.

»Kennst du Jerusalem?« fragte ich unvermittelt. Ich wußte es wieder. Sie hatte für mich was von Jerusalem. Auch das hatte dieses Allzu: allzu bekannt, allzu schön, allzu symbolisch.

»Nein«, sagte sie, leicht verdutzt und ein wenig heiser.

»Ich auch nicht. Soll ich jetzt noch kurz mit zu dir kommen?« fragte ich.

»Na schön.«

Das Widerstreben war gespielt. Sie strahlte regelrecht, was mich nach ihrer gerade noch so souverän vorgebrachten Rede doch überraschte.

Ihr sichtliches Erfreutsein reizte mich schon fast wieder

zu einer Gegenreaktion, so seltsam erregt ich auch war. Ich hatte das Empfinden, in beängstigend unbekanntes Gebiet geraten zu sein. Ein Land, in dem es keinen Zynismus und keine Distanziertheit gab, sondern nur Worte und Gefühle. Ein fremdes Land, in dem ich total auf mich allein angewiesen war.

13

So schlank sie auch angezogen aussah, nackt war sie mollig und griffig – eine kindlich unbedarfte Sexbombe. Schmal gebaut, mit weichen, hohen, kleinen Brüsten, gut gepolstert. Sex kam bei uns offiziell praktisch nicht vor (geil rumbumsen); unsere Zärtlichkeiten und Umarmungen waren samt und sonders implizit, beinahe heimlich, als versteckten wir uns vor uns selbst.

Freundschaft lautete das, was wir miteinander hatten, aber meistens hielt ich die Scharade nicht durch. Ich konnte mich einfach nicht beherrschen. Nicht nur, weil sie so fremdartig und schön war. Es hatte auch was mit ihrer getragenen, gewichtigen Ausdrucksweise zu tun, die einfach nicht in Einklang zu bringen war mit dem, was sie verbarg und von dem sie nichts wissen wollte. Sie hatte etwas Puritanisches an sich, das mir nur allzugut bekannt war und mich zudem heftig erregte.

Freundschaft.

Ich wußte nicht, was ich wollte. Vergessen inmitten von all ihrem Gerede, aber mindestens ebensosehr auch: ihren weichen Bauch, ihre weißen Arme. Ich genoß ihre Scham, aber auch ihre Schamlosigkeit. Verliebtheit war auch nicht das richtige Wort. Dafür war ich zu kaltschnäuzig, zu salopp. Wir waren Freunde und gingen trotzdem miteinander ins Bett, verliebt oder nicht. Eine derartige Lässigkeit hob mein Selbstvertrauen.

Doch während sie so tat, als merkte sie nichts von meinen Vorbehalten, die Zähne zusammengebissen vor Entschlossenheit, Würde zu bewahren, nahm ich im Dunkeln (immer im Dunkeln) ein für ihre Verhältnisse übersteigertes Maß an Aggressivität und Hingabe wahr, was mich in der Vermutung bestärkte, daß ihre Jungfräulichkeit eine Farce war, welche nur bei Nacht abgelegt werden konnte. Daß in ihr noch eine andere lebte, mit der gleichen Wut wie ich. Vielleicht hatte es mit Anne Frank zu tun, daß wir uns bei Tageslicht voreinander schämten, als wäre ich Annes Bruder und sie deren Schwester. Keusche Solidarität, solidarische Keuschheit.

14

In der Nacht, nachdem sie mir beim Italiener ihre Geschichte erzählt hatte, war es anders. Irgendwie hatte sie da die Zügel in der Hand.

In aller Seelenruhe schälte sie mitten im Bett einen Apfel, teilte ihn in Viertel und gab mir zwei davon. Im Liegen, einen Arm hinter dem Kopf, aß sie ihren Teil, ohne ein Wort zu sagen. Das alles war ein bißchen zu schön, fast unecht, als spielten wir in einem Film und warteten auf ein Zeichen des Regisseurs, daß nun der Dialog zu beginnen habe.

Wehrlos und stolz lagen ihre kleinen Brüste da, als hätten sie mit dem Ganzen überhaupt nichts zu tun. Ich begriff wieder einmal, daß Wehrlosigkeit eine Stärke war, und das ungewohnt Verführerische Sabines, das wie stilisiert wirkte, machte mich verlegen.

Ich mußte etwas tun. Grinsend blickte ich auf sie hinunter, traute mich aber nicht. Ich wußte nicht, was ich tun sollte. Sie sah mich unbeweglich und ausdruckslos an und schob ohne sichtbare Regung den Po runter, so daß sie ganz ausgestreckt lag.

»Komm, leg dich zu mir«, sagte sie kaum hörbar. Ich zögerte. Ich geniere mich, so gern wollte ich mich schutzsuchend an sie schmiegen. Aber Verlangen empfand ich nicht.

Das entschwebte langsam wie eine Giftwolke, die mich ungeschoren gelassen hatte. Unbeholfen setzte ich mich neben sie aufs Bett und ließ mich zurückfallen. Völlig isoliert lag ich da und guckte auf einen großen, alten Fleck an der Decke. Ihr Blick brannte auf mir wie eine Sonne, und für einen kurzen Moment war ich ganz furchtbar bange, bange wie ein dummer kleiner Junge ohne Innenleben.

Bis sie die Arme um mich schlang und mich an sich zog.

Und ich mich irrsinnig dankbar an sie drückte. Wir preßten einander die Luft aus den Lungen, bis wir zu einer gemeinsamen Atmung fanden, und so liegen blieben.

Stunden – vielleicht waren es Minuten. Wir sagten kein Wort. Todstill lagen wir da und hielten einander fest umarmt. Sie roch süß und salzig zugleich, wie ein verschwitztes Baby. Ich war noch keinem Menschen jemals so nahe gewesen.

Und trotzdem ging ich danach nach Hause, um sie wieder ein paar Wochen lang nicht anzurufen.

15

Heute erscheint es mir unvorstellbar, wie selten ich seinerzeit von mir hören ließ. Ich betrachtete sie als einen der wechselnden Schauplätze in meinem Leben. Glaubte ich zumindest. Nebenher ging ich in die Uni, büffelte in der Bibliothek, ja, ging sogar hin und wieder mit einer anderen, einer Chinesin namens Lian, aus. Die war so unergründlich, aber auch so anpassungsbereit, daß ich sie kaum wahrnahm, wenn sie bei mir war.

Ich war ein solcher Stoffel, daß ich dachte – wenn ich überhaupt etwas dachte –, Sabine sei eine Selbstverständlichkeit, so wie meine Mutter und meine Schwester: Sie liebten mich, ohne daß ich etwas dafür zu tun brauchte. Ich brauchte nur Max zu sein, der hübsche oder mufflige (Lana) Maxie – und sie liebten mich.

Doch so, wie ich mitunter plötzlich zu meiner Familie nach Hause wollte, meistens aus Schuldgefühl über meine Unabhängigkeit, *mußte* ich von Zeit zu Zeit plötzlich Sabine sehen: Selbstquälerei mit süßen Seiten. Sie war mein Eichpunkt, könnte man sagen, mein Gefühlseichpunkt, wie auch meine Familie es war – auch wenn sie jeden Moment anders zu sein schien. Aber nicht, daß ich meine Beweggründe damals so klar erkannt hätte. Die lagen für mich weitgehend im dunkeln.

16

Tante Judith starb im Oktober, rund sieben Monate nach dem Besuch im Anne-Frank-Haus. Benno hatte angerufen, atemlos und heiser, beinahe aphasisch.

Das erzählte mein Vater, der mich anrief, mit erstaunlich ruhiger Stimme. Vielleicht hatte er ja schon alle Tränen vergossen, als Judith noch dagewesen war. Er wolle gleich am nächsten Tag nach Chicago fliegen, mit meiner Mutter, sagte er. Und ob ich das Haus hüten könne.

Ich ging sofort zu ihnen. Es war um die Mittagszeit.

Sie saßen bleich und stumm am Tisch. Darauf stand eine große Schüssel, die gerade erst dort hingestellt worden sein mußte, denn sie dampfte noch stark. Hungrig wie immer, sah ich, daß es Hühnchen gab, Hühnchen mit Erbsen. Manchmal aßen sie mittags *und* abends warm, meine Eltern. Am Essen wurde bei uns nie gespart.

Meine Mutter, einen Schöpflöffel in der Hand, mit dem sie spielte, starrte auf den Tisch. Sie sah aus, als sei sie zum Zerreißen gespannt.

»Hallo, lieber Max«, sagte mein Vater begütigend und verfiel dann wieder in Schweigen. Die Stille fühlte sich an, als herrsche sie schon geraume Weile. Beide schienen in ihre eigenen Gedanken versunken. Ich nahm mir einen Teller aus dem Schrank.

Mein Vater legte die Hände ans Gesicht und wiegte den Kopf. »Wir müssen gleich morgen früh nach Chicago, Max«, sagte er und sah mich ganz kurz an.

Meine Mutter erhob sich und begann mir Unmengen von Erbsen auf den Teller zu schaufeln.

»Halt, Mama!« rief ich nach vier gehäuften Schöpflöffeln. Sie schien gar nicht zu sehen, was sie tat. Dann ließ sie den Schöpflöffel plötzlich fallen und flüsterte: »Ich kann nicht mitkommen, Siem. Ich fahr nicht mit.«

So seltsam atemlos, wie sie das sagte, klang es wie ein Bühnentext, und mir war sofort klar, daß sie diesen Entschluß schon vor langer, langer Zeit gefaßt hatte. Es rührte mich, daß sie auf mich hatte warten wollen, ehe sie damit herausrückte. Aber mir fiel auch der Unterkiefer runter. Meine liebe, stille Mutter, die für alle wie eine Heilige war, die immer und ewig meinem Vater zu Diensten stand, meine liebe, stille Mutter hatte plötzlich ihren eigenen Kopf.

Mein Vater war genauso erstaunt wie ich und starrte sie mit großen Augen an. Es war wieder eine Weile still. Meine Mutter setzte sich und versuchte meinen Vater anzusehen. Während ihr die Tränen aus den Augen strömten, war ihr Blick ängstlich und zugleich unbeugsam.

Mein Vater fixierte seine Gabel, die er wie zur Eröffnung des Kampfes mit dem Griff auf dem Tisch aufgepflanzt hatte, und starrte durch deren Zinken auf etwas Dahinterliegendes. Er sah verschwitzt und ungeduldig aus.

»Du bist wohl verrückt«, sagte er langsam und autoritär. »Was fällt dir ein, mich allein zur Beerdigung meiner Schwester fahren zu lassen? Der einzigen, die mir von meiner Familie noch geblieben ist!«

Das war erst recht ein Ansporn für meine Mutter. Sie reagierte genauso aufgebracht, wie ich es an ihrer Stelle getan hätte, als sei sie geradezu erleichtert, daß er ihr damit die Chance bot, sich gegen ihn aufzulehnen. Ihr Tränenfluß versiegte sofort.

»Was mir einfällt? Was mir einfällt? Kannst du vielleicht ein einziges Mal Verständnis für einen anderen Menschen aufbringen? Natürlich ist es schrecklich, daß sie tot ist. Wir trauern schon um sie, seit sie krank nach Chicago zurückgereist ist. Aber mitkommen? Ich? Das kann ich nicht! Ich habe für sie nie existiert, Siem, ich konnte in ihren Augen nie etwas richtig machen...«

Mein Vater versuchte etwas einzuwenden, aber meine Mutter ließ ihn nicht zu Wort kommen.

»Hör mir zu, Simon. Sie wollte mich nicht, sie mochte mich nicht, vielleicht haßte sie mich sogar. Sie haßte jeden, der ihr im Weg stand.«

»Das ist doch Humbug! Du hattest einfach nur Manschetten vor ihr!«

»Ich hatte keine Manschetten vor ihr! Das behauptest du nur immer! Jahrelang hat sie mir zu spüren gegeben, was für eine dumme Schickse ich in ihren Augen bin, wie gut ich es im Vergleich zu euch im Krieg hatte und wie wenig ich von der Welt verstehe, weil ich nicht in einem Lager gesessen habe!«

Wieder versuchte mein Vater, in dessen Blick wahrhaftig müdes Mitleid mitschwang, etwas einzuwenden. Aber es gelang ihm nicht.

»Ich kann nicht nach Chicago, Simon. Laß Max mitfahren. Ich kann nicht mehr um sie weinen. Sie war mir immer böse. Weil ich mit dir verheiratet war, weil wir zusammen waren. Ich hätte zuwenig Verständnis für deine Vergangenheit, hat sie zu mir gesagt! Was fiel ihr eigentlich ein! Daß das, was euch verband, nicht mit dem zu vergleichen sei, was wir miteinander hätten, sagte sie! Nein, natürlich nicht!«

Jetzt schrie meine Mutter, die ihren Monolog bisher in einem seltsam heiseren, leisen Ton gehalten hatte.

»Wieso war eigentlich nicht *sie* mit dir verheiratet?!«

Sie brach in herzzerreißendes Schluchzen aus.

Mein Vater starrte müde und geknickt vor sich auf den Tisch. Dann sagte er, und auch das wirkte, so bitter, wie es herauskam, fast unecht: »Jetzt mach doch verdammt noch mal nicht so einen Zirkus, bitte...«

Er sah mich an.

»Das schreit doch zum Himmel! Also so was ist mir ja nun wirklich noch nicht untergekommen. So eine Chuzpe. Meine eigene Frau... Himmelherrgott...«

Meine Mutter war einen Moment lang wie vor den Kopf geschlagen, gewann dann aber ihre Fassung zurück. Wohl, weil mein Vater sich im Grunde schon mit ihrer Abtrünnigkeit abfand, denke ich. Mehr zu sich als an einen von uns gerichtet, sagte sie: »Außerdem traue ich mich nicht in ein Flugzeug.«

Und das schien allem Vorherigen seine Schärfe zu nehmen. Meine Mutter war tatsächlich noch nie geflogen. Nur hatte sie bisher nie gesagt, wieso. Zuzugeben, daß sie Angst davor hatte, war ihr bestimmt nicht leichtgefallen, aber wenn dieses Opfer ihren Verrat mildern konnte, brachte sie es nur allzu gern.

Während mein Vater stumm vor sich hin starrte, sprang ich nun als Vermittler ein – mit vollem Mund, denn ich war der einzige, der aß.

Daß sie das doch nicht machen könne, sagte ich.

»Misch du dich da nicht ein, Max. Ich möchte, daß du mitfährst. Du warst doch ganz hingerissen von Judith. Oder?«

Ich entgegnete, daß sie ihre Ehe aufs Spiel setze. Als wäre mein Vater gar nicht dabei.

Aber meine Mutter schüttelte hartnäckig den Kopf und weinte trotzig. Für sie war allem Anschein nach der Moment gekommen, ihre Meinung zu sagen. Und da gab es kein Zurück mehr, so sehr sie auch selbst über ihren Mut erschrocken war. Es war ein Schritt in Richtung Unabhängigkeit, ein rabiater Schritt, der – wie immer, wenn jemand zu lange glaubt, er sei zum Handeln unbefugt und ungeeignet – entgleist und übers Ziel hinausgeschossen war. Wahrscheinlich überblickte meine Mutter gar nicht so richtig, was sie da jetzt machte.

Und danach verzog sie sich nach oben, um zum Staubsauger zu greifen – ihre mir schon von klein auf bekannte persönliche Meditationshilfe.

Ich ließ mich auf meinem Stuhl zurückfallen. Verstreute Erbsen kullerten auf dem Tisch herum. Mein Vater starrte immer noch vor sich hin, gar nicht mal wütend, eher wie in Gedanken versunken.

Ich wußte nicht, ob das, was meine Mutter gesagt hatte, ganz und gar der Wahrheit entsprach. Aber ich hatte Judith und sie während des Besuchs meiner Tante kaum zwei Worte miteinander wechseln sehen. Offenbar gab es zwischen ihnen eine Vergangenheit voller erboster Vorwürfe, von der ich nichts wußte.

17

Das Bild von Tante Judith, wie sie da am Frühstückstisch gestanden hatte, war mir nachgegangen. Ich hatte sie danach ein paarmal von mir aus angerufen und, obwohl es relativ nichtssagende Gespräche gewesen waren, das Gefühl gewonnen, einen besonderen Draht zu ihr zu haben. Ich hatte sie gemocht und wollte ihr im wahrsten Sinne des Wortes die letzte Ehre erweisen. Ein erhabenes Gefühl, daß ich mir dessen so sicher war. Logisch, daß ich meinen Vater da begleiten würde. Lana war in Dänemark, wo sie gerade in der Abschlußprüfung zu einer einjährigen künstlerischen Ausbildung steckte.

Mein Vater buchte noch am selben Nachmittag die Flugtickets für Chicago. Dann rief ein unbekannter Neffe Bennos an und teilte uns mit, daß Judith in Israel habe beigesetzt werden wollen und ihr Leichnam nun dorthin unterwegs sei. Benno mußte gewaltig durcheinander gewesen sein, als er meine Eltern morgens informiert hatte.

Die Nachricht war für alle ein Schock, insbesondere für meinen Vater, der keine Ahnung gehabt hatte, daß Judith so sehr an der heiligen Erde Jerusalems gelegen gewesen war.

Auch ich war erstaunt, ja, fühlte mich sogar ein wenig getäuscht. Von Israel war in unseren Telefongesprächen nie die Rede gewesen.

Meine Mutter beharrte auch angesichts dieser Neuigkeit – immerhin bedeutete das eine erhebliche Verkürzung des Fluges – auf ihrem Entschluß. Nur ganz kurz stellte sie den Staubsauger aus, als mein Vater ihr in sachlichem Ton die Änderung des Reiseziels meldete. Seinen flehenden Blick dabei sah aber nur ich. Sie könne das nicht, sagte sie, schon gar nicht in Israel. Und mit einem Tastendruck heulte ihr geliebter Bosch wieder auf.

Meine Mutter staubsaugte noch immer, als ich die Tickets für meinen Vater und mich umzubuchen versuchte und mir die Idee kam. Ob sie von einer gewissen Panik eingegeben war oder es sich nur um einen beiläufigen Einfall handelte, den ich allzu rasch in einen Plan umsetzte, kann ich nicht mehr sagen. Jedenfalls war es eine mit angenehmen Gefühlen verbundene Idee, der ich sofort Gehör schenkte.

Ich legte auf, als in der Warteschleife noch zehn andere vor mir waren.

Sabine kam ins Stottern.

»Jetzt gleich, heute, meinst du? Wenn mir das Haus da mal freigibt... Deine Tante... Das tut mir leid! Aber für eine Reise nach Israel lassen sie mich bestimmt... Halleluja, morgen in Jerusalem! Und hat dein Vater nichts dagegen? Maaaaannn! Was ist denn bei euch los, Luftalarm oder so?«

»Der Staubsauger. Ich ruf dich nachher noch mal an.«

Ich wußte eigentlich gleich, wie die Antwort auf ihre Frage ausfallen würde. Ich wußte es, als ich mich umdrehte und zu meinem Vater hinübersah. Wieso hatte ich nicht erst nachgedacht?

Ich stand im Wohnzimmer meiner Eltern und schrie ihm meine Eingebung über das Heulen des Staubsaugers hinweg mit gespielter Arglosigkeit zu. Mein Vater saß auf dem Sofa und dirigierte zur Musik, die er über Kopfhörer hörte.

»Pap, ich fände es schön, wenn meine Freundin mitkäme.«

Ich hatte gelernt, nie die Frageform zu benutzen.

Mein Vater hörte nichts. Er sah nicht mal, daß ich etwas sagte. Das blöde Wort hallte durchs Zimmer und dann in meinem Kopf wider. Niemand außer mir hatte es gehört. Freundin. Meine Freundin. Ich beugte mich über meinen Vater und sagte es noch einmal direkt vor seinem Gesicht.

»Freundin?«

Einen Moment lang schwang Befremden in seiner Stimme mit. Freundinnen stellte ich zu Hause nie vor, und sie waren im Prinzip Fremde, auf die meine Familie nicht sonderlich erpicht war. Einmal, mit sechzehn, hatte ich ein Mädchen mitgebracht. Das hatte ich wohlweislich kein zweites Mal getan.

Mein Vater hielt kurz den Kopfhörer von den Ohren weg, damit er auffangen konnte, was ich sonst noch schrie.

»Du hast sie im Anne-Frank-Haus gesehen, das eine Mal, als Tante Ju da war.«

»Anne Frank?« Er brüllte, um den Staubsauger zu übertönen. »Jesses! Das kann doch wohl nicht sein.«

Ich erfaßte, daß er dachte, meine Freundin heiße so.

»Das Mädchen, das da arbeitete, Mensch, hör doch zu.«

»Wie heißt sie denn?«

»Sabine. Sabine Edelstein. Dunkelhaarig, große, dunkle Augen.«

»So? Augen wie Araberfüße?«

Erstaunlich, daß mein Vater schon wieder zu solchen Witzeleien aufgelegt war. Er grinste sogar ein bißchen.

Groß, schwarz und feucht. Augen wie Araberfüße. Wie oft hatte ich das nicht schon gehört.

Aber die Mitteilung erfreute ihn offenbar.

»Schön, daß du mir das erzählst, Junge.« Er sah mich erwartungsvoll an, nicht so ganz sicher, was er sonst noch dazu sagen sollte.

»Und, ist sie hübsch?«

O Gott, jetzt versuchte er auch noch auf locker zu machen.

Meine Mutter merkte, daß irgend etwas im Gange war, und machte den Staubsauger aus.

»Was? Was ist los?« fragte sie.

»Unser Max hat eine Freundin.«

Auf dem Gesicht meiner Mutter machte sich Freude breit, aber ich sah, daß sie die zu bezähmen versuchte, weil sie mich wohl nicht abschrecken wollte. Ich erklärte das Ganze noch einmal.

»Sabine, das Mädchen aus dem Anne-Frank-Haus.«

Meine Mutter wollte wissen, ob wir uns dort schon ineinander verliebt hatten. »Mein Gott, das ist ja unglaublich, Maxie.«

»Und, ist sie nett?«

»Ja, ja, natürlich. Also bist du einverstanden, Pap, oder nicht? Da kannst du ja selbst sehen, ob sie hübsch ist.«

»Mit *was* einverstanden?«

»Daß sie mitkommt!«

»Wie meinst du das? Mit? Du meinst doch wohl nicht nach Israel?« Er sah meine Mutter gequält an, hilflos nach einem Verbündeten gegen mich suchend. »Er will, daß seine frischgebackene Freundin mit nach Israel kommt! Ja, bist du denn von allen guten Geistern verlassen? Und wer soll das bezahlen?«

Die Freude war schon wieder verflogen. Darüber hatte ich noch gar nicht nachgedacht.

Das tat ich jetzt. »Ich wahrscheinlich. Aber ich hab sie noch gar nicht gefragt, Herrgott.«

»Ich wußte ja nicht mal, daß er eine Freundin hat«, sagte mein Vater mehr oder weniger zu seinem Kopfhörer. »Das sagt er jetzt.« Er blickte resigniert, aber auch ein wenig verärgert drein.

Mir tat es schon leid, daß ich überhaupt auf diese Idee gekommen war. Wieso konnte aber auch nicht einmal etwas normal ablaufen, ohne Gekränktheiten und Schuldgefühle?

»Er tut ja gerade so, als ginge es um eine Urlaubsreise, verflixt noch mal«, hörte ich meinen Vater noch murmeln. Und: »Warum fährst du eigentlich nicht alleine nach Israel, mit deiner neuen Freundin?«

Meine Mutter bedachte mich mit einem hilflosen Blick. Sie hatte ihr Pulver für heute schon verschossen. Von ihr würde wohl fürs erste nicht mehr viel kommen.

»Wir reden noch mal drüber«, flüsterte sie, während sie sich bückte, um abermals ihren Staubsauger anzustellen. Als hätten wir alle Zeit der Welt.

Während sich der Kopfhörer um meines Vaters Ohren legte, machte sich meine Mutter mit dem kleinsten Saugteil ihres laut aufheulenden Bosch daran, unter das Sofa zu gelangen.

Mein Vater wedelte mit der rechten Hand. Er war schon beinahe wieder entschwunden.

»Diese Chuzpe von jedermann hier im Haus!« schrie er noch und versank dann wieder in die Musik, seine bewährte Verteidigung gegen allen Schmerz und die beständigen Staubmilbenoffensiven meiner Mutter.

18

Eine Stunde nachdem ich in mein Mietzimmer unterm Dach geflüchtet war, ohne einen Flug gebucht zu haben, rief er an. Ich hatte mir eine Flasche Wein spendiert und beschlossen, böse zu sein. Schließlich war ich kein kleines Kind mehr. Daß er anrief, erstaunte mich denn doch. Er rief sonst nie an.

»Hallo, Max.«

Er klang gehetzt. Ich sagte nichts.

»Deine Mutter meinte, ich sollte dich mal anrufen...«

»Interessant.«

»Ich habe die Tickets. Ich möchte heute abend fliegen, die Beerdigung ist morgen nachmittag um drei. Bei uns Jidden muß das nun mal so schnell wie möglich gehen.«

Das familiäre »Jidden« signalisierte Versöhnungsbereitschaft. Ich schwieg noch einen Moment.

»Okay, Pap, alles Gute«, murmelte ich dann.

»Ich habe für dich mitgebucht, Max. Was dachtest du denn?«

»Wozu soll ich denn gut sein? Als leibhaftige Chuzpe hab ich doch von nichts 'ne Ahnung, oder?«

»Ach, komm, Max, tu doch nicht so. Ich würde mich sehr freuen, wenn du mitkämst.«

Seine Stimme klang leicht flehend, aber auch nervös und ungeduldig. Da konnte ich mich ruhig noch ein bißchen stur stellen.

Daß Sabine ihre Enttäuschung so gut hinter ihrem Verständnis für den Standpunkt meines Vaters versteckt hatte, hatte mich nur noch wütender auf ihn gemacht.

»Du tust immer so, als wär alles nur gegen dich gerichtet, als wären alle darauf aus, dir das Leben schwerzumachen. Das geht mir echt auf den Nerv«, sagte ich.

»Na, weißt du.« Er klang müde. »Ich hab doch gesagt, ich freue mich, daß du eine Freundin hast, oder?«

»Mannomann. Und wieso mußtest du jetzt wieder sagen, daß Mama meinte, du solltest mich anrufen?«

»Gut.«

Ich hörte ihn einen tiefen Seufzer ausstoßen. Er war schon wieder lange genug der verständnisvolle Vater gewesen. Dann schrie er: »Dann fahr ich eben allein zur Beerdigung meiner einzigen Schwester! Allein, wie immer. Bleibt doch alle, wo ihr seid, verdammt noch mal.«

Es war einen Moment still. Aber er hatte es eilig.

»Was soll dieser ganze Zirkus?« rief er etwas weniger laut. »Was denkt ihr euch denn dabei? Erst Mama, und jetzt du. Das schreit doch zum Himmel, verdammt. Ich hab's wirklich satt!«

Ich sagte immer noch nichts. Ganz kurz noch, dachte ich, nur noch einen Augenblick. Aber da fühlte ich mich schon wieder schuldig und fürchtete, er würde auflegen.

»Willst du nun, daß ich mitkomme oder nicht?« blaffte ich.

»Ja, natürlich möchte ich, daß du mitkommst!«

Wir schwiegen ein, zwei Minuten.

»Hallo«, sagte ich dann.

»Hallo«, sagte mein Vater leise und beleidigt.

Wir verabredeten uns auf dem Flughafen.

19

Ich wurde umarmt wie ein Kind und auf beide Wangen geküßt. Dann zog er mich am Arm mit zum Schalter. Zwei Leute waren vor uns dran, und wir mußten warten, bis sie abgefertigt waren. Mein Vater murmelte leise Verwünschungen. Ich sah, wie er nervös die linke Hand ausstreckte und ballte, bis seine Knöchel ganz weiß waren, und sie wieder streckte und wieder ballte.

Als wir endlich an der Reihe waren, bellte er seinen Namen. Die Dame am Schalter bat uns, die Ausweise vorzulegen, woraufhin sich mein Vater daranmachte, den kleinen Brustbeutel, den er aus Sicherheitsgründen am Körper trug, unter seiner Kleidung hervorzunesteln.

Es verstand sich, daß er das – ebenfalls aus Sicherheitsgründen – bis zur allerletzten Sekunde hinausgeschoben hatte. Jetzt mußte er zuerst sein Jackett ablegen, um dann einen Arm aus dem Oberhemd ziehen zu können. Ich vernahm sein übliches angespanntes Keuchen, weil er sich in seinen Ärmeln und den Bändern des Beutels zu verheddern drohte. Nach viel Gefluche gelang es ihm schließlich schweißgebadet und halb im Unterhemd, seinen Paß hervorzuziehen und der Dame auszuhändigen. LIPSCHITZ, buchstabierte er überflüssigerweise, während sie unsere Tickets suchte. Sie konnte sie nicht finden und verschwand hinter einer Trennwand, um ihren Vorgesetzten anzurufen.

»Na, da sieht man's mal wieder«, schäumte mein Vater und spuckte beim Sprechen. »Immer dasselbe. Weg. Verdammt-noch-mal.«

Beschwörend starrte er auf den nur zur Hälfte sichtbaren

Kopf der jungen Frau hinter der Trennwand. Hin und wieder fuhr er wild mit dem Arm durch die Luft.

Es dauerte zehn Minuten. Ich versuchte ihn nicht anzusehen.

Da war die junge Frau wieder.

»Haben Sie die Tickets vielleicht erst heute gebucht?«

»Ja, heute abend! Vorhin erst! Es geht um eine Beerdigung! Wir müssen zu einer Be-er-di-gung.« Mein Vater blaffte nur noch. Sogar ich wurde jetzt nervös.

»Ach so, das hätten Sie gleich sagen sollen! Ich bin nämlich gerade erst gekommen. Da muß ich in einem anderen Kasten nachsehen. Tut mir leid.«

Auf Anhieb fischte sie unsere Papiere aus einem anderen Kasten und nahm währenddessen in aller Gemütsruhe einen Anruf entgegen.

Mein Vater wandte sich mit schiefgezogenem Gesicht um und verdrehte die Augen. Dann beschrieb er eine ganze Drehung um die eigene Achse und guckte danach demonstrativ, das Handgelenk direkt vor dem Gesicht, auf seine Armbanduhr. Er führte leise Selbstgespräche. Mich schien er gar nicht mehr wahrzunehmen. Ab und zu stampfte er mit dem Fuß auf.

Die junge Frau legte den Hörer auf, warf uns einen flüchtigen Blick zu und begann allerlei Daten in ihren Computer einzugeben.

»Handelt es sich um einen nahen Angehörigen?« erkundigte sie sich mitfühlend.

Mein Vater nickte gemessen.

Sie wagte nicht weiter zu fragen.

»Das tut mir leid«, sagte sie.

Mein Vater nickte wieder kurz und militärisch, so steinern, als könnte eine Bewegung oder ein Wort zuviel als Verrat an Judith ausgelegt werden. Das ging mir mit einem Mal auf, wenn ich auch bezweifelte, daß er in der letzten halben Stunde tatsächlich an Judith gedacht hatte.

20

Im Flugzeug fing mein Vater gleich an zu weinen. Ich sah diesen elenden Strom stiller Tränen, als ich ihm eine Grimasse zuwerfen wollte, weil rechts und links von uns drei Chassiden saßen und ich wußte, daß er mit den Orthodoxen so seine Probleme hatte.

Die El Al hatte sich nicht darum geschert, was der Anlaß für unsere Reise war: Methodisch und ungerührt hatte man unsere Taschen nach Waffen, Bomben und Drogen durchforstet. Daß mein Vater Jude war, hatten die Sicherheitsbeamten allem Anschein nach nicht für bemerkenswert oder beruhigend gehalten, und daß Tante Judith auf dem Ölberg begraben würde, schien ihnen sogar ziemlich verdächtig zu sein. Mein Vater hatte sich dennoch, zermürbt von der Warterei, bei allen Formalitäten gut gehalten.

Jetzt starrte er vor sich hin, und die Tränen rollten ihm übers Gesicht. Sie folgten auf Schluchzer, die tief aus seiner Brust kamen, und ich hatte plötzlich, für einen ganz kurzen Moment die Anwandlung, ihm auf den Schoß zu klettern – eine Anwandlung, die aus einer fernen Vergangenheit zu kommen schien, obwohl ich mich nicht erinnern konnte, das als kleiner Junge häufig gemacht zu haben.

Die Chassiden unterhielten sich lauthals auf Iwrit und schienen nichts mitzubekommen. Oder redeten sie womöglich über meinen Vater?

Verlegen nahm ich seine Hand. Ich genierte mich. Wie sollte ich auch jemals wissen können, was genau er durchmachte? Seine Hand fühlte sich trocken und fest an, während die meine klamm war vor unterschwelliger Flugangst. Ich erschrak, vielleicht weil ich eine verständnisvolle Geste zeigte, eine *väterliche* Geste, und seine Hand nun plötzlich gar nicht so kindlich war, wie ich erwartet hatte. Ich war mir unsicher, ob ich nun weiterhin seine Hand halten sollte, aber da erwiderte mein Vater einmal ganz leicht meinen Händedruck und ließ mich los. Er wandte mir sein Gesicht zu und lächelte mich kurz entschuldigend und beruhigend an. Mir wurde klar, daß ich nach wie vor sein Sohn und er mein Vater war – eine Entdeckung, die mich beinahe überraschte.

»Ohne dich hätte ich das hier nicht gekonnt, weißt du, Maxie?« sagte er. »Ich hätte es einfach nicht gekonnt. Alles kommt wieder hoch, der ganze Mist kommt wieder hoch.«

21

»Da ist noch etwas, was ich dir nie erzählt habe«, sagte mein Vater, vor sich ins Leere starrend. »Du weißt doch, daß da noch etwas war, nicht?« Als hätte er seit Stunden erzählt.

»Wie sollte ich denn von einem *Etwas* wissen, wenn du nie was gesagt hast? Mann, warum kannst du nicht einmal etwas ganz normal *sagen*?«

»Ich dachte, du hättest das vielleicht gespürt. Du weißt, daß ich nicht zu Hause war, als sie kamen, nicht?«

Ich war mir einen Moment lang nicht im klaren, ob ich ihn richtig verstand.

»Als wer kam?«

»1942, meine ich.« Mein Vater preßte die Lippen aufeinander.

»Ach so. Gott, ja natürlich.« Ganz kurz wollte die übliche Ermüdung aufkommen, doch Mitleid und Neugierde gewannen die Oberhand.

Ich wußte, daß mein Vater mit seiner Familie eine Zeitlang bei einer befreundeten Familie, den Nelsons, gewohnt hatte, bis sie in A., dem Dorf, in das sie aus Deutschland geflüchtet waren, ein neues Zuhause gefunden hätten. Ich dachte, das hätte er gemeint. Das Zuhause hatten sie nie gefunden, weil sie vorher abgeholt worden waren.

»Ja, ich weiß«, sagte ich. »Aber was hast du mir denn nicht gesagt?«

»Als sie kamen, war ich nicht zu Hause.«

»Nicht zu Hause? Wieso haben sie dich denn dann zu fassen gekriegt?«

Mein Vater schwieg lange, während ich an Sabine denken mußte und wie riesig ihre kohlschwarzen Augen gewesen waren, als sie von der Versteckzeit ihres Vater erzählt hatte. Wie genau sie alles wußte. Und welchen Lauf die Dinge genommen hatten, daß sie nun den Körper hatte, den sie hatte. Oder der Körper *war* natürlich, obwohl ich nie so ganz an die Einheit von Körper und darin wohnendem Geist glauben konnte – außer vielleicht bei Sabine. Bei Sabine war der Körper für mich beinahe mehr Sabine als sie selbst. So komisch sich das auch anhörte. Er machte sie jedenfalls zu einem vollständigen, intakten Ganzen. Einem Ganzen, das zu mir gehörte und für mich da war. Mitsamt der getragenen Wortwahl, den moralischen Bedenken und Obsessionen, dem Sinn für Humor und dieser himmlischen Obszönität ihrer Nacktheit, die so gar nicht zu alldem passen wollte.

Zum erstenmal spürte ich mit beinahe physischem Schmerz, einer neuen Art von Hunger, daß sie mir fehlte. Ich mußte sie beschützen. Dieser Gedanke brachte mich postwendend zu meinem Vater zurück, der auf weitere Fragen wartete.

»Na, und wo warst du?« fragte ich.

Das schaffte ich nur, weil ich mir alle Mühe gab, sein Gesicht auszublenden. Sobald ich das verletzliche Gesicht meines Vaters sah, seine Augen und die Region darum herum, wo sich hinter seinen Brillengläsern Müdigkeit, Schmerz und Angespanntheit abzeichneten, konnte ich nicht mehr auf das reagieren, was er sagte. Dann lähmten mich tiefes Mitleid und ziellose Wut.

»Ich war bei den Nachbarn der Nelsons. Die hatten nämlich einen Flügel, auf dem ich immer spielen durfte. Das waren wirklich sehr nette Leute. Ich war da gar nicht mehr wegzukriegen.«

Ich nickte.

»Judith hat das nie gepaßt, daß ich bei ihnen war. Sie verstand das nicht, hatte auch gar keinen Sinn für Musik und konnte kein Instrument spielen.«

Mein Vater ließ eine kurze Pause folgen, vielleicht um Wirkung zu erzielen. Es funktionierte, denn ich fühlte, daß mir unter meinem Oberhemd eine Gänsehaut kam. Endlich eines der Geheimnisse, die mir so lange vorenthalten worden waren.

»Judith kam mich holen – als sie mitbekommen hatte, daß Polizei in der Straße war. Ich solle sofort nach Hause kommen. Weswegen, sagte sie nicht. Später hat sie mir erzählt, daß sie das instinktiv gemacht hat, weil sie wollte, daß wir beieinander blieben, und mich nicht allein zurücklassen wollte.«

Langsam, beschämend langsam dämmerte mir, was das bedeutete.

»Sie hat zeitlebens darunter gelitten, die Arme!«

Ich starrte meinen Vater an.

»Das heißt, wenn sie nicht gekommen wäre...«

»Früher oder später hätten sie mich sowieso gefunden. Alle Juden wurden abgeholt, es wimmelte in dem Dorf von Verrätern. Und ich bin ihr letztendlich auch dankbar, daß wir zusammen waren. Ohne sie hätte ich es nie geschafft, wie du weißt.«

»Woher willst du das wissen? Warum sagst du das immer? Als wärst du nicht stark. Was konnte sie, was du nicht kannst?«

»Du hast Judith doch auch ein bißchen kennengelernt! Sie war ein Kraftpaket, durch nichts umzuwerfen und verteufelt schlau. Wie die an Essen kam, und wie die durchschaute, was die Moffen vorhatten – lange vor allen anderen. Da könnt ich dir Geschichten erzählen... Du weißt doch, wie sie war!«

»Himmelherrgott, das mußte sie ja wohl auch! Kapierst du denn nicht? Sie mußte! Sie hatte ja eine lebensgroße Verantwortung, verdammt! Wieso hast du mir das nie erzählt?«

»Ich hoffe doch, daß du nicht mit deiner Mutter darüber sprichst.«

»Soll das heißen, daß sie nichts davon weiß? Daß du es ihr nie erzählt hast?«

Mein Vater machte ein unwirsches Gesicht.

»Hast du's ihr erzählt oder nicht?«

»Das weiß ich nicht mehr. Ich glaube, ich habe es ihr mal erzählt. Sie dürfte auf jeden Fall davon gehört haben. Es ist ja schon so lange her. Und vergiß nicht: Judith war damals noch sehr jung!«

Die unnachahmliche Logik meines Vaters.

»Wie denn? Wer hat es ihr denn erzählt? Du? Daran wirst du dich doch wohl noch erinnern!«

Ich sah, daß sich jetzt etwas Grimmiges in seinen Gesichtsausdruck schlich.

»Jetzt hör mal auf davon. Deine Mutter ist nicht da, das sagt genug.«

Ich erschrak über die plötzliche Härte meines Vaters. *Wer nicht für mich ist, ist gegen mich.* Vor allem wegen dieser verbitterten Anspielung auf die Abwesenheit meiner Mutter war er mir mit einem Mal ganz fremd. Ich empfand das als Verrat, obwohl ich wußte, daß die Ehe meiner Eltern eine unerschütterliche Festung war.

Und auf einmal – wahrscheinlich war auch die Atmosphäre in diesem europäisch-nahöstlichen Flugzeug, dieses ganze Geschrei und Gejammere und Gesinge daran schuld – wünschte ich mir, wir wären zu Hause, auf dem Sofa, und es wäre nur noch eine Frage der Zeit, wann wir das Heulen des Staubsaugers zu hören bekämen.

»Mensch, Mama liebt dich doch.«

Mein Vater machte eine kurze, barsche Kopfbewegung, die mich verstummen ließ. Er sagte: »Wenn sie mich lieben würde, wäre sie hier.«

»Vielleicht möchte sie dir ja deine Trauer lassen, ohne mit ihren Bedenken dazwischenzufunken. Vielleicht nimmt sie sich ja einfach zurück. Dir zuliebe.«

Ich faselte irgendwas, das mir gerade in den Sinn kam. Ohne viel Verstand, wie immer. Leere, Hohlheit, Stille in meinem Kopf.

»So ein Quatsch!« rief mein Vater. »Als wenn ich das wollte! Wer wollte denn so was? Sie hätte sich ihre Bedenken doch verkneifen können! Sie hätte jetzt hier zu sein!«

»Vielleicht hätte es für sie was Verlogenes gehabt, wenn sie an der Trauerfeier für Judith teilgenommen hätte, noch dazu auf dem Ölberg. Du weißt doch, wie wichtig Mama Geradlinigkeit und Ehrlichkeit sind!«

Ich begann meine Mutter beinahe zu verstehen, während ich so redete.

»War Judith Mama gegenüber übrigens wirklich so abweisend?«

»Höchstens eifersüchtig. Weil Tine gut aussieht und blond ist und ein lieber Mensch. Weil sie einen relativ normalen Hintergrund hat, keine allzu großen Traumata, meine ich. Judith hatte komischerweise keine große Menschenkenntnis. Sie dachte, daß man nur jedem auf den Kopf zuzusagen brauche, was man denkt, und alles würde sich zum Rechten wenden oder so. Daß Tine das schon alles verstehen würde. Aber wie oft haben sie denn wirklich miteinander gesprochen? In all den Jahren? So, wie Tine Judiths *flux de bouche* – so nennt man das doch, oder? – aufgefaßt hat, so böse hat Judith das alles nie gemeint. Da bin ich mir ganz sicher. Sie hat Tine an einem wunden Punkt getroffen, ja, aber das ist was anderes... Das hat Tine nervös gemacht. Judith sprach nämlich aus, was Tine selbst dachte und befürchtete. Sie fühlte sich schuldig, weil sie selbst in dem Punkt so unbedarft war und uns nie ganz würde verstehen können oder so 'n Quark.«

»Weißt du, was ich so traurig finde?« fragte ich.

»Was?«

»Daß du das alles nicht heute mittag zu Mama gesagt hast.«

»Was?«

»Daß du zum Beispiel froh bist, daß sie nicht in einem Lager war. Daß ihr zusammen seid.«

»Weißt du, deine Mutter hatte sich nicht gerade den geeignetsten Zeitpunkt für eine Unabhängigkeitserklärung ausgesucht! Warum soll immer ich der Klügere sein?«

»Immer! Du und immer der Klügere! Das ist echt ein Witz, Pap.« Für einen Moment hatte ich ganz vergessen, wo wir waren und worum es ging, und lachte schallend auf.

Mein Vater kroch sofort in sein Schneckenhaus zurück. »Na, ich hör schon«, sagte er heiser. »Können wir das Thema jetzt bitte mal beenden?«

Aber dann fuhr er selber fort. »Ich hab's ihr bestimmt hundertmal gesagt! Wie Judith ist, wie Judith redet.«

Plötzlich schlug er die Hände vors Gesicht. Die Verletzlichkeit dieser Geste, mit diesen Händen, stieß mich ab und jagte mir zugleich einen Schrecken ein. Er hatte ziemlich kleine, kräftige Hände. Ich hatte sie wohl noch nie so bewußt in Kombination mit seinem Gesicht gesehen und

Hände und Gesicht irgendwie als separat und einem jeweils anderen zugehörig betrachtet. Beide zusammen machten plötzlich einen Menschen aus ihm, den ich noch gar nicht kannte, den, der einmal der kleine Junge gewesen war, dem seine Schwester geholfen hatte, den, der in einem Steinbruch Steine hatte klopfen müssen. Der sich von Judith Essen hatte zustecken lassen müssen, das sie für ihn aus der Küche herausgeschmuggelt hatte. Oder so ähnlich.

»Ich hab's bestimmt hundertmal gesagt, wirklich«, heulte mein Vater. »Daß ich so glücklich mit ihr bin.« Er rieb sich mit den Fäusten die Augen wie ein kleines Kind.

»Entschuldige, Max.«

»Hör auf, Pap. Hier, eine Serviette. Ist mir übrigens total entgangen, daß du Mama irgend etwas erklärt hättest.«

»Sie wollte nicht mit, das stand doch fest! Ich will sie nicht zwingen. Entweder sie kommt gern mit oder eben nicht.«

»Ach je, Pap.«

Unsere Augen brannten, aber unsere Wangen waren trocken, als wir auf dem Flughafen Ben Gurion landeten.

22

Am nächsten Morgen schien plötzlich die Jerusalemer Sonne in unser Zimmer. Irgendwie war das ein Schock. Alles war ein Schock. Nicht zuletzt mein Vater, der sich mit verquollenen Augen und angespanntem Gesicht die Socken anzog und statt eines guten Morgen blaffte: »Du solltest dich vielleicht mal beeilen.« Das Licht fiel herein, weil mein Vater – das sah ich erst auf den zweiten Blick – die dicken Hotelvorhänge aufgezogen hatte. Das hatte mich auch geweckt, das ungeduldige Geräusch, das mein Vater mit den Vorhängen gemacht hatte.

Ich war in Jerusalem, und wir würden Tante Judith begraben.

Mein Vater wirkte grimmiger denn je. Seine Trauer schlug in Wut um, so wie seine Wut immer etwas mit Trauer zu tun hatte.

Derart gnadenlos mit der Gegenwart konfrontiert, brauchte ich nicht mehr darauf zu hoffen, womöglich vergessen oder verdrängen zu können, warum wir eigentlich hier waren.

Ich sprang aus dem Bett und zog mich so schnell wie möglich an. Wir trugen beide schwarze Anzüge. Ehe wir das Hotelzimmer verließen, steckte mein Vater mir etwas in die Tasche. Es war ein weiches, seidiges Etwas, ein Taschentuch, dachte ich zuerst, aber als ich nachguckte, sah ich, daß es ein Käppchen war.

Diese Geste und der Gedanke, daß ich ein Käppchen tragen sollte – ich, der ich vielleicht fünfmal im Leben in einer Synagoge gewesen war –, waren ein neuerlicher Schock für mich, denn sie riefen mir mehr als alles andere den Ernst des uns erwartenden Rituals ins Bewußtsein.

Ich mußte an die Flugangst meiner Mutter denken, die ich plötzlich voll und ganz nachempfinden konnte. Nur galt meine Angst dem etwaigen Absturz in die Arme einer Religion, zu der sich meine Vorfahren bekannt hatten. Und zu der ich keinen Zugang gefunden hatte. Ich hatte mit dreizehn nicht mal die Bar-Mizwa gemacht! Ich war ein frei schwebendes Nichts, ein schutzloser Hautsack voller Knöchelchen und Muskeln, aber ohne Geist oder Seele.

»Muß ich das jetzt schon ...?« stotterte ich, das runde Stückchen Stoff in der flachen Hand. Mein Vater schüttelte den Kopf.

»Nicht nötig. Erst nachher. Nur, damit du es schon mal hast.«

Daß er daran gedacht hatte, machte ihn in meinen Augen plötzlich viel jüdischer, als gehörte er einer anderen Welt an.

Und zutiefst beruhigend und beeindruckend fand ich, daß ich nun also auch in diese Welt gehörte. Wenn ich es ihm nachtat. Und das konnte man als Sohn. Es dem Vater bei den Ritualen des alten Volkes nachtun.

Mir wurde seltsam schwach bei diesem Gedanken. Respektvoll trottete ich hinter meinem Vater her, bereit, es ihm nachzutun, notfalls sogar zu beten: mich in die Tiefe zu begeben, wo bei mir so lange Leere gewesen war.

Rituale, Disziplin, *Einschränkungen*.

Auf der Treppe ließ ich einen Trupp Amerikaner vorbei und mußte kurz warten. Als ich dann endlich in die Lobby kam, konnte ich meinen Vater nicht gleich entdecken. Leicht beunruhigt ging ich zur Rezeption, um nachzufragen, ob man ihn gesehen habe, als ich plötzlich lautes Geschrei hörte, das mir bekannt vorkam. Es kam vom Hoteleingang, wo ich ihn auch stehen sah. Meinen Vater.

Er hatte eine zusammengerollte Zeitung in der Hand, mit der er wild um sich schlug, während er laut auf einen Soldaten einschrie, der seinen Rucksack festhielt. Offenbar wollte der Soldat ihn durchsuchen. Ich schloß daraus, daß mein

Vater draußen die Zeitung gekauft hatte und nun wieder ins Hotel zurückwollte.

Ein zweiter Soldat kam seinem Kollegen zu Hilfe. Ich rannte hinaus und baute mich vor meinem Vater auf.

»Pap, das hier ist Israel, es ist nichts Persönliches! Zeig ihnen deinen Rucksack! Sie wollen wissen, ob Waffen drin sind, um Juden, Leute von uns, zu ermorden. Und dann gehen wir. Hallo! Ich bin's!«

»Ich bin auch Jude!« brüllte mein Vater. »Hab ich dafür Auschwitz überlebt? Daß ich in meinem Hotel nicht ein und aus gehen kann, wie es mir paßt?«

»Himmelherrgott! Das ist für die Jungs doch reine Routine!«

Ich versuchte meinen Vater nach drinnen zu lotsen, aber die Soldaten waren sauer und sahen mit ihren Uzis ziemlich gefährlich aus. Außerdem hielten sie meinen Vater an den Handgelenken fest und trieben ihn damit zur Weißglut.

Ich hielt den beiden, die etwa in meinem Alter waren, unsere Pässe hin, erklärte, daß mein Vater nicht so ganz bei sich sei, und zeigte ihnen den harmlosen Krimskrams, den er im Rucksack hatte: Käppchen, Thora, Brieftasche, zwei Israel-Reiseführer, Fotos (Judith, ich selbst als Sechsjähriger, meine Mutter, Lana), drei Röhrchen Tabletten, ein Dinkytoy, ein Paar Handschuhe, eine Sonnenbrille, einen Apfel, drei Tüten M&Ms und eine Schachtel blanke Steinchen. Sie warfen einen kurzen Blick darauf und ließen meinen Vater los.

Mein Vater schien sich beruhigt zu haben. Er nickte den jungen Soldaten zu und entschuldigte sich, ohne sie anzusehen. Sie wandten sich ab.

Israel.

Mir wurde bewußt, daß die Apotheose jüdischen Verständnisses und jüdischer Wärme, welche ich unwillkürlich erwartet hatte, ziemlich albern und illusorisch gewesen war. Die Schoah lag hier genauso weit zurück und war genauso fern wie bei uns zu Hause. Vielleicht sogar noch ferner. In Anbetracht des jetzt so energischen Umgangs Israels mit potentiellen Feinden war es sogar denkbar, daß man es als blamabel empfand, einstmals dem Versuch einer *Endlösung* unterworfen gewesen zu sein, und keiner in Israel, schon gar nicht die jüngere Generation, daran erinnert werden wollte.

23

Im Freien brüllte uns die Sonne unbarmherzig an. Es war schon jetzt glühendheiß. Mein Vater mußte verschnaufen. Zuerst ließ er sich in die Hocke nieder, dann setzte er sich einfach auf den Boden. Seine scheinbar wiedergewonnene Ruhe erwies sich als Trugschluß.

»Ich kann das nicht«, heulte er. »Ich kann es einfach nicht. Warum wollte Judith auch unbedingt hierher? In dieses Mistland mit diesen Mistjuden: Sie erkennen mich nicht mal als einen der ihren. Ich kann nicht zum Ölberg. Das ist zuviel für mich, Max, wirklich. Das überlebe ich nicht.«

Mein Vater war der größte Sturkopf, den ich kannte, aber so hatte ich ihn noch nie erlebt. Ein einziges Mal hatte er an der französischen Grenze einen Zollbeamten beleidigt, aber im allgemeinen hatte er vor uniformierten Vertretern der Obrigkeit doch ziemliche Manschetten. Und in Extremsituationen war er eigentlich immer tatkräftig und beherzt.

Ich bemühte mich nach Kräften, die bei mir aufkommende Panik zu unterdrücken. Meine frisch aufgekeimten religiösen Gefühle hatten zwar unterdessen einen entscheidenden Dämpfer erhalten, doch das änderte nichts daran, daß wir Judith gemeinsam ein feierliches jüdisches Begräbnis zu geben hatten. Und furchtbar viel Zeit blieb uns nicht mehr.

Wir mußten ein Taxi auftreiben, das uns dorthin bringen würde.

»Los, Pap, du weißt doch selbst, daß du es dir nie verzeihen würdest, wenn du jetzt einen Rückzieher machst. Los, komm.«

Ich wollte ihn hochziehen, doch meine Hände glitten von seinen verschwitzten breiten Schultern ab. Er ließ sich vornübersinken und gab sich in aller Öffentlichkeit seinem lauten Schluchzen hin. Leute blieben stehen und fragten, ob sie helfen könnten.

»Nein!« blaffte ich sie an. In Israel blafften doch eh alle.

»Scht, Pap. Komm, wir nehmen uns jetzt ein Taxi und fahren hin. Denk an Benno.«

»Und deine Mutter ist auch nicht da«, schluchzte mein Vater. »Du mußt für mich gehen, Max. Ich leg mich ein bißchen hin. Du würdest mir einen großen Gefallen tun, wenn du schon mal hinfahren würdest. Ich komm dann später nach. Bitte, Max!«

Ich sah vor mir, wie er zusammenbrechen würde, sobald er allein in seinem Hotelzimmer war, und bekam es noch mehr mit der Angst zu tun. Ich brauchte dringend Hilfe, aber von wem? Benno? Der war selbst ein Wrack, und außerdem wußte ich nicht, wo ich ihn jetzt hätte erreichen können.

Daß meine Mutter nicht da war, erschien mir plötzlich als ein Akt mitleidloser Aggression, der schon an ein Verbrechen grenzte, der aber vor allem eins war: unangebracht. So, wie überhaupt alles, was unsereins am Hals hatte, im Vergleich zu dem, was meinen Vater umtrieb, zu bloßem Leichtsinn, Unsinn, Nichtigkeiten zusammenschrumpfte. Und das insbesondere, wenn wir es wagten, ihm böse zu sein. Derlei Aufbegehren unsererseits setzte voraus, daß wir mal kurz vergaßen, wie die Welt lief, wie der Stand der Dinge war und welche Rolle uns in dem Ganzen zukam. Nur ganz kurz war es uns meistens vergönnt, wirklich von unseren Vorwürfen überzeugt zu sein, auch wenn sie noch so berechtigt und stichhaltig waren – dann lieferte mein Vater uns die Reaktion, die uns zum alten Schuldgefühl zurückbeförderte. Wir schämten uns angesichts der tiefen und schweren Wunden meines Vaters so sehr für unsere läppische Wut, daß nichts mehr von ihr übrigblieb.

Wie würde meine Mutter mit ihrem Beschluß, zu Hause zu bleiben, leben können, wenn sie von meines Vaters Misere hier und jetzt wüßte?

Während ich neben meinem Vater in der brennenden Sonne auf dem Bürgersteig hockte und mich in Argumenten ersäufte, die ihn überzeugen sollten, daß wir zum Ölberg zu fahren hatten, drang aus unmittelbarer Nähe eine bekannte Stimme an mein Ohr.

Zwei Stimmen.

»Max? Was macht ihr denn hier? Simon, wieso sitzt du auf der Erde?«

Wir blickten beide gleichzeitig auf, mein Vater und ich.

Das erste, was ich sah, waren ihre Beine, ihre weißen, aber schönen, schlanken Beine mit den Füßen, die in mir bekannten goldfarbenen Sandalen steckten. Und als mein Blick aufwärts wanderte, sah ich die Beine unter einem fließenden, dünnen Kleid verschwinden – dunkelviolett wie ihr Haar. Ich wurde zu einem kleinen Jungen, der sich am liebsten an die Beine seiner Mutter geklammert hätte, den Kopf unter ihrem Rock.

Sabine.

Es war so verrückt, sie hier zu sehen, ihre Beine, ihr Haar, ihre riesigen Augen, so neu und bekannt und schön in diesem Land, in dem wir uns heimisch hätten fühlen müssen, wo wir aber bis dahin nur heimatlos gewesen waren, daß ich wirklich drauf und dran war, ihre Knie zu umklammern, um nie mehr loszulassen.

Und neben Sabine stand meine Mutter.

Sie wirkte wie umgewandelt, zumal in Sabines Gesellschaft, eine neue Frau in einem mir unbekannten weißen Kleid. Das Ganze sah so organisiert aus, daß ich mir zunächst nicht mal einen Reim darauf zu machen versuchte, wieso sie zusammen waren.

Einen Moment lang blickten die beiden fast ein wenig verschämt drein, wie nach einem Lausbubenstreich, mit dem sie sich selbst genauso überrascht hatten wie uns. Dann brach meine Mutter in Tränen aus.

»O mein Gott, Siem, was ist denn bloß passiert?« rief sie.

»He«, entgegnete mein Vater nur leise, zufrieden, daß er im Mittelpunkt des Interesses stand.

Er lachte ein schwaches, müdes Lachen wie ein Patient, der im allerletzten Augenblick doch noch Besuch bekommt. Sabine schien er gar nicht zu sehen, so als schränke die mißliche Situation sein Gesichtsfeld ein. Sein kleines Lachen setzte alle in Bewegung. Mit vereinten Kräften halfen wir ihm auf, und meine Mutter breitete die Arme aus, um ihn an sich zu drücken.

Und zu meinem Erstaunen ließ mein Vater sich in die Arme nehmen. Daraufhin brach meine Mutter in so lautes Weinen aus, daß abermals Passanten stehenblieben.

Mein Vater klopfte meiner Mutter auf den Rücken. Mit blinden Augen blickte er über ihre Schultern hinweg in die Ferne. Ganz klein wirkten sie so auf einmal. Sie bildeten gemeinsam eine Art Festung der Verletzlichkeit, ein zusammengeschweißtes Team mit auch für mich unbekannten gegenseitigen Versprechen.

24

Ich wagte Sabine noch immer nicht richtig anzusehen. Sie sagte auch nichts, erwartete nichts, war einfach da.

»So was Verrücktes, was hat dich denn hierher verschlagen?« fragte ich schließlich, vor mich auf den Boden starrend.

»Na, du«, sagte sie.

Und wir bewegten uns mit gesenktem Blick aufeinander zu, bis sich unsere Stirnen berührten. Jetzt waren sich unsere Augen so nahe, daß sie psychedelische Formen annahmen, wenn wir uns ansahen, und daher umarmten wir einander, was uns wiederum erlaubte, das Gesicht voreinander zu verbergen.

Ihr Körper in dem dünnen Kleid war weich und vertraut und genauso warm wie die Außenluft, nur viel, viel kompakter und fester. Und da wußte ich plötzlich, daß sie die Richtige für mich war. Ich hätte heulen können – was ich aber nicht tat –, und ich wußte, daß sie das wußte, und fand es nicht schlimm.

Solche parallelen Umarmungen hätten mich früher extrem nervös gemacht, aber jetzt war ich froh, daß ich auch jemanden hatte, an dessen Schulter ich mein Gesicht vergraben konnte.

Und daß es Sabine war.

25

Meine Eltern standen immer noch in enger Umarmung da. Mein Vater begütigte, das Schluchzen meiner Mutter nahm schon ab. Langsam lösten sie sich voneinander, um sich ansehen zu können, sich wieder bewußt zu werden, wer sie waren, und von neuem damit beginnen zu können, sich zu streiten und um das zu kreisen, was ihre Liebe sein mußte – die nun wieder für unbegrenzte Zeit auf solider Basis stand.

Dann hob mein Vater den Kopf, wandte den Blick ein wenig von meiner Mutter und mir ab und sagte mit einer erstaunlich gutgelaunten Abgeklärtheit, die wohl Sabine galt: »Was für eine Familie!«

Noch ein wenig steifbeinig und schwerfällig, aber schon wieder recht beherzt, trat er zu uns.

»Und Sie sind also eine Freundin von Max?« sagte er hölzern. Aber ich wußte, daß das nur Verlegenheit war.

»Ja, aber bitte kein Sie, sondern du. Ich heiße Sabine.«

Mein Vater lachte schüchtern.

»Mein herzliches Beileid«, sagte sie danach, was ihn sichtlich rührte. Sie streckte die Arme aus, und er umarmte sie mit theatralischer, schwiegerväterlicher Gebärde und drückte ihr ein Küßchen auf jede Wange. Meine Mutter begann derweil zu erzählen, wie Sabine und sie im Flugzeug zueinandergefunden hatten, weil sie beide Philip Roth gelesen hatten. Wir waren uns alle einig, daß das eine erstaunliche Fügung gewesen war. Und danach fuhren wir mit dem Taxi zur Beerdigung von Tante Judith.

26

Mein Vater spricht das Kaddisch, ohne zu stocken. Auf dem Kopf trägt er das schwarz-silberne Käppchen, das ich von Chanukka her kenne, und irgendwer hat ihm einen weißen Tallit umgehängt. Bei mir fließt der Schweiß anstelle von Tränen. Meine Kehle ist so trocken, daß es sich anfühlt, als wüchsen Haare darin. Es beängstigt mich, meinen Vater so zu sehen, so mit Judentum bedeckt, als sei er zu den Anfängen zurückgekehrt, und so furchtbar verletzlich auf diesem felsigen Berg mit diesem kleinen Leichnam seiner Schwester, der, nur in weiße Tücher gewickelt, ohne Sarg, in das Loch gelegt wird, das man dafür gegraben hat.

Wir werfen jeder eine Handvoll Erde in die Grube, Sand voller Steinchen, welche die von meinem Vater mitgebrachten überflüssig zu machen scheinen. Doch als er sie am Kopfende des Grabes aufreiht, ist das eine sehr schöne Geste, viel zärtlicher als die Handvoll Erde, die auf die Tote geworfen wird.

Mein Vater wirkt wie neugeboren. Tallit und Käppchen scheinen seinen Kopf aufzurichten, als er auf Sabine und mich zukommt und sagt: »Jetzt müßt ihr leben, leben, so sehr ihr könnt, versprecht mir das, ja?«.

Sabine und ich sehen einander an, und ich habe mit einem Mal Mut, größeren Mut als je zuvor, und Sabine nimmt meine schweißnasse Hand, und mich überkommt plötzlich – es wird wohl die Hitze sein – das irrwitzige Gefühl, daß dies unser Hochzeitstag ist, eine *Chuppáh* auf dem Ölberg. Ich glaube kaum, daß Tante Judith mir das übelnehmen würde, und selbst wenn – für meine Begriffe paßt dieses Empfinden genau zu ihrem Geist, und ich fühle mich daher nicht schuldig.

27

Es klingt verrückt, aber in den Glücksrausch, der dem schmerzlichen Beginn der Reise folgte, kann ich mich noch heute, siebzehn Jahre danach, zurückversetzen, so stark war er.

Vielleicht hatte ich Glück bis dahin nie als etwas real Mögliches betrachtet, vielleicht war ich doch immer lieber dem Unglück meiner Eltern treu geblieben, als mich dazu herabzulassen, jenem Glück der anderen, der Welt nachzulaufen.

Die halb und halb von meinem Vater gesegnete, neue Freude war für mich wie eine Erlösung. Auch Wochen nach Jerusalem hatte ich noch religiöse Anwandlungen, ohne daß mich das skeptisch gemacht hätte. Zum erstenmal ging ich nicht mit mir ins Gericht. Ich war viel zu verliebt, um mir ins Gewissen reden oder mich gar zurechtweisen zu können oder zu wollen.

Während mich also ungewohnt erhabene Gefühle beflügelten, schien Sabine plötzlich vom obsessiv moralisch denkenden Wesen, das insgeheim mit seinem Körper im Clinch lag, ganz und gar zum weiblichen Geschöpf, zu Hitze und Haut geworden zu sein. Allein schon wenn sich unsere Hände berührten, durchfuhr es mich wie ein Stromstoß, und mir wurde ganz schwach. Das war keine Lust, das war etwas viel Größeres, Unglaublicheres. Reine Metaphysik, glaubte ich damals. Göttlich.

Nachdem wir meine Eltern zum Flughafen gebracht hatten, sahen wir auf der Rückfahrt die sieben Hügel vorbeiziehen, die Jerusalem in der Kette biblischer Landschaften so traumhaft ankündigen. Ich hatte mich auf der harten Sitzbank quer gesetzt, mit dem Rücken zur Armlehne, und Sabine saß zwischen meinen Beinen, die weißen Füße zwischen den meinen, so daß wir hinaussehen konnten. Ihr dunkelroter Scheitel unter meinem Kinn, ihr Zimtduft, ihre sommersprossigen Handgelenke, die ich umfaßt hielt, ihr Nacken, ihre Taille, ihre Knie – so vollkommen, so beängstigend unschuldig, daß es fast nicht auszuhalten war.

In Jerusalem konnten wir uns auf offener Straße unmöglich so lange küssen, wie wir es gern gewollt hätten, und so zogen wir uns am hellichten Tag in unser Hotelzimmer zurück. Abends besuchten wir dann die Klagemauer, und das machte unsere sündige Lust wieder heilig, auch wenn ein Chassid ihrer wundervollen nackten Arme wegen vor Sabine ausspuckte.

Ich glaube, daß ich zum erstenmal in meinem Leben jemandem vertraute, ohne mich dabei zu langweilen.

28

Wir ließen uns vom Wasser des Toten Meeres hoch auf seiner Oberfläche tragen. Das viele Salz soll ja angenehm und gut für die Haut sein, sagt man, aber ich fand, daß es brannte und etwas Trocken-Schmieriges hatte.

Nach einer Woche Jerusalem hatte es uns an den heißesten und tiefstgelegenen Punkt der Erde gezogen – genauso heiß und tief wie wir, hatte Sabine gesagt –, und wir hatten den Bus nach Ein Gedi bestiegen.

Es war wunderschön dort, und so heiß, wie man uns versprochen hatte. Wir waren durch die Falte in der Erdkruste gewandert, ohne umzukippen, und nun ruhten wir im Toten Meer aus, an dessen Ufer ein paar tote Äste, die wie eisige Schauergestalten oder die unappetitlichen, gefrorenen Reste einer Mahlzeit aussahen, von einst wasserreicheren Zeiten zeugten.

Das Meer war tot, mausetot, und das machte es irgendwie widerlich, darin herumzudümpeln, obwohl wir nicht die einzigen waren.

Sabine war schon den ganzen Tag über geistesabwesend und verträumt gewesen.

»Am Anfang warst du eigentlich gar nicht nett, weißt du das noch? Richtig kaltschnäuzig«, sagte Sabine plötzlich.

Darauf war ich nicht gefaßt.

»Du bist knallhart mit mir umgesprungen. Hast mich so gut wie nie angerufen, mich auf Distanz gehalten. Wieso eigentlich? Hab ich dich irritiert?«

Wir lagen beide auf dem Rücken, und sie sprach zum strahlendblauen Himmel gewandt. Da es bei all dem Salz gar nicht so einfach war, sich auf die Seite zu drehen, um sie anzusehen, blieb ich liegen, wie ich lag.

»Na, was ist? War ich dir zu bedrohlich oder fandest du mich blöd, oder was?«

»Ich hatte Angst, daß du mich bei lebendigem Leibe verschlingen oder genüßlich mit Pfeffer und Salz verspeisen würdest.«

»Sei doch mal einen Augenblick ernst.«

»Deshalb wolltest du natürlich auch mit mir in dieses Meer, um mich einzusalzen, damit du endlich deine perversen, blutrünstigen Gelüste an mir austoben kannst!«

»Jetzt laß das doch mal! Ich meine es ernst!« schrie sie.

Sie stellte sich hin und sah von oben auf mich herab. Mir war in der ekligen Brühe plötzlich höchst unbehaglich zumute.

»Mein Gott, Sabine. Warum muß denn immer alles zerredet werden? Jetzt ist es doch anders. Und was jetzt ist, zählt. Okay?«

»Aber warum warst du denn so?« fragte sie noch einmal, etwas ruhiger jetzt. Sie legte sich vorsichtig wieder hin.

»Laß doch! Weil ich das alles so gut kannte, darum. Weil du so viel geredet hast. Dauernd hast du von früher geredet, genau wie Lana... Nein, anders, nicht so böse. Aber so... so besessen. Das fand ich erschreckend.«

Ich verstummte. Ihr Gesicht konnte ich nicht sehen.

»Herrje, gefallen hast du mir von Anfang an, ich weiß gar nicht, was du willst. Und außerdem dachte ich, dir wär ein bißchen Abstand auch ganz lieb, wegen deinem anderen Max.«

»So ein Quatsch. Max war doch sofort passé, das weißt du ganz genau. Ich wollte dich vom ersten Augenblick an. Auf der Stelle, im Anne-Frank-Haus, in deinem nassen Regenmantel.«

Das hatte sie noch nie gesagt. Und weil ich sie daraufhin gleich ansehen wollte, drehte ich mich versehentlich wie ein umschlagendes Boot auf den Bauch und schluckte einen Mundvoll Salz. Es schmeckte so widerlich – außer nach Salz auch irgendwie nach Moder und Schwefel –, daß ich würgen mußte.

Sabine kicherte.

»Bei mir dauert's eben etwas länger als bei dir, okay? Ich weiß nicht immer gleich, was ich empfinde«, sagte ich, während ich ausspuckte.

»Und jetzt?«

»Jetzt?«

Ich stand vorsichtig in dem schweren Wasser auf und gab ihr, während sie noch so tief wie auf einem Bett lag, einen nach Schwefel stinkenden Kuß. Sie mußte mit Armen und

Beinen paddeln, um nicht umzuschlagen, und bekam jetzt auch das Würgen. Einen Moment lang sah sie mich ganz hilflos an.

»Jetzt gehörst du mir. Selber schuld. Du bist zu mir ins Gelobte Land gekommen, und nun laß ich dich nicht mehr gehen.«

Sie lachte nicht.

»Meinst du das jetzt ernst?«

Ich lachte auch nicht.

»Ja.«

Wenn ich jetzt ihren Bauch an mich gedrückt hätte, wären wir womöglich aneinander festgeklebt. Für immer und ewig vereint.

Und dann fing sie auch noch an zu weinen.

29

In jener Anfangszeit stand das Leben so still, daß ich kaum noch Erinnerungen daran habe.

Das muß wohl Glück gewesen sein, so altmodisch es auch klingt. Die Reglosigkeit des Glücks. Nur bruchstückhaft sehe ich noch Bilder vor mir, habe ich noch etwas davon im Ohr.

Unsere Wortlosigkeit, die war wichtig. Zwar redeten wir in einem fort, doch ohne die übliche Angestrengtheit. Es brauchte nicht viel gesagt zu werden.

Die dummen Teeniefilme, die wir uns albern vor Verliebtheit ansahen. Wie wir Händchen hielten, wenn wir ganz selten einmal etwas unternahmen: wie Geisteskranke. Daß wir uns vorwiegend im Bett aufhielten, durch die Stadt bummelten, auf Parkbänken saßen – immer auf diese sentimentale Art Händchen haltend, die Finger fest verflochten.

Sabines Weinen, in dem wir beide so sehr aufgingen.

»Was hast du denn, mein Schatz?«

Und mein Trösten – überschwenglich, ja beinahe wollüstig, aber wortlos. Worte schien auch das nicht zu benötigen, als wären wir uns beide ganz genau darüber im klaren gewesen, welches Drama die Tränen so heftig fließen ließ. Dabei weiß ich eigentlich bis heute nicht genau, warum sie so oft weinte.

Für uns existierte nur eine Wirklichkeit, und das war die der Gefühle. Eine heftige Wirklichkeit, in der wir mit ganzer Hingabe herumwateten und, zumindest am Anfang, keine Disziplin kannten.

Dreiundzwanzig und einundzwanzig waren wir, und es war für uns beide das erste Mal, daß wir einem anderen vertrauten.

30

Es war schon fast eine Parodie auf das Verliebtsein, wie wir uns in jener ersten Zeit aufführten. Das Ganze machte uns eher verlegener, als daß es unsere Vertrautheit gefördert hätte, und wir mußten über unsere eigene Verliebtheit lachen. Oder war es das Parodistische, das sie so komisch machte?

Unsere Intimität schien ein Eigenleben zu führen. Sie hatte was von einem drolligen neuen Freund, der uns rührte.

So erwachsen wir vor dieser Verliebtheitsphase getan hatten, mit all unseren gewichtigen Gesprächen, so kindisch machte uns die Evolution unserer Verliebtheit – oder lag gerade darin das Erwachsene?

Die Schutzmasken, die wir uns vorher zugelegt hatten, um Eindruck aufeinander zu machen, jene Masken der Intellektualität, Individualität und Distanziertheit lösten sich nun mehr und mehr auf. Die Glut der Verliebtheit schien jede falsche äußere Hülle schmelzen zu lassen.

Am Ende blieben wir beide ganz ohne Verkleidung zurück, aufgeregt über die neue Freiheit, den neuen Freiraum und die beeindruckende Größe, die wir nun zu zweit besaßen. Das war eine Form von Selbstvergessenheit, die keines von uns ach so gewissenhaften Kindern je erlebt hatte.

Mit dem Ablegen der Verkleidung wuchsen Solidarität und Intimität, Verspieltheit und Leidenschaft. Und dafür schien es ebensowenig Grenzen zu geben wie für unsere Liebe, die uns wie auf einem LSD-Trip ohne Ende durch die Welt gehen ließ.

Welcher Reichtum, daß dies so lange anhalten konnte, wie wir es wollten! Daß wir das in der Hand hatten, zum erstenmal, weil allein wir für dieses große neue Gefühl und das sinnvolle, bedeutsame Leben, das wir uns erworben hatten, verantwortlich waren.

Verliebt lautete jetzt das Schlagwort, und es wurde eine Geschichte daraus, in der wir schwelgten.

31

Nach einigen Monaten zeichneten sich im Nebel der Verliebtheit allmählich wieder unsere höchsteigenen Charakterstrukturen, persönlichen Konturen und Masken ab. Das konnte auch nicht schaden, denn aufgrund der Schrankenlosigkeit dieser Phase und weil wir so viel Zeit im Bett verbracht hatten, wußten wir schon fast nicht mehr, wem von uns welcher Körper gehörte.

Gehörten dieser kleine weiße Po, diese sommersprossigen, mageren Schultern, diese verletzliche Wölbung unter dem Nabelstrich wirklich zu ihr? Ihr Körper war mir schon zu vertraut geworden, als daß ich mich ihr gegenüber noch darüber hätte auslassen können, weil das einer Verherrlichung meines eigenen Hinterns oder was auch immer gleichgekommen wäre.

Wir waren zu einem untrennbaren Ganzen geworden, einer Menschheit für sich, die nichts mit all denen zu tun haben wollte, die sonst noch auf der Erde lebten. Wir waren entschlossen, niemanden an uns heranzulassen und uns wie Löwen unserer Haut zu wehren. Daß andere womöglich ebenso interessante, verletzliche und empfindliche Schenkel und Hüften und sonstige Körperteile haben konnten wie wir, war für uns kaum vorstellbar. Und weil wir das alles als nur zu uns und nicht zu all den anderen gehörig auffaßten, konnten wir zum erstenmal auskosten, was wir früher, prüde wie wir waren, obszön an uns gefunden hatten.

32

Aber nach den Monaten des Stillstands war es angezeigt, uns ein wenig voneinander zu lösen, damit jeder für sich wieder in Gang kommen konnte. Das befreite mich, obwohl ich mich nicht ein einziges Mal eingeengt gefühlt hatte. Wieder einmal mußte Sabine viel weinen, aber jetzt sagte ich: »Los, reiß dich zusammen.«

Das konnte ich mir erlauben, fand ich. Und außerdem wollte ich mich selbst wieder zum Studium aufraffen, um meine Scheine noch zu schaffen, denn ich war ziemlich in Verzug gekommen.

Sabine wußte nicht, was sie wollte. Sie war in vielem gut, konnte sich aber nicht zu einer Sache durchringen.

Mit mir zusammenzuziehen, das wollte sie.

Sie sagte: »Ich möchte gern mehr arbeiten, aber ich muß bei dir sein können. Sonst gelingt mir das nicht. Sonst schaff ich es nicht, normal zu leben.«

Ich konstatierte ohne Pardon, daß sie sich wieder mal anstellte, aber stören tat es mich nicht. Es war, als seien wir krank gewesen und müßten nun einen neuen Lebensstil finden, der uns mit unserer Behinderung zurechtkommen ließ.

Trotzdem war ich nicht gleich hellauf begeistert über Sabines Vorschlag, und das löste bei ihr Tränen aus. Ich war irritiert. Zum erstenmal seit Monaten ärgerte ich mich über sie und empfand das als ziemlich bedrohlich, daran erinnere ich mich noch genau.

Nach großer Zweifelei meinerseits suchte Sabine sich schließlich einen Untermieter für ihre Bude und zog eines schönen Spätsommertages zu mir. Ich half ihr, einen

Riesenberg Klamotten und Bücher und zwei viel zu große Möbelstücke – Schrank und Sessel – runterzutragen, in den Transporter zu laden und in meine kahle Amsterdamer Souterrainwohnung zu schaffen, in der ich unterdessen wohnte.

Sabine hatte eine Flasche Schaumwein eingekauft. Für sie sei das ein Tag zum Feiern, sagte sie. Aber sie fühlte sich offensichtlich nicht so richtig wohl in ihrer Haut, und das machte mir größere Angst als der Anlaß, von dem ich es eigentlich erwartet hatte. Wieso war sie nicht voller Zuversicht und ohne jeden Zweifel?... Ich nickte, obwohl ich wie so oft, wenn es um etwas wirklich Wichtiges ging, nicht wußte, was ich fand.

Ich hatte schon ein zusätzliches Regalbrett für ihre Bücher angebracht und installierte nun noch eine Stange zwischen den Fenstern, an der sie die unzähligen von Märkten und aus Secondhandläden zusammengetragenen Fummel aufhängen konnte. Sabine ging schweigend ans Werk. Alles mußte sofort einen Platz haben, ehe das nicht vollständig erledigt war, durfte man sich nicht hinsetzen und durfte kein Wort gesagt werden.

Kommentarlos wurden ihre Möbel in meinem Zimmer deponiert. Es war gleich voll.

Auch als alles hing und stand, schwieg Sabine, und ich wußte nach wie vor nicht, was ich sagen sollte. Draußen war es grau und naßkalt geworden, und die schöne Spätsommerstimmung der letzten Wochen war plötzlich ein abgeschlossenes Kapitel. Jetzt kam der Herbst, und wir wohnten zusammen.

Es war im Höchstfall *witzig*, daß Sabine nicht mehr in ihre eigene Bude zurückmußte.

Durch die ganzen muffigen Sachen roch es bei mir nach Schweißfüßen.

33

In lila T-Shirt und eigenartiger grüner Schlabberhose stand Sabine an jenem ersten Abend in meiner Küche und kochte.

Sie hatte schon öfter bei mir Essen gemacht, aber jetzt benutzte sie dafür ihre eigenen Töpfe und Utensilien. Es roch gut, aber schon bald auch ein bißchen angebrannt, was ich nicht zu erwähnen wagte.

Als sie schließlich die bräunliche Masse sorgsam auf die Teller schöpfte, die mir meine Mutter gekauft hatte, mußte ich unwillkürlich lachen: Sie mit ihrer weißen Haut, und dann die schlunzigen Klamotten und die angebrannte braune Pampe.

Sabine blieb bierernst und verzog keine Miene. Sie konnte das nicht witzig finden.

»Laß uns irgendwo essen gehen«, schlug ich vor.

Sie fing sofort an zu weinen. Und in Null Komma nichts hatten wir Krach.

Ich schlug die Tür hinter mir zu und stapfte durch den Regen zu meinem Freund Victor, den ich schon seit Monaten kaum noch gesehen hatte. Victor empfing mich kopfschüttelnd. Seine aufmunternden Worte – aus denen höchstwahrscheinlich Eifersucht sprach – zeugten für mich an jenem Abend von wahrer Männerfreundschaft.

Als ich spätabends müde und beschwipst zurückkam, saß Sabine auf dem Sofa und guckte Fernsehen. Alles war sauber und ordentlich, und es sah nicht mehr ganz so voll aus. Sie hatte meine Wohnung aufgeräumt.

»Es roch nach Schweißfüßen«, sagte sie, ohne aufzusehen. »Ich hab dir das nie sagen wollen, aber jetzt fand ich es angebracht, was dagegen zu tun.«

Sie hatte sich auch geschminkt und einen Rock angezogen.

»Wo warst du?« fragte sie.

Ich wußte, daß sie nicht böse war. Eher beunruhigt. Aber ich war böse. Auch über das ordentliche Zimmer.

Ich setzte mich in meinen Sessel und schlug die Zeitung auf.

Sie schwieg und nahm wieder auf dem Sofa Platz.

Das Rascheln meiner Zeitung beim Umblättern nahm sich gegen das Reifenquietschen der einander verfolgenden Autos im Fernsehen aufgesetzt heimelig aus.

Ich hörte, wie Sabine aufstand und sich vor mir aufbaute.

»So nicht«, sagte sie.

Sie stand breitbeinig da, die Hände in die Hüften gestemmt, Tränen in der Stimme, aber nicht in den Augen. Noch nicht.

»Ich kann gleich wieder gehen. Kein Problem«, sagte sie.

In mir regte sich noch immer nichts. Ich war einen Hauch zu betrunken, um deswegen besorgt zu sein.

»Sag was. Freu dich, daß ich da bin. Küß mich zärtlich. Sei brillant. Komm zurück. Komm zurück in die jüngste Vergangenheit. Ich hab mir deine Wohnung nicht *unter den Nagel gerissen*! Ich hab deine Wohnung mit mir *angereichert*. Was bist du bloß für ein Egomane!«

In den Stein, der ich war, kam allmählich Leben. Ein erstes Fünkchen Leben, das ihr nicht entging. Ich packte ihre Knie und zog sie an mich. Ich glaube, ich legte sogar den Kopf ein bißchen schief. Und ich jammerte: »Ich bin ein Rindvieh. Ich bin zu nichts zu gebrauchen. Und ein blöder Angsthase bin ich. Kannst du mir je verzeihen?«

Ich vergrub mein Gesicht an ihrer warmen, knochigen kleinen Schulter und klammerte mich an ihr fest wie ein Ertrinkender – eigentlich ein sehr treffender Ausdruck für einen, der angetrunken ist. Sie fühlte sich so wunderbar weich und zart an, daß ich alle meine Ängste vergaß.

»Das müßte sich machen lassen«, flüsterte sie.

Und im Handumdrehen wurden ihr weißer Po, ihre schlanken Beine, ihr argloses Bäuchlein wieder zu etwas Gemeinsamem. Ich erschauerte kurz, als ich die Knochen unter ihrer Haut fühlte und mir bewußt wurde, daß nicht viel dazu gehörte, sie umzubringen.

34

»Hallo, mein kleines Sabinchen«, sagte mein Vater, wenn Sabine und ich meine Eltern besuchten. Es hörte sich beinahe zärtlicher an, als wenn er mit Lana, seiner eigenen Tochter, sprach.

Meine Mutter war auch ganz vernarrt in Sabine, aber sie tat sich schwer mit der Schwiegermutterrolle. Sie wußte nicht, ob sie eher Freundin oder doch lieber eine Art Mutter sein sollte, und so schwankte ihr Verhalten zwischen übertrieben nett und betreten-distanziert – als schüchterte sie die eigene Freundlichkeit manchmal plötzlich ein.

Sabine schlug oft vor, zu meinen Eltern zu fahren. Ich glaube, sie hatte meinen Vater auch wirklich gern. Sie nannte ihn Siem. Keiner meiner Freunde, geschweige denn irgendeine Freundin, hatte ihn je so genannt. Aber Sabine hatte sich das gleich nach Jerusalem zur Gewohnheit gemacht.

»Ha, Siem«, jubelte sie, wenn wir eintraten. Meine Mutter nannte sie nie beim Vornamen. Aber sie küßte sie dreimal auf die Wangen, beiläufig, selbstverständlich.

Mein Vater blühte auf, wenn Sabine kam. Als wäre er verliebt.

»Hallo, mein kleines Sabinchen.«

Obwohl es mir anfangs die Zehen krümmte, gewöhnte ich mich daran. Nach einer Weile fand ich es sogar rührend, wenn ich auch ein kleines bißchen eifersüchtig war. Nicht auf sein Interesse an ihr, sondern auf ihr Interesse an ihm. Als hätte ich von meinem Vater irgend etwas zu befürchten gehabt!

»Woher stammen eigentlich deine Eltern, Siem?« fragte sie bei Tisch mir nichts, dir nichts. »Wie jüdisch waren sie, gingen sie in die Schul? Bist du in die Schul gegangen, als Kind?«

Und während ich mich noch von dem Schrecken erholen mußte und kaum richtig zuhören konnte – aus schierer Panik schwerhörig, als könnte ich meinen Vater damit vor diesem Übergriff schützen –, antwortete er ganz ruhig und erzählte ohne die Angespanntheit, die mich sonst immer so geärgert und gelähmt hatte, die Geschichten aus seiner Kindheit. Geschichten, die ich so gut und doch auch wieder nicht kannte. Er bediente sich sogar jiddischer Ausdrücke, die er sonst immer vermied.

Sabine fragte bei jedem Essen weiter, ganz ohne Hemmungen oder Zurückhaltung. Sie verstand es einfach, genau den richtigen Ton zu treffen. Wann sie geflüchtet seien. Wohin. Und was seine Mutter dann gemacht habe. Ob sie alle zusammen in Auschwitz gewesen seien. Und Judith und er, wo genau sie auch noch gewesen seien. Und wie Judith für beide Essen habe zusammenschmuggeln können, wenn sie doch im Frauenlager gewesen sei.

Alles nicht schlimm. Das war alles erlaubt.

Ich fürchtete diese Mahlzeiten so sehr, wie ich mich darauf freute. Denn letztlich waren sie eine Art Erlösung, so etwas wie der Schlußstrich unter meine Kindheit. Und sie schmiedeten Sabine und mich noch fester zusammen.

Ich war Sabine dankbar dafür, daß sie auf ihre freundliche Art zum erstenmal eine *Vergangenheit* aus all den grimmigen Erfahrungen meines Vaters zu machen schien. Aber ich verübelte ihr die Identitätskrise, die das bei mir auslöste: Wo gehörte ich hin? Gehörte ich zur Außenwelt, der Welt der Fragen, zu ihr? Oder zu meinem Vater, also zur Welt der Antworten?

35

Sabine und ich hatten eine Vorliebe für Antiquariate.

»Buchhandlungen sind optimistische Einrichtungen«, sagte Sabine. »Das Tolle an ihnen ist, daß dort nicht die Spur von Faulheit herrscht. Bücher sind per definitionem unfaul.«

Sie seufzte tiefsinnig.

Wir befanden uns auf einem Einkaufsbummel. *Eßt das zarte Gemüse von Verhaar* buchstabierte ich von einer Schaufensterscheibe.

»Gemüse ist meiner Meinung nach auch nicht faul«, sagte ich.

»Gemüse *ist*«, sagte Sabine mit Nachdruck. »Gemüse ist gewachsen und hat sich dem Willen der Natur gefügt. Bücher werden gegen das Chaos angeschrieben, *erfunden*. Sie sind per definitionem unnatürlich.«

»Gemüse ist gezüchtet. Das meiste von dem, was in Geschäften ausliegt, ist auch ein geplantes Produkt. Und was sagst du zu Stühlen, Klamotten, Brot, Staubsaugern?«

»Nichts davon setzt einen derartigen ideellen Aufwand voraus wie Bücher. Das alles hat eher mit Nutzen und Notwendigkeit zu tun. Aber die meisten Bücher entstehen nicht auf Wunsch – die drängen sich einfach auf oder legen sich quer. Genau wie Menschen.«

Ich gab ihr einen Schubs. »Du schwafelst ja wieder ganz schön«, sagte ich. »Aber du hast recht.«

Das Wort Faulheit hörte ich nicht gern. Ich trat mit meiner Schreiberei nämlich ziemlich auf der Stelle. Sie war nicht mehr als eine Kopfgeburt, ein Ideal. Manchmal putschte es mein Selbstvertrauen auf, wenn ich meine latenten Aggressionen in entsprechend drastische, kühne Worte kleidete, doch was ich eigentlich erzählen wollte, hatte ich bis dato nicht herausgefunden.

»*Ich* bin faul«, jammerte ich.

»Verschon mich bitte mit der Leier«, sagte Sabine schnell. Sie konnte meinen Hang zur Selbstkasteiung absolut nicht leiden.

Ich überhörte das. »Ich liebe Bücher und Buchhandlungen, weil ich faul bin. Ich habe keine eigenen Ideen. Deshalb lese ich wohl auch so viel.«

»Ja, ja. Das wird's sein.«

Wie von selbst steuerten wir auf das Antiquariat am Ende der Straße zu. Nach Büchern zu stöbern, sie an beliebiger Stelle aufzuschlagen und in ihrer Geschichte herumzuzappen, war mindestens so schön, wie sie zu lesen – oder sich gar selbst etwas einfallen zu lassen –, fand ich. So gut wie täglich gingen wir in diese Buchhandlung, und doch reichte die Zeit nie aus.

Sabine fand jedesmal etwas, das sie für eine Rarität hielt, aber ich war kritischer – und geiziger. Hin und wieder mal leisteten wir uns Bücher mit Holzschnitten, Erstausgaben oder anderes, was uns als Besonderheit erschien.

36

Es war ein warmer Septembertag, und wir hatten beide unsere Jacken ausgezogen und trugen sie über dem Arm. Morgens war es noch kalt und neblig gewesen, aber dann war mit einem Mal die Sonne durchgekommen.

Wir waren in Feierlaune. Wir fühlten uns frei, und die Sonne tat ein übriges.

Sabine hatte zu irgendeiner langen Theorie angesetzt, und so spazierten wir zunächst durch den Laden, ohne etwas zu sehen, denn Sabine wollte erst ihre Geschichte zu Ende bringen. Wenn ich mich recht entsinne, ging es um eine Freundin, die ihr die Fotografenausbildung hatte ausreden wollen. Da mich Sabines Zukunftspläne relativ stark beschäftigten, meinte ich sofort das Böse in dieser sogenannten Freundin zu entdecken, die natürlich nur so redete, weil sie neidisch war und Sabine übelwollte.

Sabine muß sehr laut und schnell gesprochen haben, denn die plötzliche Stille, als sie verstummte, war so eklatant, daß ich mich bis heute daran erinnere. Sabine hörte einfach mitten im Satz auf zu reden.

Dann erst sah ich, daß sie mit offenem Mund zu einem Mann hinüberstarrte. Er stand vor dem hohen Regal mit der ältesten Sammlung des Antiquariats und studierte die Buchrücken.

Der Mann war groß und kräftig und hatte kurzgeschnittenes graues Haar, so kurz, daß es ihm in Stoppeln vom Kopf abstand. Er trug eine kleine Metallbrille und hatte einen langen beigen Regenmantel an. Ein gutaussehender Mann. Allem Anschein nach in den Fünfzigern.

Sabine ging zu ihm hin und stellte sich vor ihn.

»Hallo«, sagte sie mit einem unsicheren Unterton in der Stimme, der mich überraschte.

Da erst schien der Mann sie zu bemerken. Sein Blick erhellte sich wie eine langsam aufleuchtende Lampe, bis er strahlte.

»Tochter!«

»Was machst du denn hier, Vater?«

Ihr Vater!? Daß sie »Vater« zu ihm sagte, fand ich noch komischer als sein »Tochter« – es klang so seltsam altmodisch.

Ich schickte mich zu einem höflichen Händedruck an. Ich muß zugeben, daß ich neugierig war.

»Mein Gott, wenn das nicht meine liebe Tochter ist!« sagte er noch einmal. Seine Stimme war tief und jovial. Mir fiel ein leichter Akzent auf. Sie umarmten sich.

Ihr Vater. So sehr überrascht sah er eigentlich gar nicht aus, dachte ich, eher ein wenig zerstreut, in seinen Gedanken gestört. Diesem einen jovialen Satz folgte nichts mehr. Er sah mich an, ein wenig abwesend, als sei er sich nicht ganz sicher, ob meine Gegenwart nun etwas zu bedeuten hatte oder nicht.

»Vater, das ist Max Lipschitz, mein Freund. Ich wollte ihn dir schon früher vorstellen, aber... daraus wurde nie was.« Ihre Stimme klang hoch und etwas zittrig; ich konnte mir nicht denken, wieso. Es machte mich mit einem Mal nervös.

Der große Mann nickte mir mit dem trägen Augenaufschlag eines massigen Tieres zu. Er reichte mir seine harte, trockene Hand.

»Max, das ist mein Vater«, sagte Sabine.

Sie lächelte mich nervös, mit weit aufgerissenen Augen an, in denen schon ein Anflug von Enttäuschung lag, die ich wohl auf mich beziehen mußte.

Infolgedessen stammelte ich irgend etwas daher, über Bücher, glaube ich, und fragte ihren Vater, wonach er denn suche. An seine Antwort erinnere ich mich nicht – nur an das Gezwungene meiner Stimme.

Sabine übernahm rasch wieder das Wort.

»Können wir dich zu einer Tasse Kaffee einladen, Vater?«

Ich kam mir vor wie in einer verkehrten Welt, als wäre er das Kind und sie der Elternteil, der begierig Kontakt aufzunehmen versuchte.

Er nickte. »Das ist eine gute Idee. Könnt ihr euch noch

einen Augenblick gedulden? Ich muß noch etwas nachsehen, bevor ich gehen kann...«

Wir gingen schon mal nach draußen. Angesichts des Tons, in dem sich Sabines Vater geäußert hatte, fragte ich mich, ob er nicht lieber noch ein paar Stunden in dem Laden für sich allein geblieben wäre.

Wir rauchten eine Zigarette. Sabine stand da wie ein nervöses Straßenmädchen, mit der einen Hand den angewinkelten Ellenbogen des anderen Arms stützend, Kippe in die Höhe.

»Mein Vater ist immerzu beschäftigt«, sagte sie nachdenklich, »immerzu liest er, immerzu ist er auf der Suche nach Material über dieses verdammte fünfzehnte Jahrhundert und Spanien. Da hat erst die eigentliche kulturelle Veränderung eingesetzt, sagt er, da begann das goldene Zeitalter. Er ist jetzt beinahe mit seiner Dissertation fertig, nach fünfundzwanzig Jahren.«

»Arbeitet er an der Universität?« fragte ich.

»Ja, er ist an der Universität, aber er unterrichtet auch fast täglich Schüler in Vorden.«

»Vorden?« fragte ich.

»Na, bei Zutphen.«

»Wie alt ist er?«

»Er ist Jahrgang '25. Er wird dieses Jahr siebenundfünfzig«, blaffte sie. Als hätte ich sie mit meiner Frage beleidigt.

Ich warf ein möglichst unbeschwertes »Okay« ein, und wir schwiegen erst mal.

»Scheint so, als sei dein Vater mit seinen Gedanken ein bißchen woanders, oder täuscht das?« versuchte ich dann doch noch mal einen neuen Anlauf.

»Das ist typisch mein Vater. Er ist eigentlich am liebsten zu Hause an seinem Schreibtisch, auf seinem harten Stuhl, allein. Er ist ein Professor wie er im Buche steht, mein Vater, ein richtiger zerstreuter Professor.«

Wir schwiegen wieder. Mir ratterten Sabines Geschichten über das Leben ihres Vaters durch den Kopf wie bei einem antiquierten Vervielfältigungsapparat. Mittelalter, untergetaucht, wehrloser Rücken...

Es dauerte etwas mehr als zehn Minuten, bevor er erschien. Zehn Minuten, die wir natürlich auch im Laden hätten verbringen können, dachte ich. Aber mit seiner schleppenden, fast schon abwesenden Art, sich zu entschuldigen, schien er so sehr aus einer anderen Welt zu kommen, daß meine Verärgerung sofort wieder verflog. Warum hatte es nur so etwas Verführerisches, wenn jemand so schwer mit einem warm wurde?

37

Wir gingen gemeinsam Richtung Dam, Sabine und ihr Vater Arm in Arm vorneweg. Ohne ein weiteres Wort ließen wir uns in einer kleinen Kneipe am Anfang der Damstraat nieder. Aus Kaffee wurde Bier, ein Vorschlag, dem er sofort zustimmte.

Mit langsamer, souveräner Bewegung wischte er sich den Schaum von der Oberlippe. Seine Miene war aufgeräumt, ihm konnte keiner was. Voll Feuer erzählte er von dem Buch, das er gerade gekauft hatte, ein Buch, auf das er mehr als ein Jahr hatte warten müssen. Es stammte aus irgendeiner spanischen Bibliothek, aus Sevilla, glaube ich. Er habe es aber nicht bei sich, sagte er entschuldigend, weil er es gleich zum Binden dagelassen habe, damit es ihm nicht womöglich gleich auseinanderfalle.

Dann fragte er, ob ich in Amsterdam studierte. »Komisch, nicht, aber ich sehe dir an, daß du studierst. Stimmt's, oder hab ich recht?«

Woran erkannte er das? Mußte ich mich jetzt schämen? Ich gab Sabine zuliebe mein Bestes und stand ihm Rede und Antwort.

»Literaturwissenschaft, hm, spannend«, sagte er. »Und hast du in dem Gebiet auch schon eine besondere Leidenschaft entwickelt? Ein Thema gefunden, das dich nicht mehr losläßt? Studieren hat nur Sinn, wenn man seine Passion entdeckt...«

Ich sagte, daß ich gern schreiben wolle. Er nickte scheinbar verständnisvoll.

Angespannt sah Sabine uns zu. Ob ich wollte oder nicht, der Mann faszinierte mich ungemein. Nach unserem kurzen Dialog konnte ich ihn nach Herzenslust studieren, weil er uns kaum ansah und demnach auch nicht zu bemerken schien, daß wir ihn ansahen.

Sabines Vater war ein schöner Mann, kräftig gebaut, bestimmt russische Vorfahren, Steppe, nicht Schtetl. Sabine hatte wenig Ähnlichkeit mit ihm. Kein Wunder, daß ein Mann von diesem Zuschnitt das KZ überlebt hatte, dachte ich.

Als Sabine ihm erzählte, wie es mit ihren Zukunftsplänen aussah – mich erwähnte sie dabei mit keinem Wort –, guckte er sie zum erstenmal voll an, lächelnd und enthusiastisch, aber die Lider mit den nahezu weißen Wimpern ein wenig gesenkt. Verlegenheit, Unbeholfenheit oder doch ein Zeichen von Desinteresse?

Nein, er hatte sie ganz offensichtlich sehr gern, wenn auch auf bequem unbeteiligte Weise – zu sehr in andere Dinge involviert, um sich ganz in den Dienst des Hier und Jetzt stellen zu können. Nicht einmal das seiner Tochter.

Aber es tat mir doch weh mit anzusehen, wie Sabine sich krampfhaft bemühte, bisher eher spielerische und wenig konkrete Pläne und Träume zu ernsthaften Vorhaben herauszuputzen und etwaige Zweifel mit übertriebenem Ernst zu rechtfertigen. Die Fotografie spielte plötzlich eine ungeahnt große Rolle in ihrem Leben. Und im Anne-Frank-Haus war sie unentbehrlich geworden.

Ihr Vater nickte zu all diesen beruhigenden Mitteilungen mit ernstem Lächeln. Daß er gut zuhörte, war aus der Tatsache ersichtlich, daß er hin und wieder eine scharfe Frage stellte, nicht so, als glaubte er eigentlich nur die Hälfte von dem, was sie sagte, sondern eher, als wollte er sie anspornen, bis zum äußersten für die eigene Persönlichkeit einzutreten.

Das veranlaßte Sabine zu weiteren hochtrabenden, mit schon fast schriller Stimme verkündeten Geschichten über verschiedenste Vorhaben – bis sie urplötzlich innehielt.

»Wie geht es Mama?« fragte sie auf einmal.

Auch darauf antwortete ihr Vater lächelnd: »Ich dachte, ihr sprecht täglich miteinander?«

»Ich wollte es aber gerne mal von dir hören, ist das so abwegig?«

»Sie hat wieder zum Pinsel gegriffen und arbeitet an neuen Meisterwerken«, sagte er. So zackig, wie das plötzlich klang, fragte ich mich unwillkürlich, ob er wohl in einer Burschenschaft gewesen war.

»Okay, Vater, das reicht«, sagte Sabine. Ihre erste töchterliche Bemerkung, ging es mir durch den Sinn.

»Sie sieht sich viele Kunstausstellungen an«, sagte er daraufhin. »Dazu ist sie in letzter Zeit des öfteren mit ihrer Malklasse herumgereist. Aber das weißt du ja sicher...«

»Ja«, sagte Sabine, »ja, natürlich.«

»Na, dann wird's für mich wohl langsam wieder Zeit, in den Zug zu steigen«, sagte ihr Vater vergnügt.

Er erhob sich und sah uns jungenhaft herzlich an. Nun, da das Ende unseres Zusammenseins in Sicht war, blühte er noch einmal sichtlich auf. »Tschüs, meine liebe Tochter«, sagte er, faßte Sabine an den Schultern und sah ihr ein paar Sekunden lang schweigend und fast beschwörend in die Augen.

Dann umarmte er sie innig und gab ihr zum Abschluß drei laute Schmatzer. Ich bekam den gleichen harten Händedruck wie zu Beginn. »Nett, daß ich dich nun auch einmal kennengelernt habe«, sagte er, ehe er zügigen Schrittes in der Menge verschwand.

Die Verabschiedung hatte alles in allem nicht mehr als eine halbe Minute in Anspruch genommen.

38

Ich wagte kaum, Sabine anzusehen. Sie starrte auf ihren Bierdeckel und zupfte heftig an ihrem Daumen.

»Du hast überhaupt nichts gesagt!« sagte sie wütend.

»Mein Gott, als wenn das so einfach gewesen wäre«, entgegnete ich. »Außerdem stimmt das gar nicht!«

Jetzt starrte sie auf ihr Glas und wirkte ein bißchen entspannter.

»Komisch, nicht?« sagte sie. »Mein Vater macht mich immer ein bißchen nervös. Dabei bewundere ich ihn doch so sehr.«

Im Sitzen rückte ich mit meinem Stuhl zu ihr hin. Ich faßte sie sanft bei den Schultern, aber sie machte sich ebenso sanft wieder los.

Es sollte das einzige Mal bleiben, daß ich ihren Vater zu sehen bekam.

39

»Du bist nun mal nicht der Typ ›Femme fatale‹«, hatte Victor eines Abends bei uns zu Sabine gesagt.

Victor und ich waren von der Vorschule an zusammen in eine Klasse gegangen. Jahrelang hatte er jeden Tag bei uns zu Mittag gegessen, weil seine Mutter berufstätig und nie zu Hause war. Als wir auf unterschiedliche weiterführende Schulen kamen, hatten sich unsere Wege vorübergehend getrennt. Victor war nie ein besonders guter Schüler gewesen. Wiederaufgefrischt hatten wir unsere Freundschaft, als ich zu studieren begann und sich herausstellte, daß er ganz bei mir in der Nähe wohnte. Victor hatte sich zum gewieften Geschäftsmann gemausert; er machte jetzt irgendwas Schlaues mit Computern. Das war seinerzeit noch ziemlich außergewöhnlich.

An Victor gefiel mir unter anderem, daß ich in seinen Augen ein Intellektueller war und er ziemlich zu mir aufblickte. Ebenbürtig war unsere Freundschaft demnach zwar nicht so ganz, aber wir kannten uns schon so lange und so gut, daß das keine Risse mehr herbeiführen konnte. Ich gab mich Victor gegenüber wie ein älterer Bruder und hielt mich damit an eine alte Rollenverteilung, die er akzeptierte und die mir sehr genehm war. Victor durchschaute mich übrigens immer verdammt gut, besser als ich ihn.

Unter Femme fatale verstand Victor – der in seinem Liebesleben von einem entsetzlichen Fehlschlag zum nächsten tragischen Irrtum schlitterte – eine Frau, die unerreichbar und unberechenbar war, und das erregte ihn genausosehr, wie es ihm sauer aufstieß. Ich war mir ganz sicher, daß er sich insgeheim unendlich nach einer gar nicht so »fatalen« Freundin sehnte, nach einer wie Sabine.

Aber Sabine war beleidigt. Für sie sei es erstrebenswert, als mysteriös, eigenwillig und unberechenbar zu gelten, sagte sie und behauptete, Victor habe sie mit seiner Bemerkung als Frau degradiert. Prompt verfiel sie daraufhin in düstere Selbstbetrachtungen, die seine Einschätzung nur noch bekräftigten.

»Du findest also, ich bin keine Femme fatale.«

Sie blickte dabei so unglücklich in die Flämmchen des Gasofens, daß ich unwillkürlich lachen mußte. Eine Femme fatale ist bestimmt nicht so rührend wie du, wollte ich sagen. Aber sie kam mir zuvor.

»Ich achte auch immer viel zu sehr auf andere, wie die sich fühlen. Ich wünschte, ich würd mir weniger draus machen, wenn er wieder mal 'ne Stinklaune hat. Ich würd einfach meine eigenen Wege gehen. Weniger in seiner Seele herumstochern.« (Das bezog sich auf mich.)

»Ich stochere doch auch in deiner Seele herum«, schleimte ich, und damit hatte das Thema für mich auch schon wieder an Interesse verloren.

Sabine schwieg den gesamten restlichen Abend. Wahrscheinlich in der Hoffnung, doch noch für *fatale* gehalten zu werden. Aber Victor und ich bemerkten es nicht einmal. Erst als sie sagte, daß sie zu Bett gehe, wurde uns bewußt, daß sie stiller gewesen war als sonst.

Am nächsten Tag bekam ich dann was zu hören. Wenn sie genauer darüber nachdenke, finde sie es eigentlich unausstehlich von mir, daß ich Victor nicht heftig widersprochen hätte, sagte sie.

»Findest du denn gar nichts unberechenbar an mir?«

»Doch, alles«, sagte ich ganz ohne Ironie. »Du bist vollkommen unberechenbar. Ich hätte nie gedacht, daß du nach Jerusalem kommen würdest, noch dazu mit meiner Mutter. Ich hätte nie gedacht, daß du mit mir zusammenziehen wolltest. Ich hätte nie gedacht, daß du so hübsch bist und so... Daß ich dich so sehr... Ach, Schluß mit dieser Faselei.«

»Auch wieder so was. Eine Femme fatale würde natürlich nie mit jemandem zusammenziehen wollen.«

»Nein, die könnte sich nicht binden, stimmt. Femmes fatales sind Wesen, die sich nicht festlegen, weil sie ihre widersprüchlichen Wünsche nach Freiheit einerseits und Geborgenheit andererseits nicht auf die Reihe kriegen. Und deshalb lügen und betrügen sie auch. Ich persönlich steh nicht so auf Femmes fatales, da können sie noch so attraktiv sein. Wieso findest du 's denn bloß so erstrebenswert, so zu sein, mein Gott?«

Irgendwie brachte mich das doch auf die Palme.

»Gedanken sind zollfrei, hoff ich doch«, sagte Sabine.

Ihre Stimmung hatte sich allem Anschein nach schon wieder gebessert, und sie tat jetzt ganz überlegen.

»Für *mich* bist du so fatal, wie es überhaupt geht. Was Fataleres könnt ich gar nicht verkraften«, sagte ich.

Da legte sie mir einen wundervollen, unbeholfenen Striptease hin und gab sich endlich zufrieden.

40

Später habe ich noch oft an diesen Abend zurückgedacht. Da war sie unterdessen zur fatalsten Frau meines Lebens geworden. Aber eine Femme fatale würde ich auch heute, fünfzehn Jahre danach, noch nicht aus ihr machen wollen. Zwar hat sie sich in meiner Vorstellung verändert, nahm etwas Gerissenes, Tragisches, Bösartiges an. Aber Femme fatale? Nein, nie. Dafür schwang bei der ganzen Sache zuviel Unbegreifliches mit, das eher kläglich und traurig war, und dafür blieb Sabine auch zu sehr Sabine. Ihr Verschwinden hat einfach nie zu Sabine gepaßt – obwohl ich sie deswegen natürlich verflucht habe.

Letzten Endes saß ich allein da. Einziger Hinterbliebener und somit Hauptschuldiger.

41

Sie verschwand an einem Freitag – das weiß ich noch so genau, weil Sabine morgens auf einmal davon geredet hatte, den Schabbes zu feiern. Das würde ihr gefallen, sagte sie. Sie wollte mittags Kerzen und Challa besorgen.

Ich war dann in die Uni gegangen. Sabine mußte freitags nie ins Anne-Frank-Haus, und in ihrem neuesten Ausbildungsgang – der Fotografie, jawohl – hatte sie schon wieder vorlesungsfrei, so daß sie diese Freitage mit den verschiedensten Aktivitäten ausfüllte, die für mich größtenteils im dunkeln blieben.

Als ich um drei Uhr nachmittags nach Hause kam, fiel mir gleich auf, daß irgend etwas ungewöhnlich war. Es war beängstigend ordentlich in der Wohnung, das mußte es sein. Hatte wohl was mit diesem komischen Sabbat zu tun, dachte ich, da brachten Frauen ihr Haus doch auf Hochglanz, oder?

Zu Hause hatten weder Sabine noch ich je Sabbat gefeiert, und mich beschlich gleich ein gewisses Unbehagen. Was sollte der Firlefanz?

Und wo war Sabine?

Ich ging ins Bad und las auf dem Klo die Zeitung, und erst nach mehreren Minuten fiel mir dort etwas Weiteres auf, das eigenartig war: Sämtliche Tuben und Döschen und Fläschchen von Sabine waren verschwunden. Zuerst dachte ich: aufgeräumt. Einige Sekunden später aber wußte ich: weg. Ich rannte ins Schlafzimmer, und da erst wurde mir bewußt, daß die Stille in der Wohnung eine andere war, als wie wenn jemand nur mal eben nicht da ist.

Die Stange zwischen den Fenstern war bis auf ein paar alte Oberhemden leer. Ihre Bücher waren weg. Auf dem Bett lag etwas, das wie ein Brief aussah.

Ich war so durcheinander, daß ich gar nicht mehr richtig denken konnte. Was war gestern gewesen? Hatte sie vorgehabt, irgendwem einen mehrtägigen Besuch abzustatten? Hatten wir uns gestritten? Nein, sie war fröhlich und munter gewesen. Wir hatten sogar eine ziemlich leidenschaftliche Nacht hinter uns, und das passierte, wenn wir Streit hatten, nie.

Ich riß das Kuvert auf. Mein Herz hämmerte wie verrückt, und meine Hände zitterten. Im ersten Moment war ich gar nicht fähig, etwas zu lesen. Ich blickte noch einmal in dem leeren Zimmer herum – war das alles ein Irrtum?

Der Brief war offenbar in aller Eile geschrieben, ein hingekritzelter Brief in dieser plötzlich so ordentlichen Wohnung:

Lieber Max,
wenn Du das hier liest, bin ich weg.

Mit Dir und mir kann es einfach nie etwas werden, das ist unmöglich. Komm mir nicht nach, such mich nicht. Mein Entschluß steht ein für allemal fest. Ich liebe Dich, aber ich kann nicht.

Bitte laß auch meine Mutter in Ruhe. Sie weiß, daß ich weg bin, aber sie weiß nicht, wohin. Belästige sie bitte nicht, sie hat schon genug Kummer.

Ich muß eine Weile allein sein, gründlich nachdenken, weit weg.

Ich hoffe, daß Du das irgendwann einmal akzeptieren wirst.

Mach Dir keine Hoffnungen, such nicht. Es geht nicht. Ich will es nicht.

Tschüs, lieber Max. Das Weinen übernehm ich schon.

Leb wohl,
Sabine.

Zweiter Teil

42

Frankfurt war in dichten Nebel gehüllt wie in eine weiße Wolke. Wenn sich Buchliebhaber und Buchverkäufer aus dem gigantischen Komplex der Messegebäude mit der unnatürlichen Zirkulation überhitzter und schweißgeschwängerter Luft ins Freie begaben, empfing sie wohltuende, kühle Stille. Geradezu lieblich erschien da der entfernte Stadtlärm, der von zahlreichen rumorigen Baustellen zur Stadterneuerung herrührte.

Für mich war die Buchmesse Jahr für Jahr wieder ein Fest gewesen, trotz oder vielleicht gerade wegen des hysterischen Konkurrenzkampfs, der weitreichenden finanziellen Entscheidungen und der heimlichen Flirts und Affären unter Kollegen. Da war es gar nicht so einfach, einen klaren Kopf zu bewahren bei den endlosen nervenaufreibenden Verhandlungen über Angebote zu Titeln, von denen man nur eine vage, eher intuitive Vorstellung im Sinne von »auffallend schöner erster Satz«, »große atmosphärische Dichte« hatte. Wurde das Buch noch dazu von einer attraktiven Lektorin angepriesen und ging das Gerücht, daß es atemberaubend modern, wichtig und tonangebend sei und aller Wahrscheinlichkeit nach ein außerordentlicher Erfolg werden würde, geriet man endgültig ins Schleudern.

Diesmal stieg ich mit leichtem Bammel aus meinem luxuriösen Van. Diese Messe hatte für mich eine Entscheidung zu bringen, dämmerte mir, während ich, in der feuchten Luft dicke Dampfschwaden ausatmend, meinen schweren Bücherkarton auf das Hotel zu schleppte.

Ich hatte in diesem Jahr die Vierzig erreicht und war mir nur allzu bewußt, daß die vielen Wiederholungen in meinem Leben mich in wachsendem Maße einlullten, in einen Schlaf allerdings, aus dem ich immer öfter mit einem Gefühl von Panik erwachte, daß ich unbedingt etwas verändern müsse – umziehen, heiraten, schreiben, Hauptsache, es veränderte sich etwas. Es schien, als sei ich meinen eigenen Optimismus leid.

Der Nebel, in dem Frankfurt vor sich hin schwieg, legte sich mir genauso aufs Gemüt wie die erstickende Selbstgefälligkeit, die Prätention und die Aufgeblasenheit der Autoren und ihrer Verleger, denen ich dort ausgesetzt war. Wer würde sich als derjenige entpuppen, der die Sprache der Gegenwart sprach, wer als der, der die Zukunft vorhersah? Wer würde die mächtigste Stimme haben, wessen Buch genau das treffen, wonach die Leute gerade hungerten? Welches Buch erzählte, was alle wissen wollten – ohne sich dessen bewußt gewesen zu sein? Ich hatte die Frankfurter Buchmesse mehr und mehr als eine Art kulturelles Las Vegas aufgefaßt, doch leider war meine Spielleidenschaft mit der Zeit abgeflaut.

Schon seit fünfzehn Jahren gab ich nun Bücher heraus, aber mit der Passion dafür war es, ehrlich gesagt, nicht mehr so weit her. Entweder mußte der Verlag umgekrempelt werden, oder ich mußte was anderes machen. Das war mir sonnenklar, nur wußte ich noch immer nicht so recht, wie und was.

Mein Bücherkarton paßte nicht durch die Drehtür des leicht heruntergekommenen Touristenhotels Continental, in dem ich die nächste Woche nächtigen würde. Ein deprimierter Portier lotste mich wortlos mitsamt meinem überdimensionalen Karton durch die Eingangstür für Behinderte.

Es schüttelte mich, wenn ich an meine schmuddlige Erregung bei der Reservierung von Noras Zimmer dachte. Und das Interieur des Hotels mit dem verschlissenen Teppichboden in der Lobby, dem abgestandenen Bratkartoffelgeruch und den vom Zigarettenqualm beschlagenen Wänden und Decken sorgte dafür, daß mich tiefe Mutlosigkeit überfiel, als ich hinter dem mit meinem Karton kämpfenden südländischen Liftboy in den Fahrstuhl stieg.

43

Natürlich hatte ich nur schöne Literatur verlegen wollen – auserlesene kleine »Perlen«, wie man so schön sagt. Keine Belletristik um der Belletristik willen, sondern beiläufige Meisterwerke wie *The Catcher in the Rye,* die ganz aus Versehen Hunderttausende einbringen würden. Kultbücher.

Das schwebte mir vor, als ich direkt nach Beendigung meines Studiums einen kleinen Verlag gründete. Mein Vater stellte mir mit großer und demonstrativer Geste das Startkapital zur Verfügung – von Tante Judith hinterlassenes Geld, das ich mit ehrfürchtiger Scheu annahm. Der Ernst des Geldes ließ sich nicht so ganz mit der Unbestimmtheit meiner Ambitionen vereinbaren, schien mir.

Schon nach einem Jahr war ich gezwungen, einen Nebenjob in einem Restaurant anzunehmen, um keine Schulden machen zu müssen. Da blieb wenig Zeit für meinen kleinen Einmannbetrieb, mit dem es immer weiter bergab ging. Meine erste Berufung, das Schreiben, hatte ich da längst auf Eis gelegt. Leider war auch die Geschichte des Untergangs meines Unternehmens ziemlich armselig. Mein Verlag wurde aufgelöst und die Konkursmasse, bestehend aus ingesamt achttausend unverkäuflichen Prachtausgaben zweier bis zum heutigen Tag unbekannt gebliebener Flamen und eines jungen Himmelsstürmers aus Veghel, an die Papiermühle verfüttert.

Ohne meiner Familie etwas von dem Ganzen zu sagen, beschloß ich, mich bei einem namhaften Verlag zu bewerben, und wurde sogar genommen. Ein stolzer Erfolg, denn damals schien wirklich jeder Lektor werden zu wollen.

Meinem Vater wagte ich erst nach drei Jahren zu erzählen, daß ich keinen Verlag mehr besaß. Da war meine Beschämung zwar schon nicht mehr ganz so groß wie zu Beginn, weil ich mittlerweile zum Cheflektor aufgestiegen war, doch das Bewußtsein, gescheitert zu sein, hatte ich noch nicht völlig abgestreift.

Nach sechs Jahren wurde ich zu meiner großen Verwunderung zum Nachfolger ebenjenes Verlagsleiters ernannt, der mich seinerzeit als noch aufstrebender Unternehmer eingestellt hatte. Inzwischen etwas gesetzter – er entstammte einem der geburtenstarken Nachkriegsjahrgänge –, wollte er nun was Eigenes aufziehen, wie er sagte.

Ich kam aber schnell dahinter, daß er mit diesem Schmus in erster Linie sein eigenes Scheitern kaschieren wollte. Zum

Glück hatte er den Verlag in letzter Minute unter die Fittiche eines kapitalkräftigen Konzerns bugsiert und damit die ärgsten Probleme abgewendet.

So leitete ich also mit vierunddreißig plötzlich einen relativ großen Verlag, der noch mit einem Bein in den roten Zahlen stand und bei dem es leider auch, was das Management betraf, noch ziemlich haperte. Und das trotz oder vielleicht auch gerade wegen des großen Mutterkonzerns, der reichlich viel verlangte.

Tante Judith wäre mit mir zufrieden gewesen, denn ich sanierte alles, so gut ich konnte, und hatte gleich in den ersten Jahren viel Glück mit meinen Erstlingen. Mindestens acht davon verkauften sich mit jeweils mehr als zwanzigtausend Exemplaren wirklich gut, und in Verbindung mit den immer noch verläßlichen Einnahmen aus der Backlist machte das allmählich wieder einen aussichtsreichen, wenn auch noch nicht wirklich florierenden Betrieb aus dem Verlag.

Sechs Jahre später war die Zufuhr von neuen Talenten leider versiegt. Die Konkurrenz war zu stark. Ich konnte mich des Eindrucks nicht erwehren, daß wohl so langsam alle Welt Bücher schrieb, die sofort gedruckt und auf den Markt geworfen wurden. Ich benötigte dringend ein neues Konzept.

In besagtem Herbst hatte ich genau einen Trumpf, das Debüt von Nora Weber. Ihr Manuskript war aus heiterem Himmel zwischen all der Schreibwerkstattprosa aufgetaucht, die mit der Post hereintrudelte. Ich hatte den Roman eigenhändig redigiert, in Zusammenarbeit mit Nora, die anfänglich mit keinem einzigen Ratschlag einverstanden war.

Jeder noch so kleine Kompromiß: hier ein Komma, da ein Punkt, dort die Streichung eines Nebensatzes, war da ein Triumph für mich. Doch so schwierig sich Nora auch gebärdete, ich fühlte mich sehr zu ihr hingezogen. Oder vielleicht war es ja gerade das, was ich so anziehend an ihr fand.

Ihr Buch handelte von der Freundschaft zwischen zwei Frauen, die aufgrund eines Vorfalls in deren Vergangenheit entgleist. *Sand* war der Titel. »Ein ungewöhnliches Buch, das weibliche Leser besonders ansprechen wird«, stand in meinem Prospekt.

Ich war aufrichtig von diesem Roman überzeugt. Bücher, in denen es um Frauen ging, las ich immer gern, und Nora hatte einige bemerkenswerte Passagen darüber geschrieben, wie die beiden Protagonistinnen einander auf subtile Weise quälten. Ich hatte sie gleich mehrmals gelesen, und das nicht nur aus beruflichen Gründen. Vielleicht hatte es damit zu tun, daß mich eine der Figuren mit ihrer argwöhnischen Haltung, ihrer Überempfindlichkeit und ihrer obsessiven Beschäftigung mit Gut und Böse an Sabine erinnerte. Auch weckte das Buch Erinnerungen an das Verhältnis zwischen meiner Mutter und Tante Judith, was nicht zuletzt auf den Umstand zurückzuführen war, daß es von der Freundschaft zwischen einer jüdischen und einer nichtjüdischen Frau handelte.

Der Roman hatte in den Niederlanden zu meiner Verärgerung ein geteiltes Presse-Echo gehabt. Andererseits hatte er einen Literaturpreis gewonnen und sich erstaunlich gut verkauft. Jetzt wollte ich ihn dem Rest der Welt vorstellen. Wenn ich nur daran dachte, daß ich dabei womöglich auf Unverständnis stoßen würde, packte mich schon die Wut.

Mochte ich mich vielleicht auch nicht mehr als den Verleger des neuen *The Catcher in the Rye* sehen, aufführen konnte ich mich bei der Herausgabe der meisten Bücher nach wie vor wie ein echter Missionar. Was gut war, durfte nicht unbemerkt bleiben, lautete noch immer meine Überzeugung. Wobei ich mir allerdings darüber im klaren war, daß ich das Wort »gut« in den letzten Jahren allzuoft mit »gewinnträchtig« verwechselt hatte.

Frankfurt. Ich hatte ernstlich darauf gedrängt, daß Nora selbst kommen müsse, um ihr Buch zu promoten, obwohl ich aus Erfahrung wußte, daß das meistens nicht viel brachte. Ich hatte in meinem Hotel ein Zimmer für sie reservieren lassen. In meinem Hinterkopf hatte dabei, so sehr ich das auch vor mir selbst abzustreiten versuchte, die Hoffnung mitgespielt, daß die herbe, jungenhafte Noor mir einmal erlauben würde, ihr die engen Jeans abzustreifen, und ich endlich erfahren würde, wie ihre Brüste unter dem obligatorisch zu kurzen T-Shirt aussahen. Daß wir den zaghaften Kuß von unserer letzten Besprechung fortsetzen könnten.

Sicher war ich mir nicht, denn sie konnte mich aus ihren hellen Augen manchmal so spöttisch ansehen. Ich hatte mich schon gefragt, warum sie eine ihrer Protagonistinnen (Saar Bakker) zur Jüdin gemacht hatte. Diese Faszination Noors war mir suspekt.

Zu allem Überfluß behauptete sie auch noch, kürzlich entdeckt zu haben, daß ihre eigene Mutter Jüdin gewesen sei. Damit hatte sie sich dann gleich so großgetan, als wäre das ein Identitätsgewinn. Was ich nicht glauben konnte. Nicht glauben wollte. Und ich fand es auch schwer erträglich, daß sie sich mit so etwas brüstete. Welche Vorteile sollte das haben? Woher dieser Stolz?

Jüdisch sein, ohne die dazugehörige verwirrte Kindheit, ohne die KZ-Geschichten oder das eigentümliche Verstummen der Eltern. Wie bequem! Zwar jüdisch sein, aber nicht den Argwohn in bezug auf vermeintlich antisemitisches Verhalten Fremder kennen. Nicht diese ganz speziellen Momente des Hin- und Hergerissenseins zwischen Aversion und Zusammengehörigkeitsgefühl kennen; nicht wissen, wie es ist, sich nirgendwo je ganz heimisch zu fühlen. Und sich dann plötzlich mit seinen jüdischen Federn schmücken und einen zu nichts verpflichtenden Schluchzer in der Kehle verspüren, weil man sich von einer Geschichte voller Tragik betroffen wähnt?

Trotz dieser Bedenken suchte ich unwillkürlich auch weiterhin Noors Gesellschaft. Eine Jüdin im Gewand der Superschickse war offenbar unwiderstehlich. Ich mußte ein Masochist sein.

Dennoch, selbst wenn es wirklich stimmte, wenn sie wirklich Jüdin war, kam ich mir in ihrer Gesellschaft immer gleich wie einer von der falschen Art vor. Wie von einer leicht bedauernswerten Abart. Zu dunkel und zu haarig. Zuwenig Muskeln. Unbeholfen, nicht cool. Noor war licht und klar wie Glas.

Blieb die Frage, wie sie mit ihrer Saar so genau den richtigen Ton hatte treffen können.

Vielleicht war sie ja einfach eine gute Schriftstellerin.

44

Das Foto hing mitten in der Halle der Amerikaner. Es dauerte einen Moment, bis ich es so richtig an mich heranlassen konnte.

Wie eifrig Frauen doch ihre Gesichter aneinander eichen – das war es, woran ich zunächst dachte. Daß sie ihr Gesicht *aufräumen*, wenn es der Außenwelt präsentiert werden soll, mit Hilfe von Zaubermitteln aufräumen und ordnen – damit man wieder sieht, daß sie Augen, Nase und Mund haben. Die würde man sonst womöglich genauso außer acht lassen wie die Konturen der unteren Gesichtspartie, den Haaransatz und die Augenstellung. Ehrlich gesagt, nehme ich ein Frauengesicht auch tatsächlich erst, wenn es so aufgeräumt ist, richtig wahr, wenn es dem anderer Frauen ähnelt. Komischerweise vermittelt gerade dieses Wiedererkennbare, dieses vertraute Muster in einem Frauengesicht den Eindruck, daß die Betreffende sehr schön ist. Sorgt dieses Wiedererkennen dafür, daß man noch ein zweites Mal hinsieht.

Ich fragte mich, ob menschliche Schönheit demnach wohl eine eigenständige Form von Schönheit sei, nicht zu vergleichen mit der von Kunst, Architektur, Landschaften. Oder hatte Schönheit immer etwas mit wiedererkennen zu tun?

Meine Freundinnen waren für mich immer rasch unsichtbar geworden. Wie sie aussahen, wenn sie entspannt, im verwaschenen T-Shirt, mit ungekämmten Haaren beim Frühstück oder an faulen Abenden auf dem Sofa vor dem Fernseher saßen, wußte ich kaum noch. Da hatte ich sie nicht *gesehen*.

Erst wenn sie für die Außenwelt gerüstet waren, mit geglätteter Haut, rotgeschminkten Lippen und akzentuierten Augen, bekamen sie das Gesicht zurück, mit dem ich sie einst kennengelernt hatte. Das Gesicht anderer. Mit dem Glanz des Neuen und Fremden. Eine verwirrende Kombination aus Verletzlichkeit und Unsterblichkeit. Schön. Warum erst dann?

Das dachte ich, als ich das Foto von ihr entdeckte, mitten in dieser Halle.

Sabine.

45

Überdimensional war ihr Gesicht auf eine der Trennwände projiziert. Ihre Augen fast kopfgroß, ihre Nase, beziehungsweise deren beeindruckender Schlagschatten, enorm und ihr halb geöffneter Mund erschreckend nah und so intim wie fremd. Ein Zahn – ein wehrhaftes Stückchen von ihrem Innern – war vollständig entblößt. Von ihren Wangen war nur die angedeutete Kontur des Unterkiefers sichtbar, und ein vager Schatten darüber ließ vermuten, daß ihr Gesicht kantiger geworden war als früher, daß ihre Wangenknochen hervorgetreten waren. Sie war kaum älter geworden, wohl aber ein wenig zerbrechlicher.

Auf dem Foto wirkte ihr Gesicht perfekt. Sie war mit anderen zu vergleichen – und war doch ungleich schöner. Auf eine so unschuldige und so private Art schön, daß es mir naheging, sie so lange anzusehen. Sie ansehen *zu können*.

Aber das brachte sie mir nicht etwa näher, sondern schien

sie vielmehr unerreichbar zu machen. Sie war nicht meinetwegen hier, sie hing hier nicht für mich. Ich konnte ihr Gesicht zwar ganz aus der Nähe in einzelne Bestandteile ohne Wert zerlegen, doch die Abbildung verlieh ihr eine universelle Überlegenheit, mochten da auch noch so viele andere Gesichter in ebensolcher Größe herumhängen.

Ihre Wechselhaftigkeit früher. So viele Gesichter wie sie hatte keine von all den Frauen, die ich gekannt habe und noch kenne. Manchmal war sie schrecklich, ja geradezu *brutal* schön gewesen, manchmal unsichtbar, beinahe häßlich, eine Schlampe ohne Rückgrat, die ich am liebsten so lange gedemütigt und geschlagen hätte, bis sie sich zusammenreißen und gegen mich aufbäumen würde.

Geschlagen hatte ich sie natürlich nie, das paßte nicht zu mir. Aber in entscheidenden Momenten geschwiegen, das hatte ich. Das war schon grausam genug gewesen.

Sie hatte sich nicht gegen mich aufgebäumt, sondern sich höchstens noch selbst runtergemacht. Und manchmal hatte sie mich regelrecht angefleht, doch irgend etwas zu sagen. Eine Kleinigkeit nur, »was Nettes«, egal was.

»Sag doch was!«

Mein leerer Blick daraufhin.

Und dann ihre Haut, so weiß, ja beinahe schon durchsichtig, und so empfindlich. Sie war fleckig und unansehnlich geworden, wenn Sabine müde oder aufgebracht oder unsicher gewesen war, und dadurch hatte sie plötzlich etwas Ärmliches an sich gehabt, so als wäre sie in einem Elendsviertel ohne Licht und Luft aufgewachsen und systematisch verwahrlost. Sie hatte wie das blühende Leben und dann wieder völlig verwelkt aussehen können, obwohl sie – schon damals – alterslos zu sein schien. Ihr schmales Gesicht hatte je nach Stimmungslage und Lebensmut die Form verändert. Wie ein kleiner Hänfling hatte sie manchmal ausgesehen, mit schlaffen Äuglein im bleichen, flächigen Gesicht; oder auch rosig-beklommen, wenn sie zu sehr zugenommen und ein bißchen zuviel Fleisch auf dem zarten Unterbau gehabt hatte. Genausooft war sie einem wie ein edles, ätherisches Wesen vorgekommen, wenn die großen, strahlenden Augen ausdrucksvoll aus ihrem Gesicht blitzten und ihr kleiner Körper exakt die richtigen Proportionen besaß.

Ich hatte in ihrem Gesicht immer wieder nach Anknüpfungspunkten gesucht. Aber ich war nie fündig geworden. Wer sie war, wem sie ähnelte, was sie, abgesehen von den großen Augen und den dichten Augenbrauen, schön machte. Wer sie war. Entsprach ihr Gesicht der, die sie war? Ich hatte es nicht herausgefunden.

Ich wußte nur eins – sie hatte es mir ja mehr als einmal gesagt –, nämlich daß sie mich niemals *nicht* lieben könne. *Niemals nicht.* Es hatte mir so viel Freiheit gegeben, daß es mich grausam gemacht hatte. Ich hätte sie zu der Zeit noch nicht geliebt, hatte ich immer behauptet. Eine schwache Ausrede, und eine Lüge obendrein.

Und jetzt hatte sie zu allem Übel ein Buch veröffentlicht! (Na ja, einen Fotoband.) Ich spürte, wie sie mir nun, nachdem ich sie so groß und so ewig an dieser Wand gesehen hatte, unwillkürlich, aber genauso quälend wie vor so langer Zeit, wieder unter die Haut kroch. Es war wie eine Krankheit, die wieder aufflackerte und diesmal tödlich sein würde, wie ein nicht auszurottendes Virus, das wartet, bis der Körper wehrlos ist, um dann zuzuschlagen.

46

Anfangs hatte ihr Verschwinden ein Gefühl ausgelöst, als habe man mich bestohlen. Unfaßbar. Das mußte ein Irrtum sein – ich hatte einfach nicht richtig nachgesehen. Sie war hier, irgendwo. Meine Wohnung enthielt sie immer noch, nur für mich unsichtbar.

So irgendwie mußte es sein... ein kleiner Scherz?

In Vorden gebe es keinen Edelstein, hatte mir die Quäkstimme von der Telefonauskunft mitgeteilt. Aber sie wohnten doch in Vorden? Was hatte Sabine noch gesagt? Ihr Vater unterrichte an einer weiterführenden Schule. Welcher Schule, welches Fach? Geschichte? Niederländisch, Griechisch, Latein?

Warum war ich nicht neugieriger gewesen oder hatte besser zugehört? Wieso nicht? Wieso paßte ich nie auf?

Zita! Zita war eine Freundin von Sabine. Sie arbeitete auch »im Haus«. Ich rief im Anne-Frank-Haus an. Da kannten sie mich inzwischen.

»Hallo, Max, suchen Sie Sabine? Aber Sie wissen doch, daß sie heute nicht arbeitet!«

»Ich suche Zita. Ist Zita da?«

»Hier sind schon alle nach Hause gegangen, Max. Und Zita war heute nicht da.«

»Haben Sie vielleicht ihre Nummer?«

»Sie wissen doch, daß wir ungern Telefonnummern weitergeben.«

»Es ist ein Notfall. Bitte geben Sie mir ihre Nummer.«

»Ist was passiert? Ist Sabine krank? Oder haben Sie Streit?«

»Können Sie mir bitte Zitas Nummer geben?«

»Das Anne-Frank-Haus ist keine Telefonzentrale für verstoßene Liebhaber, Max.«

»Können Sie mir bitte, *bitte* ihre Nummer geben!«

Das war schon Flehen. Die Telefonistin hörte es auch. Sie zögerte. Dann gab sie mir die Nummer.

Zita nahm nicht ab. Ich hinterließ eine aufgewühlte Nachricht auf ihrem Anrufbeantworter.

War Sabine im zurückliegenden Jahr bei ihren Eltern gewesen? Ja, zweimal, konnte ich mich entsinnen, nicht viel in all der Zeit. Aber sie hatte oft mit ihrer Mutter telefoniert. Dabei hatte sie, soweit ich mich erinnerte, vor allem über ihr Leben gejammert: Was sollte sie damit anfangen? War die Fotoakademie eine gute Entscheidung oder nicht? Irgendwie hatte ich mich bei diesen eher verallgemeinernden Jammereien immer ziemlich ausgeklammert gefühlt.

Aufgrund der Rolle, die Sabine am Telefon gespielt, und des begütigenden, weisen Tons, den sie auf die Einlassungen ihrer Mutter hin angeschlagen hatte, hatte ich, ohne daß ich dem weiter nachgegangen wäre, den Eindruck gewonnen, daß ihre Mutter ziemlich hysterisch sein mußte. Sabine hatte immer viel Nachsicht mit ihr gezeigt. Von ihrer Mutter hatte sie nie so gesprochen wie von ihrem Vater, dem Änigma mit den blauen Augen, dem Verfolgungstrauma und den wohldurchdachten Ansichten zu Gut und Böse. Und trotzdem schien sie sich gar nicht bewußt zu sein, daß sie zu ihrer Mutter eigentlich eine viel intensivere Beziehung hatte als zu ihrem Vater. Als genierte sie sich deswegen.

Sie hatte mir aber mal ein Foto von ihren Eltern gezeigt.

Ein schönes Paar. Dunkel und streng war ihre Mutter darauf gewesen, genauso dunkel wie Sabine und fast genauso schön, nur etwas weniger prononciert. Auf dem Foto war sie noch relativ jung gewesen, höchstens Ende dreißig.

Warum waren wir nie bei Sabine zu Hause gewesen? Warum hatte ich mich damit begnügt, daß ihr so viel an *meinen* Eltern lag? War ich nicht vorzeigbar gewesen? Hatte ich ihr nicht deutlich genug zu verstehen gegeben, wie ernst es mir mit ihr war? War ich zu faul gewesen?

47

Es dauerte fast zwei Stunden, bis die Telefonauskunft sämtliche Schulen in und um Vorden und Zutphen für mich herausgesucht hatte.

An einer Gesamtschule nahe Zutphen gab es, wie sich dann herausstellte, tatsächlich einen Herrn Edelstein, der Geschichte unterrichtete. Der Hausmeister war schon auf dem Weg nach draußen gewesen, um sein wohlverdientes Wochenende anzutreten, als er das Telefon gehört hatte. Hans Edelstein? Ja, der sei hier Lehrer. Er sei aber heute und gestern nicht zum Unterricht erschienen. Eine Telefonnummer wollte er mir auch nach langem Hin und Her nicht geben, wohl aber die Adresse.

Mein Vater lieh nie jemandem sein Auto. Schon gar nicht mir.

»Sie ist weg, Pap! Der Brief, hast du denn überhaupt nicht zugehört?«

Mein Vater war zwar aus allen Wolken gefallen, ganz klar, doch er zeigte sich relativ schnell reservierter, als ich es von ihm erwartet hätte. Er schien sofort davon auszugehen, daß etwas passiert sei, worüber ich nicht sprechen könne, und nahm übertriebene Rücksicht auf meine Privatsphäre, womit mir nun ausnahmsweise mal überhaupt nicht gedient war. Er tat seltsam unbeteiligt, fand ich.

»Für mich ist das genauso ein Schock wie für dich, Pap!« schrie ich wütend. »Sie wollte heute Schabbes mit mir feiern, und nächste Woche wollten wir nach Paris fahren!«

»Na ja, irgendwie war sie ja von Anfang an ein bißchen komisch.«

»Herrje, was willst du denn damit jetzt wieder sagen?«

»Na, die viele Fragerei immer und wie besessen sie vom Krieg war... ein bißchen hysterisch...«

»Kannst du denn nicht einmal an was anderes denken als an dich selbst? Das hat sie *dir zuliebe* gemacht, verdammt noch mal!«

»Ach.« Er war einen Moment lang still. »Aber irgendwie hatte sie immer etwas furchtbar Zappliges und Aufgeregtes.«

»Sie ist weg! Ich muß herausbekommen, wohin sie ist und warum!«

»Also ich weiß nicht, ob ich das machen würde.«

»Himmelherrgott, Papa, sie ist meine Freundin! Sie war

die einzige auf der Welt, der ich vertraut habe, und dann läßt sie mich einfach stehen, verdammt!«

Mein Vater fand das wahrscheinlich genauso schlimm wie ich, aber er wollte mich partout aufrichten. Was mich nur noch wütender machte.

»Kapierst du denn überhaupt nichts? Sie ist weg, und ich weiß einfach, daß irgendwas Schlimmes passiert sein muß. Es lief nämlich unheimlich gut zwischen uns!« brüllte ich.

»Das kann man nie so genau wissen, Max. Schon gar nicht in eurem Alter... Ich habe sie sehr gemocht, aber sie war natürlich noch sehr jung. Bist du dir auch ganz sicher, daß sie keinen anderen hat? Das soll's ja auch geben, weißt du.«

»Ja, nein, wie willst du denn das wissen? Sie war die ganze Zeit mit mir beschäftigt. Sie war so anhänglich wie die Pest.«

»Könnte es nicht sein, daß genau das der Grund war, Max? Daß es ihr zuviel geworden ist, daß sie gerade deswegen wegwollte oder so?«

»Hauptsache, du findest eine stinknormale Erklärung! Etwas Logisches! Aber so ist es nicht. Das spüre ich. Das *weiß* ich. Ich versteh dich nicht. Du warst immer so, so... Herrje. Gib mir mal Mama.«

Das tat er kommentarlos.

»Ach Gott, Maxie«, sagte meine Mutter. Sie wartete kurz, suchte offenbar nach den richtigen Worten. »Ich kann es auch kaum glauben, Kind. Es tut mir so leid für dich. Und ich kann gut verstehen, daß du zu ihren Eltern willst, um mehr zu erfahren.«

Es war einen Moment still.

»Verflixt noch mal, Siem!« hörte ich sie dann meinen Vater anschreien. »Jetzt leih dem Jungen doch deinen Wagen. Es gibt ja wohl Wichtigeres auf der Welt als einen kleinen Kratzer oder eine Beule!«

»Ich hab vor was ganz anderem Angst, das weißt du genau, Tien«, hörte ich meinen Vater sagen.

Er hörte sich auf einmal gar nicht mehr so gefaßt an.

»Und trotzdem tust du das jetzt, Siem, ganz einfach. Du borgst meinem Sohn jetzt unser Auto!«

»Unserem Sohn.«

»Ja, unserem Sohn und *unser* Auto.«

Machte meine Mutter gerade ein Selbstsicherheitstraining? Was war denn bloß in sie gefahren?

Einen Moment lang blieb es totenstill. Ich hörte regelrecht, wie im Hirn meines Vaters der Streit zwischen den verschiedenen Regionen entbrannte. Ein ziemliches Getümmel.

Dann hörte ich einen tiefen Seufzer. Hier wurde ein nicht unbeträchtliches Opfer erbracht.

Ich hörte, wie er meiner Mutter den Hörer abnahm. »Na, schön«, sagte er. »Kommst du dann erst mal kurz hier vorbei?«

49

Ich hätte es meinem Vater gegenüber nie eingestanden, aber zum erstenmal hatte ich Angst vorm Autofahren. Eigentlich hätte ich lieber die Finger davon gelassen.

Der Saab meines Vaters war robust und komfortabel und roch seriös, aber ich fühlte mich in dem schweren, erwachsenen Auto auf der dunklen Autobahn nicht so recht zu

Hause. An diesem nassen und kalten Freitagabend inmitten all der anderen Autos, die realen Zielen entgegenstrebten, über die belebte Autobahn zu fahren, hatte etwas Unwirkliches. Mir war, als träumte ich. Dann und wann wollte auch ein Anflug von Abenteuerlust aufkommen, und mich beschlich fast so etwas wie Euphorie, doch dann wurde mir jedesmal wieder der eigentliche Anlaß bewußt, und ich spürte, wie mir vor Anspannung die Beine zitterten.

Kaum daß ich das Hinweisschild »Vorden« gesehen hatte, wurde Sabine für mich präsent. Ich hörte sie atmen, ich hörte sie reden. Sie sprach mit veränderter, kühler Stimme, ohne das Lachen und die Selbstironie und das Zögern der wirklichen Sabine. Oder sagte sie schon gar nichts mehr?

Je tiefer die Straße durch Wälder führte, desto unheilvoller wurde das Dunkel. Ich mußte mich jetzt ganz auf die Karte verlassen, und es war, als weiche Sabine, je näher ich ihrem Elternhaus kam, immer weiter vor mir zurück. Man konnte fast meinen, daß die spärliche Beleuchtung an der sich schier endlos hinziehenden Straße Kalkül hatte: Fremde, Eindringlinge wie mich von hier fernzuhalten.

50

Es war eine Doppelhaushälfte am Rande von Vorden, ein abgemattet aussehendes, graues Haus aus den sechziger Jahren mit kleinem Blumenbeet im Vorgarten. Im Haus brannte Gott sei Dank Licht, die Vorhänge waren nicht ganz zugezogen, aber ich konnte niemanden sehen.

Lange stand ich auf den Stufen vor der Eingangstür. Ich

traute mich nicht zu klingeln. Noch nie hatte ich mich irgendwo so unerwünscht gefühlt. Durch den offenstehenden Spalt zwischen den Vorhängen sah ich ein imposantes Bücherregal, eine Lampe über einem Tisch mit gelber Tischdecke, drei Uhren auf einem Kaminsims und flackerndes Licht, das von einem Fernseher herrühren mußte. Ich konnte mir nicht vorstellen, daß Sabine hier war.

Die leise abtropfenden Bäume sorgten im Hintergrund für ein stetes, friedliches Ticken. Ein Mann kam auf der stillen, nassen Straße dahergelaufen. Er trug ein großes Beil, als könne er jeden Moment einen Massenmord begehen. *Und das ausgerechnet heute abend,* fuhr es mir durch den Sinn.

»'n Abend«, sagte er, sein Beil zur Begrüßung ein wenig anhebend.

»Abend«, murmelte ich, während mir vor Schreck das Herz hämmerte. Ich versuchte mich so zu geben, als sei ich gerade gekommen und wolle jetzt klingeln.

Der Mann musterte mich mißtrauisch. Ich spürte, wie sich sein Blick feindselig in meinen Rücken bohrte, als ich mich zur Tür umwandte.

Als ich ihn endlich weiterschlurfen hörte, klingelte ich.

51

»Ja?«

Ihre Stimme war leise und freundlich. Konnte man eine Stimme intelligent nennen?

Die Tür öffnete sich einen Spaltbreit, und ich sah ein altmodisches Gesicht mit schönen Augen und dunkelgrauem, hochgestecktem Haar. Es war die Frisur, die ihr Gesicht so altmodisch wirken ließ. Heutzutage tragen ältere Frauen ja eher Kurzhaarschnitt. Sie hatte keinerlei Ähnlichkeit mit Sabine. Aber in den Farben – dem Dunklen, der Empfindlichkeit der Haut – gab es Übereinstimmungen.

»Ja?«

»Ich äh, ich bin Max. Max Lipschitz?«

Die Tür fiel sofort zu.

Im ersten Moment befriedigte mich diese Reaktion. Ich war offensichtlich nicht umsonst hergekommen. Aber dann wurde ich unruhig.

Ich machte ein paar Schritte zurück, um durch die Vorhänge zu spähen und gegebenenfalls sehen zu können, ob sich Sabine im Zimmer versteckt hatte. Aber ich sah nichts. Ich klingelte ein zweites Mal.

Wieder ging die Tür einen Spaltbreit auf.

»Sie ist weg!« rief die Frau. »Sie ist weg und kommt vorläufig nicht wieder. Reicht das? Weißt du damit genug? Laß mich jetzt bitte in Frieden!« Es klang, als weinte sie.

»Darf ich nicht kurz reinkommen?«

»Nein! Du kannst nicht reinkommen. Ich hab's dir doch gerade eben gesagt. Sie ist weg, und sie kommt nicht zurück. Keiner von beiden kommt zurück. Sie sind weg.«

»Wer?«

Sie faßte sich.

»Deine Freundin. Meine Tochter. Sie kann wirklich nichts dafür. Rein gar nichts. Meine Sabine ist ein Engel, ein unschuldiges Lamm...«

»Wer sind *sie*?«

»Ich weiß nichts. Ich weiß überhaupt nichts.«

»Hat sie einen anderen? Wenn Sie das wissen, sollten Sie es mir am besten sagen. Dann sind Sie mich sofort los. Wer versteckt sich hinter diesem *sie*?«

Erstmals blitzte ein Funken der Wahrheit auf – durch die Emotionalität ihres Blicks, die Aggressivität ihres Benehmens. Erstmals dämmerte mir, daß es kein Mißverständnis war, kein Irrtum, kein Scherz. Erstmals erfaßte mich wirklicher Schmerz, und die Betäubung durch den Adrenalinrausch verflog. Nun stand ich allein da, und um mich war nur ein leerer Raum mit ein bißchen Staub und ein paar herausgefransten Fäden, in dem es nach Moder und Fäulnis stank wie in einem alten Mülleimer.

Wo hatte der Betrug begonnen? Und wann? Wann und inwiefern hatte ich mich mit meiner Unbedarftheit und meinen arroganten Flausen lächerlich zu machen begonnen? Insofern, als ich nicht gewußt hatte, daß ich geopfert werden sollte, daß ich ein Hindernis war, einer, der nur noch ein Weilchen geschont werden sollte, noch ein Weilchen zu noch größerer Liebe, noch größerer Intimität, noch größerem Vertrauen verführt werden sollte, ehe er abgeschlachtet werden durfte? Was hatte ich ihr getan? Womit hatte ich das verdient?

Oder war ich der Schuldige? Was war mir denn bloß entgangen? Man mußte mir doch zumindest die Chance geben, mit ihr zu reden?

Weil ich weinte, sah ich zuerst nicht, daß sie auch weinte.

»Ihr paßt nicht zusammen, Max, verstehst du? Du und sie – zwei verschiedene Welten. Es gibt zu viele Lügen...«

Sie brach erneut mitten im Satz ab. Jetzt wurde ich wütend.

»Lügen? Wieso hat Sabine gelogen?«

»Sabine hat noch nie gelogen, in ihrem ganzen Leben nicht. Wie kannst du so etwas auch nur denken?!«

»Von was für Lügen sprechen Sie denn dann?«

»Sie ist nicht hier, Max! Ich weiß nicht, wo sie ist.«

Sie zog sich nach drinnen zurück und schloß abermals die Tür. Immer noch tropften die Bäume. Aber es klarte auf, das sah man, so dunkel es war. Die Atmosphäre in dieser Straße gewann dadurch etwas Klares und Nüchternes.

»Ich möchte sie sehen!« brüllte ich und hämmerte gegen die Tür. »Ich muß sie sprechen!«

Mein Geschrei hallte durch die stille Straße, und ich hörte, wie da und dort Türen geöffnet wurden.

»Alles in Ordnung, Frau Edelstein?« klang es herüber.

Sie stand plötzlich wieder in der Türöffnung.

»Alles bestens!« rief sie zur Straße hin. Sie wartete ganz offensichtlich nur darauf, daß ich endlich wegging. Und das möglichst ohne allzu großes Getöse und ohne Gewaltanwendung.

Wir schwiegen.

»Vielleicht ruft sie dich ja noch mal an«, sagte sie beinahe tröstend.

Ich drehte mich um und ging durch den Vorgarten davon. Es rauschte in meinen Ohren.

Ich wußte wie sie, daß Sabine nicht anrufen würde. Aber es war etwas, worauf ich hoffen konnte.

52

Keine Ahnung, ob es zwischen Sabine und mir gehalten hätte, wenn sie nicht verschwunden wäre. Aber ich ging seinerzeit natürlich schon davon aus. Und weil ihr Verschwinden so völlig unerwartet kam, ohne einen für mich ersichtlichen Grund und zu einem Zeitpunkt, da es in unserer Beziehung relativ sorglos und unbeschwert zuging, kann ich wohl sagen, daß es mich gründlich umkrempelte.

Durch und durch verletzlich machte es mich anfangs; ich wurde zu einer Art Zombie ohne Seele oder Persönlichkeit. Regelrecht verstümmelt hat sie mich damals dadurch, daß sie mich verlassen hat, das vermag und wage ich erst heute zuzugeben. Liebe zu und mit einer Fremden war mir von klein auf als etwas höchst Unwahrscheinliches erschienen, aber Sabine hatte mich auf die eine oder andere Weise eines Besseren belehrt. Vielleicht hatte ich ja auch aus mir selbst heraus dazugelernt, aber auf alle Fälle war Sabine dabei eine unentbehrliche Hilfe gewesen. Allein hätte ich das nicht gekonnt – Liebe, meine ich, ohne sie. Liebe war für mich untrennbar mit ihrer Person verbunden.

Nun wußte ich, daß ich offenbar schlecht in der Liebe war, daß ich etwas an mir hatte, was Liebe abstieß. Wenn es ganz schlimm kam, hatte ich das Gefühl, so gut wie tot zu sein.

Wehmütig rief ich mir unsere Dialoge aus unbekümmerten Tagen ins Gedächtnis. Und ich krümmte mich, wenn ich an meine kleinen Gemeinheiten und leichtherzigen Grausamkeiten dachte. Ich hatte meine einzige Chance auf Glück verspielt, weil ich, wie ich glaubte, im eigentlichen Moment nicht hinlänglich begriffen hatte, daß die Kabbeleien, das Herumgejammere und das Lachen mit Sabine die für mich einzig mögliche Form von Glück gewesen waren.

Wenn *ich* mal meinen Argwohn ablegte, wollte man offenbar von *mir* weg.

53

Es folgte die übliche Misere. Noch viele Monate, nachdem sie weg war, konnte ich mich im wahrsten Sinne des Wortes selbst nicht mehr riechen und nicht mehr im Spiegel ansehen. Bei dieser hassenswerten Visage, dieser leblosen, breiigen grauen Maske konnte einem nur schlecht werden. Ja, daß ich körperlich wie erstarrt war und stank, das ist das einzige, woran ich mich in Bezug auf jene ersten Monate danach wirklich erinnere. Ich war wie eine Leiche auf dem Seziertisch.

Und natürlich war ich selbst mein fanatischster Sezierer; niemand anderes hätte so grausam sein können wie ich. Im Grunde hat sich daran bis zum heutigen Tag nichts geändert, obwohl mich von außen Gott sei Dank hin und wieder mal eine liebenswürdige Frau zurechtgestutzt hat. Die eine oder andere war objektiv betrachtet sogar liebenswürdiger als Sabine: keine Wichtigtuerin, kein verunsicherter Jammerlappen, keine unzufriedene Meckerliese. All das war Sabine schon gewesen – unbegreiflich wechselhaft wie das niederländische Wetter. Morgens immer schlechtgelaunt, wenn sie sich noch nicht geschminkt und ihre Augen schwarz umrandet hatte. Abends oft gereizt und kribbelig vor Nervosität, wenn sie am nächsten Morgen irgend etwas Wichtiges zu erledigen hatte. In Tränen aufgelöst über Schicksalsschläge, die sie sich ausmalte: Ihr Vater bei einem Unfall getötet oder von einer bösartigen Krankheit dahingerafft, bevor sie genügend über ihn erfahren hätte. Ängstlich, daß ihre Mutter verrückt werden könnte. Daß ihre Mutter sie verrückt machen könnte. (Aha, sie hatte also doch von ihrer Mutter erzählt.) Mutlos, wenn sie an ihr weiteres Leben dachte: Es gehe nur immer weiter bergab, sagte sie manchmal. Wütend, wenn ich etwas besser wußte. Und auch verärgert über unsere Beziehung – daß es damit nicht weit her sei –, wenn ich mal reserviert war, in meine Arbeit vertieft, nicht mit ihr schlafen wollte. Ob sie nicht anziehend genug sei, rief sie dann. Oder daß ich sie wohl dumm fände und mich nur nicht traute, es ihr zu sagen. »Na los, sag's doch! Sag's!« forderte sie mich auf. Und dann kam das Weinen. Lautes, heftiges Weinen.

Manchmal hatte mich das alles wahnsinnig gemacht, aber ihre Rastlosigkeit hatte mich auch zur Ruhe kommen lassen. Darin hatten wir uns ergänzt, das hatte funktioniert. Ich hatte Sabine besser gekannt als mich selbst, und zugleich war sie für mich immer wieder eine andere gewesen. Ständig hatten die Stimmungen, Tendenzen, Themen gewechselt – mit den Schatten des Krieges als der Konstanten, die ihre unbestimmten Tränen zu rechtfertigen hatte. Die Bürde einer Abstraktion. Und die dazugehörigen bewegten Umarmungen: Du verstehst das wenigstens! Du weißt, was das bedeutet!

Letzteres hatte mich immer geärgert. Waren diese Gemeinsamkeiten denn das einzige, worum es ihr ging? Nachdem sie dann weg war, gelangte ich zu der bitteren Überzeugung, daß das tatsächlich so gewesen war. Ich trug die Vergangenheit meines Vaters mit mir herum wie ein unerwünschtes Päckchen Drogen oder Waffen, die mir untergejubelt worden waren.

Mit der Vergangenheit meines Vaters wollte ich noch weniger zu tun haben als vorher. Immer öfter geriet ich mir mit Lana in die Haare, die nach ihren jüdischen *roots* zu forschen begonnen hatte. Ihre Versagensängste führte sie jetzt einzig und allein auf den schwierigen Charakter ihres Vaters zurück, und diesen Charakter wiederum auf den Krieg. Sie tat, als litte ihr ganzes Leben unter dem Trauma der zweiten Generation – ein Begriff, gegen den ich allergisch war.

Lana haßte diesen Krieg, wie sie mehr als nur einmal ausrief. Und meinen Vater dazu, weil er diesen Krieg immer als Rechtfertigung benutze, um sich so egozentrisch aufführen zu können, wie er es von Natur aus sei.

Doch je mehr sie sich davon zu distanzieren versuchte, desto stärker kreiste ihr Leben um die Probleme im Zusammenhang mit den Nachwehen des Krieges. Deswegen lernte sie ständig die falschen Männer kennen, und deswegen übte sie nicht den Beruf aus, den sie eigentlich gern ausgeübt hätte. So wurde der Krieg tatsächlich zum Auslöser für vielerlei Versagensängste, für Depressionen, Nägelkauen, beruflichen Ärger, ja sogar Angst vor Spinnen. Aber faktisch wußte sie so gut wie nichts über den Krieg und wollte auch nichts darüber wissen. Kein Wunder, daß es mit der Verständigung zwischen uns zunehmend haperte.

Sabine hatte mitten in ihrer ganzen Jammerei plötzlich laut über sich selbst lachen können, entsann ich mich. Wenn ich die Kraft und die Konzentration aufbrachte, ihr mit ihren Neurosen den Spiegel vorzuhalten, war damit nämlich auf der Stelle Schluß gewesen.

Das hatte bei mir schon bald den Verdacht aufkommen lassen, daß vieles davon Theater sei, mit dem sie nur meine Aufmerksamkeit erheischen wollte. Deshalb war ich dann manchmal nachlässig und gemein gewesen und hatte absichtlich nichts gesagt, obwohl ich doch wußte, daß ein einziges neckendes Wort genügt hätte, und alles wäre wieder gut gewesen.

Und nun war sie weg, und ich war allein. Manchmal, wenn ich mir ganz viel Mühe gab, konnte ich sie beinahe hassen. Aber an ihre schlechte Laune, ausgerechnet ihre schlechte Laune, dachte ich mit Liebe und Wehmut zurück. An ihr Lachen konnte ich gar nicht denken. Die Erinnerung war zuviel für mich.

54

Ich verkaufte Noras Buch an Schweden, und zwei deutsche Verlage bekundeten Interesse. Noor hockte ziemlich unbeschäftigt an unserem Stand herum. Ich hätte mit ihr zu den Franzosen, den Engländern und den Amerikanern gehen sollen, überließ das aber dem Cheflektor Jacob, meiner leicht kontaktgestörten rechten Hand.

Auch auf meine sonstigen Termine konnte ich mich nicht so recht konzentrieren. Das war wohl der Grund dafür, daß ich ein viel zu hohes Angebot für die Lebensgeschichte von Man Ray machte. Ebenfalls Fotograf. Andererseits war ich noch nie bei so vielen Partys und Essen gewesen. Rasch und möglichst effizient machte ich meine Runden und sondierte die Anwesenden bis in den letzten Winkel.

Abend für Abend lauerte ich wie ein Wolf bis tief in die Nacht in der Bruthitze und den Schweißausdünstungen von Verlegern, Autoren und Agenten an der Bar des Frankfurter Hofs. Nora gegenüber tat ich so, als hätte ich furchtbar viel um die Ohren, und ging ihr möglichst aus dem Weg.

Ich wartete. Ich wußte, daß Sabine da war, irgendwo in dieser Stadt, danach hatte ich mich erkundigt. Ich wußte, daß es möglich sein mußte, ihr zu begegnen. Die Frage war nur: Wann und wo? Sie durfte mir nicht entwischen. Ich mußte sie sehen und die Wahrheit aus ihr herausbekommen. Erst wenn ich erfahren hatte, warum sie damals weggegangen war und womit ich eine solche Strafe verdient hatte, würde es wieder ein Leben für mich geben, bildete ich mir ein.

Von Sabines Verleger, dessen Stand ich eigens aufgesucht hatte, hatte ich erfahren, daß Sabine zufällig hier war, weil sie einen deutschen Star fotografieren wollte. Er kenne sie eigentlich kaum, hatte er mir verraten. Aber ihre Adresse habe er, hatte er auf meine Nachfrage geantwortet. »Warten Sie, mal eben nachsehen. Ja, eine Adresse schon, aber keine Telefonnummer, tut mir leid.«

Es war eine Adresse in Los Angeles. Sie sei viel auf Reisen, hatte er auch noch zu berichten gewußt.

»Aber wissen Sie denn nicht, wo sie hier in Frankfurt wohnt?« Ich hatte selbst gehört, wie hoch und angespannt meine Stimme klang.

»Nein, sorry«, hatte der Verleger erwidert, der allmählich

ungeduldig und wohl auch ein wenig mißtrauisch geworden war. Der Lackaffe hatte nicht mal meinen Verlag gekannt.

Sie sei mal kurz am Stand gewesen, damit man sich kennenlernte, hatte er gesagt, aber er habe sie danach nicht mehr gesehen.

»Wie sah sie aus?« hatte ich blöde gefragt.

Zur Antwort hatte der Typ nur stumm und mit lässiger Armbewegung auf das vermaledeite Poster gewiesen.

55

Frankfurt ist groß, aber ich hatte es in all den Jahren immer für ganz selbstverständlich gehalten, daß alle, die mit Büchern zu tun hatten, auf der Buchmesse zusammenfanden. Nun fragte ich mich, ob man sich hier womöglich noch in einer anderen Szene traf, die literarische Verleger nicht kannten.

Meine anfängliche Zuversicht schwand rapide. Ich würde Sabine nicht so ohne weiteres finden.

In einem letzten Versuch, dem Zufall einigermaßen ungezwungen auf die Sprünge zu helfen, hatte ich Jacob aufgetragen, einen Tisch in einem beliebten und möglichst großen Restaurant zu reservieren. Als hätte ich in einem großen Restaurant größere Chancen, ihr zufällig über den Weg zu laufen, als in einem kleinen.

Wir saßen schon im Auto auf dem Weg dorthin, als ich erfuhr, daß Jacob ein kleines, aber feines vietnamesisches Lokal ausgewählt hatte.

»Ich sagte doch: ein beliebtes, großes Restaurant!«

»Ja, aber wieso?« fragte Jacob.

Er lief rot an. Nora fand das Ganze sichtlich peinlich.

»In den großen Restaurants war kein Tisch mehr zu bekommen, und dieses scheint wirklich unheimlich gut zu sein«, sagte er schrill. »Wurde mir von verschiedener Seite empfohlen.«

»Das ist doch bestens, Max«, sagte Nora beschwichtigend. Sie dachte wohl, daß ich ihretwegen so einen Aufstand machte.

»Ja, bestens, fabelhaft«, blaffte ich. »Ich mag kein vietnamesisches Essen! Herrscht nicht überhaupt Hunger in Vietnam? Und dann liegt der Schuppen auch noch dreihundert Kilometer außerhalb. Da werden wir bestimmt vielen Kollegen begegnen!«

»Was willst du denn auch mit denen? Ich hab jetzt weiß Gott genug Verleger gesehen!« sagte Nora heiter.

Jacob schwieg. Der würde nun natürlich den ganzen Abend nichts mehr sagen. Willem, der zweite Lektor, der noch relativ neu bei uns war, schwieg ebenfalls.

»Okay, okay«, sagte ich, »dann bleibt wohl nichts anderes übrig.«

Das Ganze ging mir so gegen den Strich, daß mir beinahe übel wurde, als ich meinen Renault Espace durch das Taxigewirr Richtung Frankfurt-Ost manövrierte.

Der Verkehr nervte mich. Jacob nervte mich. Und das nicht erst jetzt. Diese tuntige Ungeschicktheit immer und diese sogenannte Beflissenheit, während er klammheimlich gegen mich rebellierte. Nicht von ungefähr hatte er sich auf die zweite Rückbank gesetzt, so weit wie möglich von mir entfernt.

Frankfurt. Toter Punkt. Hier und jetzt. So konnte ich doch mit diesem Leben nicht weitermachen?

Ursprünglich war das alles mal als ein kleiner Anfang gedacht gewesen. Eine Flucht aus dem Wahnsinn, der Panik früher zu Hause. Als Beweis für meinen Vater, daß ich lebte und noch dazu zu leben verstand. Daß ich Geschäftssinn besaß. Als Botschaft an die ganze Mischpoche: daß die Welt nicht dazu da sei, sich aus ihr zurückzuziehen. Zu beweisen, daß man die Welt lieben könne, das hatte ich für das wichtigste gehalten.

Liebte ich die Welt?

Jetzt sah es langsam so aus, als würde nie mehr als ein kleiner Anfang daraus werden. Als bliebe es bei diesem entgleisten Jux, diesem dünkelhaften Experiment.

Leise vor mich hin murrend, bemühte ich mich, den Wagen in den nachmittäglichen Stoßverkehr auf den verstopften Straßen einzufädeln. Meine Fahrgäste schwiegen so beharrlich, daß man meinen konnte, sie hielten die Luft an. Was, wenn ich nun gegen einen Frankfurter Baum fuhr? Oder gegen einen der dicken Mercedesse von den Scheißmoffen?

Während ich schwitzend vor einer Ampel wartete, sah ich auf der gegenüberliegenden Straßenseite jemanden in eines der Taxis an einem Taxistand steigen. Es war eine Frau mit beinahe schwarzem Zopf, die einen langen, dunklen Mantel trug. Ich registrierte das, ohne es wirklich wahrzunehmen. Mein Kopf schien genauso verstopft zu sein wie die Straße; es war, als wäre ich blind für das, was meine Augen sahen. Und die sahen durch den nachmittäglichen Nebeldunst, wie die Frau vorsichtig den Kopf bis auf die Höhe des Taxidachs hinunterbeugte, ein Bein zur Tür hineinstellte und dann mit dem Oberkörper ins Wageninnere tauchte: die mehr als bekannte Bewegung einer Person, die hinten in ein Auto steigt.

Das Bild löste keinen direkten Effekt aus, ging mir aber, während ich vor der Ampel für eine Sekunde entspannen konnte, wieder und wieder durch den Kopf: schwarzer Zopf, langer Mantel, Taxi.

Dann sprang die Ampel auf Grün, ich schaltete, das Bild blitzte noch einmal auf – und plötzlich sah ich rot. Das heißt, die Konturen des Frauenkopfes leuchteten rot auf, als hätte ich in eine starke Lampe geguckt. Jetzt erst, während ich die Frau längst nicht mehr sehen konnte, nahm ihr Gesicht für mich eine konkrete Form an, sah ich die Einzelheiten.

Zart, schmal, dichte Augenbrauen. Wie ein Foto im Entwicklerbad wurde das Gesicht in meinem Hirn entwickelt und trieb langsam nach oben. Erst in dem Moment, als sich das Taxi, in dem sie saß, in Bewegung setzte und wie in Zeitlupe in entgegengesetzter Richtung davonfuhr – wo es gleich darauf seinerseits vor der Ampel halten mußte –, wagte ich in mich aufzunehmen, was sich da vor meinen Augen abspielte.

Für den Bruchteil einer Sekunde war ich hin- und hergerissen. Dann flüsterte ich: »Festhalten, Leute!«

56

Unmittelbar vor dem heranbrausenden Verkehr wendete ich auf die Gegenfahrbahn und peste unter Gefährdung unser aller Leben hinter dem Taxi her – oder war das schon wieder das nächste? Meine Fahrgäste schrien laut auf vor Schreck.

»Ich erklär euch das später«, rief ich. »Das Taxi, in das diese Frau eingestiegen ist, diese Frau mit dem Zopf: Ist es das vor uns? Oder das davor? Habt ihr sie gesehen?«

»Was ist denn los?« rief Noor.

Alle wurden im Wagen hin- und hergeworfen, während ich das Taxi einzuholen versuchte. Jacob und Willem schienen Gefallen daran zu finden und vergaßen ihr Pikiertsein.

»Das ist es! Ist es das, Max?«

Hinten in dem Taxi saß ein älterer Mann neben einer Frau. Weil sie sich gerade nach unten beugte, konnte ich nicht sehen, ob sie es war.

»Das ist sie!« rief Jacob, der besser aufgepaßt hatte, als ich dachte.

Ich schluckte. Ja, sah ich, als sie wieder hochkam: Sie war es. Aber wer war der Mann? Und was sollte ich jetzt machen? Was sollte ich jetzt um Himmels willen machen?

»Hup doch mal, Menschenskind! Oder blink ihn an oder so!« rief Noor jetzt auch ganz aufgeregt. Sie fing sogar an zu winken und mit den Armen zu fuchteln, während ich das Taxi zu überholen versuchte.

»Jetzt hup doch endlich!« rief Jacob. »Verflucht!«

Wir fuhren jetzt auf gleicher Höhe mit dem Taxi, und der Fahrer blickte fragend herüber. Der Aufruhr in unserem Wagen und meine wilde Fahrerei waren ja nicht zu übersehen.

Wie platt und ordinär und barbarisch die Wirklichkeit doch ist, dachte ich noch. So eine Geschichte, die zur Wahrheit wird, Vergangenheit, die zur Gegenwart wird, das hat doch verdammt viel von einer Vergewaltigung. Einem *gangbang*. Und die ganze Aktion hatte Slapstickcharakter, wo das alles doch so ungeheuer *ernst* war.

Die Scheiben des Taxis waren beschlagen. Das ließ das Gesicht der Frau dahinter zu einer dunklen Fläche in den sich orange widerspiegelnden Lichtern der Stadt verschwimmen, ihre Augen darin schwarze Kohlen. Doch je mehr ich mich konzentrierte, desto besser wurde es für mich erkennbar.

Zuerst war ihr Blick nur erstaunt, abweisend und flach vor Ahnungslosigkeit: Ich war ein fremder Mann. Erst als sie mich aus der Nähe sah, konnte ich beobachten, wie in ihrem Gesicht die schmerzliche Grimasse des Erschreckens geboren wurde.

Mit dir und mir kann es einfach nie etwas werden, das ist unmöglich. Mach dir keine Hoffnungen, such nicht. Es geht nicht. Ich will es nicht.

Ich sah, daß sie mich erkannte. Sie sagte etwas zum Fahrer. Dann redete sie schnell und hastig auf den älteren Mann neben sich ein.

Das Taxi hielt an.

57

Ich parkte den Wagen ein paar Meter weiter. In zweiter Reihe. Einen Moment lang blieb ich wie tot sitzen, die Hände ums Lenkrad geklammert. Alle im Wagen starrten mich an.

»Wartet ihr bitte einen Augenblick?« bat ich dann. »Sorry,

aber sie ist... Ich muß kurz... Eine alte Geschichte... Es dauert nicht lange...«

Wie betäubt stieg ich aus und ging zu dem Taxi.

Ich öffnete ihre Tür. Und da saß sie. Meine Geliebte. Mein Opfer. Ich las Angst in ihren Augen. Und gleich darauf Abwehr und Stolz.

»Mein Gott, Max«, sagte sie, »daß du das bist.«

»Ja«, sagte ich. »Ich sah dich einsteigen.«

»Einsteigen? Wo?«

»Na, da, wo du eingestiegen bist, an...«

Als wenn das irgendeine Rolle spielte.

Der ältere Mann neben ihr auf dem Rücksitz blickte geduldig und wohlwollend von Sabine zu mir, sagte aber nichts. Sie stellte ihn nicht vor.

»Was machst du hier?« fragte sie beinahe barsch.

»Ich bin Verleger. Frankfurt, Buchmesse. Und was machst du hier?«

»Ich muß arbeiten. Fotos machen.«

»Wie geht es dir?«

»Gut.«

Sie klang wie ein Kind, das nach seinen Erlebnissen in der Schule gefragt wird und mit gesenktem Kopf antwortet.

»Können wir uns sehen? Können wir reden?«

»Gott, nein. Sehen? Reden?«

Ihr kleines Köpfchen, so bekannt, so nah und doch unerreichbarer denn je; die Augenbrauen etwas lichter und schmaler als früher; professionell, dieser schwarze Zopf; kaum merklich geschminkt... Ihr Gesicht schien kaum verändert, wenn auch etwas gebräunter, etwas härter. Weniger weich als auf diesem Foto. Ihr Begleiter – Freund oder Verwandter? – sah aufmerksam und besorgt von ihr zu mir und wieder zurück. Schwiegen wir zu lange?

»Darf ich dich mit Sam bekannt machen?« sagte sie dann. »Sam, das ist Max Lipschitz, ein Freund von ganz früher. Max, das ist Sam Zaidenweber.«

Ein Freund von ganz früher... Ich war zu etwas Historischem geworden. Ich versuchte einen fragenden Blick – wer ist er? –, aber sie reagierte nicht darauf. Warum sollte sie mir auch etwas erklären?

Ich gab dem älteren Mann die Hand. Und da kam mir plötzlich, wer er war. Filmproduzent. Von was noch gleich? Aber damit konnte ich mich jetzt nicht auch noch befassen, mein Herz raste ohnehin schon wie verrückt.

»Ich bin in Gesellschaft. Eine Autorin, meine Lektoren...« sagte ich unbeholfen.

Wir sahen gleichzeitig zu meinem Wagen hinüber. Sie starrten alle angestrengt zu uns her, die Gesichter wie kleine Kinder an der leicht beschlagenen Scheibe: Nora, Jacob und Willem.

»Sie sind wahrscheinlich ein bißchen neugierig. Wir sind dir nämlich hinterhergefahren.«

Ich schämte mich. Ich schämte mich zu Tode.

»Hinterhergefahren? Du bist mir hinterhergefahren?« sagte Sabine. Sie warf dem Mann neben sich einen perplexen Seitenblick zu.

»Wir müssen...« setzte sie an.

»Laß uns doch alle zusammen essen gehen!« unterbrach ich sie. Der Gedanke, daß sie wieder davonfahren würde, war mir unerträglich. Daß sie wieder ohne Geschichte entschwinden würde. Ohne *meine* Geschichte.

Betreten sah sie weg. Überrumpelt auch. Sie schwieg. Dann wandte sie sich wieder ihrem älteren Begleiter zu. In welchem Verhältnis stand er zu ihr?

»Sam und ich wollten gerade...«

Aber Sam schüttelte beinahe aufgekratzt den Kopf.

»Natürlich!« sagte er auf niederländisch, einen leichten Akzent in der Stimme, den ich nicht gleich unterbringen konnte. »Das ist doch eine großartige Idee, Sabine. Ich bin schließlich hier, um einen niederländischen Verleger kennenzulernen! Was für ein phantastischer Zufall!« Und zu mir: »Was verlegen Sie?«

»Hauptsächlich schöne Literatur, aber auch Populärwissenschaftliches. Biographien. Und Kinderbücher.«

Zaidenweber nickte interessiert. Aus der Nähe sah er noch etwas älter aus, als ich ihn zuerst geschätzt hatte. Ende sechzig vielleicht? Siebzig?

»Das ist gut, sehr gut. Sabine. Laß uns zu Buchwald fahren«, sagte er. »Ihr habt doch bestimmt auch viel zu bereden.«

Sabine sah mich noch immer nicht an. Sie wußte augenscheinlich nicht, was sie wollte.

»Okay«, sagte sie schließlich, und ihrer Stimme war deutlich anzuhören, wie groß ihr innerer Zwiespalt war. Das Wagnis, das sie einging.

Sie holte tief Luft. So wie sie die Augenbrauen zusammengezogen hatte, stand sie unter Hochspannung. Ich bekam fast Mitleid mit ihr.

Ich sagte: »Warum fahrt ihr nicht mit uns? Wir haben Platz genug.«

58

Sam Zaidenweber erwies sich als liebenswerter Mensch mit natürlichem Charisma.

Während alle anderen im Wagen schwiegen, unterhielten Sam und ich uns über amerikanische Autoren – ohne daß ich noch sagen könnte, über wen und was.

Für mich zählte im Grunde nur, daß ich Sabine bei mir hatte – ich hatte das Gefühl, daß ich mit jedem Kilometer, den ich sie weiter von dort wegbrachte, wo ich sie getroffen hatte, an Boden gewann. Mit jedem Kilometer wurde ihre Gegenwart selbstverständlicher, und jede weitere Minute in ihrer Nähe schien mir ein größeres Gewohnheitsrecht einzuräumen.

Welches konkrete Ziel ich jedoch mit dieser Aktion verfolgte, die viel von einer Geiselnahme hatte – aber das wußte nur ich –, war mir vorerst selbst nicht ganz klar. Ich wußte plötzlich nicht einmal mehr, ob ich sie überhaupt noch zu Geständnissen zwingen wollte.

Ich wollte sie haben, streicheln, martern, küssen, knebeln, quälen, verschlingen, ja. Und was nicht noch alles. Auch die formelle Seite meines Geistes stellte unerbittliche Forderungen. Die erhob Anspruch auf sie, weil sie Antworten wollte und Rache und die Auflösung der Verstopfung in meinem Leben. Aber hatte ich nicht im Grunde schon immer nach ihr gesucht?

Und da saß sie nun, hinten in meinem Wagen, neben Jacob und hinter Noor, die ihr freundlich-höfliche Fragen stellten. Es tat beinahe weh.

Was war ein Mensch doch für ein seltsames Kleinod,

dachte ich. So ein armseliges Ding aus Knochen und Muskeln und zufälligen Charaktereigenschaften. Austauschbar. Warum nur war gerade bei ihr alles genauso, wie es sein mußte? Warum war gerade sie die einzig Richtige?

Im Rückspiegel sah ich, wie angespannt sie war. Mit weit aufgerissenen Augen vor Verlegenheit, den Mund in der Befürchtung, daß man sie womöglich nicht mögen könnte, zu einem breiten, aber steifen Lächeln verzogen, murmelte sie irgend etwas Undeutliches. Währenddessen versuchte sie, wie ich sah, der Unterhaltung zwischen Sam und mir zu folgen, ohne sich daran zu beteiligen.

Während uns die amerikanischen Autoren, zu denen ich etwas sagen konnte, ausgegangen waren und ich, weil ich unbedingt weiterreden wollte, zu Belanglosigkeiten, der Messe, meinem wichtigsten Angebot des Tages, dem Verkehr, dem Wetter übergegangen war, behielt ich Sabine heimlich im Auge, als dürfe sie nur ja nichts davon mitbekommen, daß ich nach der langen Sendepause noch Interesse an ihr hatte, nachdem sie mich einfach hatte sitzenlassen wie einen Idioten, mich und meinen Körper mit all den Mucken und Eigenheiten, in die sie früher mal so unüberwindlich (ihre Rede) verliebt gewesen war. Mich, Max, der zwar zum Mann geworden war, aber zu einem Mann ohne Glauben und Richtung. Verleger, aber nicht Schriftsteller; redefreudig, aber kein Denker.

Sabine bemerkte, daß ich sie beobachtete, und bemühte sich, nicht auch in den Spiegel zu sehen. Trotzdem kreuzten sich unsere Blicke unwillkürlich – ja unweigerlich, denn ohne uns hätte diese Fahrt nicht stattgefunden. Wir waren die Anstifter, das stille Auge des Wirbelsturms.

Als wir uns einmal unverhofft lange ansahen, überfuhr ich beinahe eine rote Ampel.

Kurz angebunden und müde konnte man ihren Blick nennen, wenn man so etwas allein der Stellung der Augen nach zu deuten wagte. Er drückte aus, daß nicht mehr um Vergebung gebeten, sondern Vergebung vorausgesetzt wurde – und selbst diese kleine Schwäche schon wieder bedauert wurde.

Oder war das alles Einbildung? Ja, ich fragte mich sogar, ob ich das alles überhaupt noch wissen wollte oder – ich sollte vielleicht besser sagen: in Erfahrung zu bringen *wagte*.

Sollte ich sie verschonen? Nein, das konnte ich nicht. Aber vorerst würde ich natürlich noch ein bißchen Rücksicht auf sie nehmen.

59

Daß Sam Zaidenweber Niederländisch sprach, wenn auch mit leichtem Akzent und altmodisch korrekter Aussprache, lag daran, daß er ursprünglich aus Amsterdam stammte.

Er sei ziemlich direkt nach dem Krieg nach Amerika ausgewandert, erzählte er, zuerst nach New York und später nach Los Angeles. So schnell, wie er das Thema übersprang, traute ich mich nicht gleich zu fragen, warum und unter welchen Umständen er aus Europa weggegangen war, aber ich machte mir da natürlich schon so meine Gedanken. Daß er Jude war, stand außer Zweifel. Das verriet schon sein Name, den er bemerkenswerterweise nicht amerikanisiert hatte. Und auch sein Äußeres ließ darauf schließen. Er hatte eine schmale, gebogene Nase, eine hohe Stirn und große Augen mit für einen Mann, zumal seines Alters, außergewöhnlich langen Wimpern: Typ jüdischer Edelmann.

Sein schlohweißes Haar lockte sich dicht und wirr um einen leicht gelichteten Scheitel. Ich konnte mich daran erinnern, mal ein Foto von ihm gesehen zu haben, aber darauf mußte er zig Jahre jünger gewesen sein. Da waren seine Locken noch schwarz gewesen, und er hatte ziemlich dick ausgesehen. Jetzt war er viel schlanker, ein gutaussehender alter Mann, distinguiert, eher Anwalt als Filmproduzent. Ich fragte mich, wie sich Zaidenweber, so kultiviert und auch sanftmütig, wie er aussah, in Hollywood hatte behaupten können.

Als wir das Restaurant betraten, sah ich, daß er Seidensocken trug und teure Loafer und ein weißes Oberhemd von Pink's unter einem Tweedjackett mit Lederflicken auf den Ellenbogen. Ich beneidete ihn um die Lebenslust, von der diese Eitelkeiten zeugten, und fand sie eher sympathisch als einschüchternd. Ich gab nichts auf Kleidung, wie dies zum Beispiel auch mein Vater tat, der eine Vorliebe für Gediegenes und Teures hatte und Schuhe, Lederjacken und dergleichen daher immer im Ausverkauf erwarb.

Als wir Platz genommen hatten und Sam merkte, daß Sabine und ich offenbar nicht imstande waren, ein normales Gespräch zu führen, legte er über Amsterdam los. Er wollte wissen, was aus der Stadt, in der er aufgewachsen war, geworden war.

»Durch Sabine ist Amsterdam zu mir zurückgekehrt«, sagte er. »Durch sie habe ich Amsterdam verzeihen können, was meiner Familie angetan wurde.«

Ich hörte ihm mit verstärkter Aufmerksamkeit zu. Wieso Sabine? Was hatte sie denn getan?

»Hat Ihre übrige Familie auch emigrieren können?« fragte Noor zaghaft.

Sam schüttelte ein wenig spöttisch den Kopf.

»Nein. Jedenfalls nicht nach Amerika. Polen lautete das Ziel einer unerwünschten Reise, die ich nicht gerade Emigration nennen würde.«

Einen Moment lang überraschte mich sein Sarkasmus, der verriet, daß er unbeherrschter war, als er sich bis dahin gegeben hatte.

Nora errötete und zog ein erschrockenes Gesicht. Dann nickte sie verständnisvoll, mit halb geschlossenen Augen. Wahrscheinlich erinnerte sie sich plötzlich an ihre wiedergefundenen jüdischen *roots.*

Das irritierte mich unversehens. Warum wollten nur alle so gern demonstrieren, daß sie um das große Leid wußten? War es denn nicht viel erstrebenswerter, möglichst gar nicht erst mit dem Übel in Berührung zu kommen und einfach zuzugeben, daß man nichts, aber auch gar nichts davon begriff oder je begreifen würde? Diejenigen, die es wirklich miterlebt hatten, wollten ja meistens gar nicht mehr darüber nachdenken. Und nicht umsonst produziert das Gehirn Endorphine, die Schmerz und Greuel betäuben. Was besagten demgegenüber also schon Gefühle von Leuten, die das Ganze nur vom Hörensagen kannten?

Ich sah Sabine an, die früher auch so von den Rätseln ihrer Vorgeschichte besessen gewesen war. Sie blickte ausdruckslos von Sam zu Nora. Ganz kurz kreuzten sich unsere Blicke.

Aber mir war nicht mehr ersichtlich, was sie dachte.

Es blieb ein paar Sekunden still, bis Sam selbst wieder Wärme in das eisige Unbehagen blies, das er hervorgerufen hatte.

»Aber lassen wir das Thema jetzt lieber mal beiseite«, sagte er.

Wir bestellten allesamt Rippchen mit Kraut.

So sehr mich auch Sabines Anwesenheit ablenkte, bei Sam fühlte ich mich gleich zu Hause. Er kam mir auf Anhieb vor wie ein Verwandter.

60

Während des Essens versuchte ich mir einen ersten sinnigen Satz zurechtzulegen, aber irgendwie wollte es mir nicht gelingen, etwas herauszubringen. Wenn ich schon selbst kaum an meine Erinnerungen zu rühren wagte, wie sollte ich mich da Sabine mitteilen?

Sie schwieg, hörte Sam zu und wich meinem Blick aus. Es hatte nicht gerade den Anschein, als sei sie aufs Reden erpicht. Interessierte es sie wohl noch, ob sie mich damals verletzt hatte? Wenn man bedachte, daß sie früher nichts vor mir hatte geheimhalten können, war es schon beinahe lachhaft, wie schlecht ich jetzt ihre Gedanken lesen konnte. Seinerzeit hatte sie sich mir bis zum Gehtnichtmehr erklärt. Und mich mir ebenso – bis ich kaum noch wußte, wer ich denn nun war.

Sabine mit den irre langen Beinen, die manchmal ein leichtes X bildeten, den schmalen und dennoch molligen

Hüften und dem wehrlosen kleinen Bauch. Sie war jetzt dünner als damals, aber das Hibbelige hatte sie nach wie vor. Auch in den Bewegungen ihrer Hände steckte noch dieses Nervöse, an das ich mich von früher her erinnerte und das mich, ob ich wollte oder nicht, rührte und beruhigte. Sabines Schönheit mochte vielleicht nicht »fatal« sein, sondern höchstens ein Zusammentreffen glücklicher Umstände – die sie durch äußerst unkleidsame Wutanfälle von Zeit zu Zeit gehörig unterminiert hatte –, doch ich hatte das alles trotzdem unwiderstehlich schön gefunden. Sie war noch dieselbe, sie war noch so vertraut wie eh und je – da saß sie, Sabine.

Ich suchte sie in ihren Augen, die, wohl weil sie tiefer in ihren Höhlen lagen, dunkler wirkten denn je, aber sie tat, als merke sie es nicht. Wie früher war sie sorgfältig geschminkt.

Nein, ich durfte mich nicht täuschen lassen. Nichts war bekannt, nichts war vertraut. Das sagte ich mir ein ums andere Mal, und dann war ich wieder ganz Ohr für das, was Sam uns über sein Leben erzählte. Eine schmackhafte Erfolgsgeschichte, die eine gute Ablenkung darstellte.

61

Bei diesem ersten Wiedersehen nach fünfzehn Jahren war ich mit so vielen Gedanken und Gefühlen gleichzeitig beschäftigt, daß ich mir die Frage, was Sam und Sabine eigentlich miteinander zu tun hatten, nur am Rande stellte. Sabines Gesichtsausdruck nach zu urteilen, war das, was er erzählte, nicht neu für sie. Sie strahlte die Engelsgeduld einer Tochter, einer treuen Tochter aus – oder einer Ehefrau natürlich. Nein, lächerlicher Gedanke. Freundin also? Vielleicht hatte sie ihn mal interviewt oder fotografiert. Was hatte sie in all den Jahren *überhaupt* gemacht?

Sam erzählte Heldengeschichten. Daß Schauspieler Jack L. ihn einmal in ein Bordell mitgelotst habe. *Shtupen* ging man Jacks Meinung nach nicht allein, das mache keinen Spaß. Also hatte Sam am Fußende seines Hotelbetts gesessen. Er habe Zeitung gelesen, sagte er, um sich den Anblick von L.s nacktem Arsch in Aktion zu ersparen.

Nora lachte schallend. Sabine lächelte wie ich.

Das war die Art von Geschichten, die man kannte, ohne sie je gehört zu haben.

»Hast du von Anfang an fotografiert?« fragte ich Sabine unvermittelt.

Sie sah mich, da nun plötzlich von ihr die Rede war, erschrocken an. Genauso neurotisch wie früher.

»Nein«, sagte sie. »Nein.«

Dann riß sie sich zusammen und nahm eine betont unbefangene Sitzhaltung ein. Sie hatte sofort verstanden, was ich mit *von Anfang an* meinte. *Seit damals* hätte ich auch sagen können.

»Zuerst hab ich ein bißchen im Filmgeschäft mitgemischt«, sagte sie und sah mich dabei halb verlegen, halb verteidigend an. »Ich hab sogar kurz geschauspielert, aber das war kein großer Erfolg. Aber bei der Produktion hab ich mitgeholfen, hab Filme mit auf die Beine gestellt. So hab ich auch Sam kennengelernt.«

Sie atmete tief durch.

»Fotografiert hab ich schon immer, aber so richtig professionell mach ich das erst seit etwa drei Jahren. Dabei waren meine Kontakte in L.A. natürlich sehr hilfreich.«

Sie lachte einmal kurz auf, in einer Mischung aus Schüchternheit und Selbstbewußtsein. Dann sah sie mich wieder starr an.

Sabine in Hollywood – als Schauspielerin, Produzentin, *young urban professional*? Auf einen Schlag verwandelte sie sich von einer noch relativ begreiflichen und nahen, wenn auch etwas älter gewordenen Sabine in eine Person aus einer völlig anderen Welt. Ich sah sie regelrecht entschweben – in eine Welt voll oberflächlich daherschwatzender, bornierter Wichtigtuer. Im ersten Moment wäre ich am liebsten gegangen.

»Wow«, sagte Noor, »das klingt aber spannend. In welchem Film hast du denn mitgespielt? Und welche hast du gemacht?«

Sabine nannte ein paar Filme, die mir nichts sagten.

Ich fragte: »Warum hast du mit der Schauspielerei aufgehört?«

»Ich kann nicht schauspielern«, sagte sie kichernd. Endlich, ihr erstes echtes Lachen, das spöttische Sabine-Lachen.

»Ich wollte wohl mal eine andere sein, glaub ich«, sagte sie dann, »das machte mir Spaß. Aber ich hatte zuviel Schiß dabei. Nicht so richtig aus Hollywoodholz geschnitzt, fürchte ich. Ich hab auch nur Nebenrollen gespielt, immer irgendwelche deutschen, schwedischen oder polnischen Lieschen. Nicht ganz ernst zu nehmen, weil sie so 'nen Akzent hatten, und immer die Bösen, weil sie nun mal Ausländerinnen und daher Außenstehende waren.«

»Hört nicht auf sie«, rief Sam. »Sie war eine gute Schauspielerin, aber es gibt nun mal nicht so viele Rollen für *non-native speakers*. In diesem Business muß man schon unheimlichen Ehrgeiz und viel Massel haben. Und sie wollte eigentlich gar nicht so richtig. Ich war derjenige, welcher. Aber ich muß zugeben, daß sie als Produzentin besser ist. Und Fotografieren kann sie auch gut. Alles, was sie will, macht sie gut.«

Sie lachten sich an.

Mich überlief ein kalter Schauer. Worin war sie sonst noch alles gut?

»Sind Sie verheiratet?« fragte ich.

Am Tisch trat einen Moment lang betretenes Schweigen ein. Ich schämte mich sofort für meine Taktlosigkeit.

Sam sah mich nicht an.

»Aber sicher. Schon seit vierzig Jahren«, sagte er.

Sabine tat unbeteiligt – oder bildete ich mir das nur ein? Es schien, als könnte ich nichts mehr normal wahrnehmen. Ich nickte höflich.

»Was für ein unglaublicher Zufall, daß ich Ihnen hier begegnet bin«, fuhr Sam vergnügt fort. »Ich arbeite schon jahrelang an meinen Memoiren über die Filmindustrie, nicht wahr, Sabine? Und ich hätte es gern, daß das Buch zuerst bei einem niederländischen Verlag erscheint. Als Geste an die Niederlande, die ich verlassen habe. Damit sie sehen, was ich alles gemacht habe. Als Genugtuung. Oder finden Sie das eigenartig?«

Sein plötzlicher Ernst lenkte mich endlich ein wenig ab.

Aber dann hätte ich auch gern den Rest seiner Vergangenheit mit drin, dachte ich. Den Krieg. Seine Erinnerungen an die Niederlande.

Mit einem Mal packte mich die Begeisterung: Das könnte der Auftakt für eine schöne neue Reihe sein! Lebensgeschichten berühmter Männer und Frauen, die aus den Niederlanden geflüchtet oder ausgewandert waren! Tante Judith! Natürlich!

»Lassen Sie uns morgen einmal in aller Ruhe darüber reden«, sagte ich. Meine Stimme klang rauh, und ich grinste wie ein Idiot.

»Das ist eine glänzende Idee, eine ausgezeichnete Idee. Ha, ein wahrhaft fruchtbares Essen!«

Sabine lächelte mich kurz an. Sie mußte mich einfach noch lieben. Mir wurde schon wieder wärmer.

»Sind Sie nur deswegen hier?« fragte ich Sam. »Ich könnte mir vorstellen, daß jeder niederländische Verlag Ihre Memoiren gern herausbringen würde.«

Ich erfuhr, daß in Berlin eine Retrospektive mit einigen seiner Filme gegeben wurde, zu der man ihn als Ehrengast eingeladen hatte. Und weil Sabine zur Messe wollte, um Fotos zu machen, waren sie gemeinsam nach Deutschland geflogen.

Sam kam schnell zum Geschäftlichen. Er werde am folgenden Tag um fünf Uhr nachmittags nach Los Angeles zurückfliegen. Wenn wir einander noch sprechen wollten, müsse das am Vormittag geschehen. Wir trafen eine Verabredung.

62

An Sabines Seite ging ich zum Wagen zurück. Ich konnte es mir nicht verkneifen, sie zu fragen: »Darf ich fragen, was ihr eigentlich für eine Beziehung zueinander habt?«

»Sam wohnt in Santa Monica und ich in den Palisades. Nah beieinander also«, verdeutlichte sie. »Wir kennen uns schon sehr lange.«

Aus ihrem Lächeln glaubte ich in meinem Hunger nach Erklärungen und Hinweisen etwas Entschuldigendes herauszulesen. Aber was war das eigentlich für eine Antwort?

Komischerweise hatte sich bei mir trotz der vielen Jahre Sendepause zwischen uns, trotz ihres Engagements in Berufen, von denen ich keine Ahnung hatte, und trotz ihrer besorgniserweckenden Eintracht mit dem alten Sam sofort wieder das Gefühl eingestellt, daß ich sie kannte. Ich konnte ihr einfach nicht den Gefallen tun, ein Mysterium für mich zu sein. Sie war geradezu halluzinatorisch vertraut und nahe. Noch immer war sie die Sabine, die mich mehr an mich selbst erinnerte als mein eigenes Spiegelbild – obwohl ich kaum drei Worte mit ihr gewechselt hatte.

Aber ich konnte mich nicht entsinnen, daß sie je so schweigsam gewesen war. Es ärgerte mich, aber ich wagte nicht weiter in sie zu dringen.

»Bist du verheiratet?« fragte sie.

Ich hörte, daß sie einen leichten amerikanischen Akzent angenommen hatte.

»Verheiratet? Nein. Ich hatte ein paar Jahre lang eine Freundin, aber die Beziehung ist vor einem halben Jahr zu unserer beiderseitigen großen Erleichterung auseinandergegangen«, antwortete ich.

Mein männlich-überheblicher Ton kotzte mich selbst an. Außerdem entsprach das nicht ganz der Wahrheit. Hin und wieder vermißte ich Loesje nämlich ganz schön. Sie mich nicht: Sie war längst mit einem anderen glücklich. Loes hatte alles gewollt. Sie wollte heiraten und Kinder, sie wollte, daß wir uns eine gemeinsame Wohnung kauften. Sie wollte sogar einen Hund, am liebsten einen Foxterrier.

Ich wolle noch etwas warten, hatte ich gesagt. Und ich hatte genauso lange gewartet, wie sie das Thema zur Sprache gebracht hatte. Schon beim ersten Wort bekam ich unerträgliche Kopfschmerzen, wurden mir die Glieder schwer, und mein Hirn füllte sich mit Zwangsvorstellungen von saugendem Schlamm und gähnenden Löchern, in die ich hineinfiel. Mir schwand alle Energie. Das waren allesamt keine günstigen Vorzeichen gewesen. Ich hatte mich des Gefühls nicht erwehren können, daß mein Leben bei Loesjes Plänen mit lautem Quietschen zum Stillstand gebracht würde. Ich hatte zufallende Schleusentore, ein Abstellgleis, einen sich festfressenden Motor vor mir gesehen. Knirsch, knarr. Stille. Als Loes das nach jahrelangem Stochern und Bohren in meiner Seele erfaßt hatte, war sie weinend gegangen und hatte gehofft, daß ich sie zurückholen würde. Und ich hatte plötzlich begriffen, daß ich sie mit meiner ganzen Passivität *vertrieben* hatte. Ich hatte darauf gewartet, daß sie gehen würde, und es nicht einmal gewußt.

Trotzdem fehlte sie mir. Denn ich bin, glaube ich, beängstigend treu, so wie mein Vater und alle meine jüdischen Vorfahren, treuer, als es mir lieb ist.

»Komisch, ich dachte, du hättest jetzt Frau und Kinder«, sagte Sabine.

»Denkst du denn oft an mich?«

»Ich meine, das hab ich gedacht, als ich dich jetzt wiedergesehen habe, mein Gott.«

»Von mir aus darfst du ruhig an mich denken. Ich hoffe sogar, daß du ganz viel an mich denkst, ich hoffe, daß du mich nie vergessen konntest. Und jetzt, wo du es sagst: Ich denke auch hin und wieder mal an dich.«

Sie sah mich erschrocken an, als hätte sie nicht so rasch mit Ironie gerechnet.

Wir brauchten beide einen Moment, ehe wir registrierten, daß nach ihr gerufen wurde. Sam hatte ein Taxi angehalten und winkte ungeduldig. Mir war, ehrlich gesagt, wohler, daß sie nicht wieder mit mir mitfahren würden. Jetzt, da ich Sam kennengelernt hatte, bereitete es mir auch keine so große Sorge mehr, Sabine gehen zu lassen. Durch ihn würde ich sie von nun an wiederfinden können.

Doch Sabine hielt mir die geballte Faust unters Kinn, während sie in leichter Panik zu Sam hinüberschielte.

»Ruf mich unter dieser Nummer an, vor zehn«, flüsterte sie. Sie ließ die Faust sinken und drückte mir etwas in die Hand (wie kindlich-ungezielt alle diese Bewegungen doch waren).

»Ich kom-me!« rief sie Sam zu.

Ich fühlte ein Papierchen in meiner Hand. Ehe ich es ergriff, drückte ich sanft ihre Hand. Sie wandte sich mit gespielt unpersönlichem Blick von mir ab.

Ich winkte ihr und Sam nach, und dann wurde mir auf einmal ganz leicht im Kopf, als sei ich betrunken. Meine

Hand glühte von der Berührung mit der ihren, die warm gewesen war und so klein, wie ich sie noch in Erinnerung gehabt hatte. Mit fiebrigem Blick sah ich, wie sie sich jetzt hinter der Heckscheibe des cremefarbenen Mercedes hin- und herbewegte, und mir kam alles so gespenstisch vor, als hätte ich es geträumt und diese Hand wäre der Beginn, das Leitmotiv des Traums gewesen – ein Beginn, bei dem ich nun wieder angelangt war.

63

Am nächsten Morgen war es kalt und düster. Auch um neun Uhr fiel noch kaum Licht durch die Stores meines Hotelzimmers.

Im Raum hing ein merkwürdiger Geruch.

Als ich das Fenster öffnete, strömte eisige Kälte herein. Der Mangel an Farben ließ die Stadt zu einem unwirklichen Schwarzweißfilm werden.

Nur das Zettelchen neben dem Telefon war wirklich. Sabines Handschrift darauf, kapriziös, aber regelmäßig. Ich wußte, daß ich anrufen würde, ich hatte es schon die ganze Nacht gewußt. Und allmählich kam mir auch wieder, daß Sonntag war und ich getrunken hatte.

Verzögert und in umgekehrter Reihenfolge sickerte alles wieder zu mir durch.

Es hatte damit angefangen, daß Noor mich zu meinem Zimmer begleitet hatte. Ehe ich mich versah, war sie drinnen, während ich mich, den Kopf in den Händen, aufs Bett fallen ließ. Sie setzte sich neben mich.

»Ich könnte ein Buch über dich schreiben«, sagte sie halb herausfordernd, halb verlegen. »Du wärst die ideale Hauptfigur für mich, Max. Warum erzählst du es mir nicht?«

Ich drehte mich erstaunt auf die Seite, so daß ich sie ansehen und feststellen konnte, ob es ihr womöglich ernst damit war. Das hätte ich natürlich nicht machen sollen.

»Was?« fragte ich. »Was soll ich dir erzählen?«

Ich sah, daß sie Sommersprossen hatte und grüne Augen. So aus der Nähe sah sie sanftmütiger aus als von weitem. Sie starrte mich an und ich sie. Ein Lächeln huschte über ihr Gesicht. Ich sagte: »Ich bin dein Verleger...«

Es klang vielsagender, als ich es eigentlich gemeint hatte.

Im nachhinein scheint es unbegreiflich, aber ich kann nur sagen, daß es ganz automatisch ging. Durch die Erinnerung an eine Lust, über die ich schon hinweg zu sein glaubte. Daß ich sie auf den weichen Hals küßte und sie daraufhin den Kopf in den Nacken warf. Das hat mich wohl ermutigt.

Und daß ich es vergaß, als ich sie unter mir spürte, fest und lebendig, daß ich vergaß, was los war und was ich eigentlich empfand und eigentlich wollte, und wie ein hungriges Tier ihren Mund und ihre Brüste suchte. Sie protestierte nicht, sondern machte mir die Hose auf und flüsterte etwas, was mich noch mehr ermutigte. Ich weiß nicht, was in mich gefahren war. Das Ganze war wie ein Kampf, und die Befreiung, die dem folgte, war bei weitem gewaltiger, als es der Einsatz gewesen war.

Sie machte mich ruhig, ja, fast schon gleichgültig. Ihr Hintern an meinem Bauch. Mindestens eine Viertelstunde lang blieben wir so liegen, und es gab mir ein Gefühl von

Macht und Sicherheit: daß ich offenbar aus eigener Kraft die Welt anhalten konnte. Das sagte ich, glaube ich, auch.

Es mußte etwas mit dieser Stille zu tun gehabt haben, da war etwas mit meinen Ohren gewesen, ein Rauschen, das während des seltsamen Kampfes mit Noor eingesetzt hatte. Er hatte nur ganz kurz gedauert, dann waren wir voneinander heruntergeglitten und hatten die wenigen noch verbliebenen Kleidungsstücke an uns gepreßt.

Schließlich hatte sie mir über die Wange gestreichelt und gesagt, daß sie jetzt in ihr Zimmer gehe. Ich hatte nichts dagegen eingewandt. Kann sein, daß ich etwas Falsches gesagt hatte, aber daran erinnerte ich mich wirklich nicht mehr.

64

»Ich bin's.«
»Ja, ich weiß, daß du 's bist.«
»Guten Morgen auch.«
»Das hab ich lange nicht mehr gehört.«
»Was sagt Sam denn zu dir?«
»Wovon redest du?«
»Nichts.«
»Das fängt ja gut an.«
»Ich hab mich nicht verändert, okay?«
Stille.
Ich sagte: »Okay, ich hab mich doch verändert.«
»Ich hab mich auch verändert.«
»Was machst du nachher?«
»Wann?«

»Heute mittag?«

»Sam.«

»Ach, Sam.«

»Was: Ach, Sam?«

»Nichts. Sag ab.«

»Das geht nicht. Er fliegt danach zurück.«

»Und wann fliegst du? Doch auch heute, oder?«

»Sam fliegt heute. Ich fliege morgen. Ich hab um drei noch einen Termin.«

Mich durchströmte so etwas wie Vorfreude. Ein ganzer Abend, eine ganze Nacht... Ich hatte die Sache mit Nora schon fast wieder vergessen.

»Gehen wir dann zusammen essen?«

»Schon wieder? Was für ein Hunger.«

In ihrer Frage schwang ein Kichern mit.

»Wann?«

»Sieben Uhr. Aber du mußt mich abholen. Wollen wir zu Fuß irgendwohin gehen? Ich geh immer lieber zu Fuß in ein Restaurant. Dann kann man auch zu Fuß wieder zurück.«

Sabine-Logik.

Ein Marathon. Den hätte *ich* jetzt laufen können. Einen ganzen, ohne Pausen. Vielleicht sogar, ohne Luft zu holen.

65

Sam begrüßte mich am späteren Vormittag wie einen alten Freund. Er nahm meine Hand fest in seine beiden Hände und strahlte mich an.

»Wenig geschlafen?« fragte er mit einem Lachen, bei dem

seine Nase vorübergehend noch schmaler und krummer wirkte, als sie es ohnehin schon war, und beinahe seine Oberlippe zu berühren schien. Ich wußte nicht, ob die Beiläufigkeit seiner Frage gespielt oder echt war.

»Sie müssen mir eines versprechen, Max. Sabine darf nichts über mein Buch erfahren.«

Da ging es schon los. Sah er mir etwa an, daß ich gerade noch mit ihr gesprochen hatte?

Sein Hotelzimmer war schon vollkommen aufgeräumt, sogar das Bett war gemacht. Ein kleiner Lederkoffer mit Rollen stand an der Wand. Es roch nach Sams Aftershave. Er hatte sich rasiert, trug ein sauberes weißes Poloshirt zu einer frisch gebügelten Cordsamthose und war unerschütterlich guter Laune, was seine Autorität noch vergrößerte. Er erinnerte mich ein bißchen an meinen Vater. Der hatte auch hin und wieder so einen unverwüstlichen Optimismus. Vielleicht war das ja so, wenn die Zeit, die man noch hatte, überschaubarer wurde. Wenn man einzuschätzen gelernt hatte, was es hieß, etwas Neues anzufangen.

»Ist Sabine denn nicht hier?« sagte ich.

»Hier? *Wir* sind doch verabredet!«

Ich schüttelte verwirrt den Kopf. Von einer Verschwörung mit Sam war keine Rede gewesen.

»Wieso soll sie denn nichts davon erfahren?« fragte ich.

»Sie weiß doch, daß Sie an einem Buch arbeiten?«

Sams Nasenflügel bebten vor innerer Befriedigung. »O ja, aber erstens glaubt sie nicht dran, denn das sag ich schon seit Jahren. Und zweitens denkt sie, daß ich ein ganz anderes Buch schreibe, als ich es tatsächlich schreibe. Sie weiß auch nicht, wie weit ich schon bin. Es soll eigentlich vor allem eine Überraschung für sie werden, Max, das können Sie ruhig wissen.«

Der gute Sam Zaidenweber würde doch wohl nicht auf seine alten Tage noch einen Roman geschrieben haben? Nicht, daß so etwas nicht zu verkaufen gewesen wäre, aber was wurde dann aus meinen Memoiren emigrierter Niederländer?

Sam bot mir etwas zu trinken aus der Minibar an. Er selbst zündete sich ein Zigarillo an.

»Sabine hat das Ganze ins Rollen gebracht. Sie hat irgendwann angefangen mich auszufragen. Alles wollte sie wissen, von früher, immer mehr, immer wieder. Einmal hat sie mich auch ausführlich interviewt. Das ist aber nie veröffentlicht worden. Wollte ich nicht. Ich konnte das nicht ertragen, das machte mich fertig, im wahrsten Sinne des Wortes. Monatelang hab ich nicht schlafen können, als ich alles erzählt hatte. Das hab ich ihr auch gesagt. Diese Geschichte werde ich niemals zu Papier bringen, hab ich gesagt, und niemals veröffentlichen. Das ist zu schlimm und zu nah, das macht mich krank.

Sie hat das verstanden. Sie wissen ja wahrscheinlich auch, weshalb. In Ordnung, hat sie damals gesagt, aber die Leute wollen doch auch was über deine Filme und deine Erlebnisse mit Ava Gardner, Mary Pickford und Billy Wilder erfahren. Versuch's, Sam, du kannst es. Du bist ein Schriftsteller, eigentlich bist du ein Schriftsteller. Das hat sie gesagt. Keiner hat je so viel Vertrauen in mein schriftstellerisches Talent gesetzt wie Sabine, nicht einmal Anna, meine Frau. Sabine hätte Agentin werden sollen!«

Sam lachte laut auf.

»Wahrscheinlich wußte sie nur zu gut, daß ich es nie in die Tat umsetzen würde, weil ich dafür schon viel zu lange auf der anderen Seite des kreativen Prozesses gestanden hatte. Wo ich mit Autoren geredet und gegen sie gewettert, mit Producern, Regisseuren und Schauspielern geredet und gegen sie gewettert habe. Ich hab ziemlich viel gewettert in meinem Leben!«

Er grinste und wiederholte: »Sie war sich sicher, daß ich nie den Mut dazu haben würde!«

Wieder lachte er, aber es klang nicht ganz echt.

Zum Glück merkte er nicht, wie gespannt ich ihm zuhörte. Oder vielleicht redete er auch just deswegen weiter, weil er es merkte, wer weiß. Für Sam waren andere Menschen anscheinend in erster Linie Zuhörer, und es fiel ihm nicht schwer, ununterbrochen von sich selbst zu reden.

»Ich hatte natürlich auch nie Gelegenheit, mich ganz dem Schreiben zu widmen. Oder hab mir nie den Raum dafür freigeschaufelt, um es mal so auszudrücken. Ich hab immer das gemacht, was sich gerade anbot, mich immer mit ganzer Energie und ganzem Einsatz auf die Chancen geworfen, die ich bekam. Das hat mir zwar fünfzehn Oscars eingebracht, aber das Gefühl, wirklich das zu machen, was ich wollte... das hab ich dabei nie gehabt. Glauben Sie mir das? Na ja, die Miete konnte ich immer bezahlen! Das schon!«

Wieder lachte er sein Louis-de-Funès-Lachen.

»Hätten Sie wirklich lieber geschrieben als das zu erreichen, was Sie jetzt gemacht haben?« fragte ich. »All die Filme, die Sie wahrmachen konnten, auf dem Niveau! Hätten Sie wirklich lieber *Schriftsteller* werden wollen?«

»Ja. Erst jetzt hab ich das Gefühl, wirklich zu *arbeiten.* Vielleicht, weil ich erst jetzt wirklich etwas sagen möchte.«

»Wie lange ist es her, daß Sabine dieses erste Interview mit Ihnen gemacht hat, wenn ich fragen darf?« fragte ich. Es sollte wie eine Höflichkeitsfrage klingen, doch meine Stimme überschlug sich.

Sam schien es nicht zu bemerken.

»Oje, das ist Jahre her... Als ich sie gerade erst kennengelernt hatte. Zehn, fünfzehn Jahre? Ich werde es nie vergessen. Sie stand einfach bei mir vor der Tür. Noch nie hatte einer den Schneid gehabt, so mir nichts, dir nichts bei mir zu klingeln. Kennen Sie Los Angeles? In Los Angeles steht man nicht so einfach bei jemandem vor der Tür. Erstens hat niemand zu wissen, wo man wohnt, zweitens sind alle Telefonnummern geheim, und drittens befinden sich derartig viele *personal assistants* und Agenten zwischen den mehr oder weniger bekannten oder einflußreichen Personen und der sonstigen Welt, daß so was praktisch unmöglich ist. Möchten Sie übrigens einen Kaffee? Nein? Aber Sabine stand fest entschlossen vor meiner Tür. Und wissen Sie, warum? Weil sie mich ausgerechnet für das *Nieuw Israelietisch Weekblad* interviewen wollte! Für das kleine jüdische Amsterdamer Blatt, das ich noch von früher kannte. Wie konnte ich das ablehnen? Es war auch das Niederländisch, das verflixte Niederländisch, das sie sprach... alles, woran ich schon so lange nicht mehr gedacht hatte, kam auf einen Schlag wieder hoch. Ich brachte es nicht übers Herz, sie wegzuschicken damals, an jenem Morgen, im Gegenteil, ich hatte sogar eine Heidenangst, daß sie nach ein paar Unterhaltungen womöglich genug hätte... Es kommt natürlich nicht so oft vor, daß du einem Mädchen dieses Alters begegnest, das ein so großes Interesse an deiner Vergangenheit hat. Ich habe zwar Kinder, aber die ... Es verleiht auch Hoffnung, es ist *tröstlich,* das Ganze zu einer Geschichte werden zu lassen. Aber verrückterweise habe ich es unmittelbar danach vorwiegend als Verrat an den Toten empfunden, alles *gesagt* zu haben, es ausgeplaudert zu haben. Das hat mir wirklich zu schaffen gemacht, kann ich Ihnen sagen.

Trotzdem konnte ich ihr das nicht ankreiden. Im Gegenteil. Ich bot ihr einen Job an, und so wurde sie meine erste Assistentin. Gute Skripts über den Krieg waren eine interessante Aufgabe ... Davon haben wir übrigens einige gemacht.«

Sam redete so schnell, daß ich kaum Zeit hatte, das alles so richtig auf mich wirken zu lassen. Sabine hatte also auch Sam mit ihrer Obsession behelligt. Das rührte Fragen auf, aber auch die alte Verärgerung. War es denn nie genug? War nie Schluß? Himmel noch mal, was wollte sie denn bloß?

Zugleich beschlich mich wie eh und je das innerliche Achselzucken: Das war nun mal Sabine, das war ihre Obsession, ihr Thema, das hatte ich zu respektieren. Wie konnte ich das vergessen haben?

Sam redete derweil unverdrossen weiter: »Und was stellte sich dann vor vier Jahren heraus, bei dem Heidentheater im Studio, als ich krank wurde?«

Ich wußte nichts von einer Krankheit und fürchtete, nun mit einer neuen, allzu ausführlichen Geschichte konfrontiert zu werden, die das heutige Thema überschatten würde.

Aber Sam fragte: »Sie wissen doch, daß ich krank war, oder? Daß ich nichts mehr verkraften konnte, dauernd Lungenentzündungen hatte? Die Ärzte nannten es: gravierend verminderte Immunabwehr. Ich mußte das Studio verlassen. Die Zeitungen schrieben mich schon ab, alle, in einer stand sogar ein *obituary,* wie heißt das noch auf niederländisch?«

Ich schüttelte den Kopf, als wüßte ich nicht, was er meinte.

»Als ich mich zurückzog und zu schreiben begann, ganz allein in meinem Kämmerchen, begann ich mich wieder zu erholen. Die Ärzte waren perplex. Aber in meinem Kopf und meinem Körper wurde es offenbar wieder lebenswert. Meiner Frau Anna habe ich kaum etwas davon erzählt, auch Sabine nicht. Ich wollte das ganz allein schaffen. Sabine glaubt immer noch, meine Krankheit und meine Schlaflosigkeit hätten sich von ganz allein wieder gegeben. Sie versucht mich immer noch zu neuen Projekten zu animieren, aber für mich besteht keine Notwendigkeit mehr dazu...«

»Das Buch handelt also von Ihrem ganzen Leben, auch von der Kriegszeit? Von Amsterdam und Ihrer Familie? Warum jetzt und damals nicht?«

»Das hab ich mich auch gefragt. Ich glaube: Weil ich das jetzt *selbst* in Worte fassen konnte, *selbst* analysieren konnte.«

»Wie weit sind Sie?« fragte ich.

Das Herbstprogramm nächstes Jahr könnten wir schaffen.

66

Sie stand vor dem Hotel auf dem Bürgersteig – direkt davor, nicht wie jemand, der wartet, sondern eher wie ein Sicherheitsbeamter. Sie hatte denselben langen Mantel an wie am Vortag. Die Haare hingen ihr wild und zottig ums Gesicht. Ganz kurz erinnerte sie mich an eine Fledermaus, die martialisch mit den Flügeln flattert, um sich jeden Moment blitzschnell in die Lüfte aufzuschwingen. Wem sie nicht so vertraut gewesen wäre wie mir, der hätte sie, so zerzaust wie sie aussah, gar nicht erkannt.

Wir hatten uns nicht draußen verabredet. In der Lobby, hatten wir gesagt.

»Hallo«, sagte sie geschäftsmäßig. Vorschnell eigentlich, noch bevor ich in Hörweite war. Sie wandte sich mir dabei auch kaum zu. Langsam den Kopf schüttelnd, sagte sie: »Wir sollten das nicht tun, Max, das ist keine gute Idee.«

Das kam mit einer solchen Entschiedenheit heraus, daß es beinahe grob war, doch ihr nervöser Blick und ihr Herumgefingere am Mantel straften diesen Ton Lügen. Ihr Gesicht war bleich und fleckig wie früher, wenn es ihr schlechtging; ihre Augen waren voller Abwehr.

Das rauschhafte Gefühl, das mich den ganzen Tag eingehüllt hatte wie ein federleichter Mantel, ein Nerz, ein Hermelin, war dahin. Was hatte ich denn um Himmels willen erwartet, ich blinder Depp?

»Warum nicht?« fragte ich.

»Ich kann das nicht! Das ist nicht gut! Laß uns bitte beide unserer Wege gehen, ja, jeder in eine andere Richtung. Okay?«

»Wieso stehst du dann hier?« schrie ich, gleich auf hundertachtzig. »Um mir das zu sagen? Mannomann, was für ein Feingefühl! Hast ja in den fünfzehn Jahren offensichtlich Anstand gelernt! Neuerdings verrätst du deinen Opfern wenigstens, was du mit ihnen vorhast. Ein großer Fortschritt, muß ich sagen, ich fühl mich schon gleich wesentlich besser! Noch besser wär's aber zum Beispiel gewesen, wenn du dich gar nicht erst mit mir verabredet hättest. Meinst du nicht auch?«

Ich machte auf der Stelle rechtsum kehrt, so aufgebracht, daß ich ein ähnliches Schwindelgefühl aufsteigen spürte wie am Vorabend. Schon beim zweiten Schritt kam es mir vor, als watete ich durch Treibsand, und der dritte Schritt fiel mir noch schwerer, als seien meine Beine am Hoteleingang vertäut.

»Tu das nicht!«

Ihre Stimme klang so erschrocken und kläglich, daß mir sofort klar wurde, wie unverhältnismäßig mein Aufbrausen gegenüber ihrer Angst vor unserer unbesonnenen Verabredung war. Ich blieb sofort stehen – daß ich ohnehin nicht einen einzigen Schritt mehr hätte machen können, wußte sie zum Glück nicht. Mir war immer noch ganz leicht im Kopf, und ich wußte nicht so recht, wohin mit meiner Rage. Mich hatte nun mal etwas Rücksichtsloses überkommen, und ich wollte mich abreagieren, damit ich endlich meine Ruhe hatte.

Sie kam langsam auf mich zu.

»Ich würde unheimlich gern mit dir essen gehen, Max«, flüsterte sie. »Aber nur, wenn wir nicht darüber reden. Über damals. Ich kann dir für das, was passiert ist, keine Erklärung geben. Ich kann nicht. Es hatte nichts mit dir zu tun. Das ist das einzige, was ich sagen kann. Es war nicht deine Schuld!«

Ich starrte sie an.

»Wie paßt denn das zusammen? Nicht meine Schuld? Wessen Schuld denn dann? An wem lag es denn dann? Sag mir, was ich hätte denken sollen, was ich hätte empfinden sollen! Du hast mir geschrieben, daß es mit uns nie etwas werden könnte! Wer hat das gesagt? Um wessen Schuld geht es? Etwa die des neuen Liebhabers, mit dem du damals abgezogen bist?«

Ich verstand selbst nicht, wieso ich so grob und so grausam war. Wie so oft suchte ich wie einer, der Theater spielt, nach Worten, die zu verstehen geben sollten, daß es mir ernst war. Zwischen dem Empfinden und dem Denken bewegt sich immer noch so schrecklich viel: In dem Moment, da man seine Gefühle »äußert«, handelt es sich meistens um eine Lüge, da man hinter seinem Empfinden herhinkt oder ihm vorauseilt. So redete ich in einer Wut, die ich eigentlich längst hinter mir gelassen hatte, und ich wußte nicht mal, warum.

Sabine wich zurück und schüttelte den Kopf. Als könnte sie so die Versuchung abschütteln, mir womöglich doch etwas zu beichten, dachte ich verbittert.

»Nicht, Max! Bitte nicht!«

Es begann zu nieseln. Neugierige Passanten sahen höflich an uns vorbei. Wir standen immer noch auf dem Bürgersteig vor dem Hotel.

Ich konnte es nicht lassen, eine plumpe Show abzuziehen: »Tja, dann geh ich jetzt mal. Halt du dich nur schön an dein

Gewissen. *Leb wohl,* weißt du noch? Leb wohl! Haha. Vielleicht gelingt mir das ja jetzt, nachdem ich weiß, daß du nicht ganz richtig tickst! Tschüs, Sabine.«

Ich konnte nicht genau sehen, was für ein Gesicht sie machte. Ich sah nur, daß sie sich brüsk umwandte und ins Hotel zurückmarschierte.

Ohne groß nachzudenken, folgte ich ihr in den Fahrstuhl.

Ich sah gerade noch ihre Augen, geweitet, als hätte sie etwas Großes verschluckt, dann verbarg sie das Gesicht in den Händen. »Dann laß mich doch in Ruhe«, sagte sie weinend.

Sie rannte aus dem Fahrstuhl zu ihrem Zimmer. Obwohl sie mich ignorierte, machte sie die Zimmertür nicht hinter sich zu. Sie sackte aufs Bett und starrte vor sich hin. Ich versuchte mich nicht allzu auffällig umzusehen, nach ihren Kleidern auf dem Bett, dem Buch auf dem Nachttisch, dessen Titel ich nicht lesen konnte, den Stapeln von Fotos, deren oberstes Marlon Brando zeigte, einen verletzlichen Ausdruck im feisten Gesicht, und bemühte mich, nicht eifersüchtig zu sein. Ich stellte mich ans Fenster und sah nach draußen.

Es war dunkel und regnerisch geworden. Eine Straßenbahn ratterte vorüber. Auf der nassen Straße hinterließ das Gummi der Autoreifen ein zischendes Geräusch. Wir blieben sehr lange still.

»Ich kann nur eines sagen«, flüsterte sie dann monoton. »Oder wiederholen, besser gesagt. Nur eines. Es lag *nicht an dir,* daß ich damals plötzlich wegmußte. Und es gab keinen anderen. Da war überhaupt kein anderer, wirklich nicht! Es waren Dinge vorgefallen, die... die mir alles Vertrauen in mich selbst genommen hatten. Ich *mußte* weg, ich konnte wirklich nicht bleiben. Ich war außer mir – und damit auch außer dir und allen anderen, die ich kannte...Wenn man das so ausdrücken kann...«

Meine Beschämung erreichte ein Ausmaß, das mich zu erschlagen drohte. Und ganz langsam beschlich mich eine alte Vermutung. Aber warum hatte sie sich mir nicht anvertraut?

»Laß, du brauchst nichts zu sagen«, erwiderte ich. »Ich glaube dir, ich werde dir glauben... Aber versuch dich mal in mich hineinzuversetzen: Du warst Knall auf Fall weg, komplett verschwunden – als hätte man dich entführt oder ermordet oder auch als hättest du dein Glück in einem anderen Leben gefunden. Auch im Anne-Frank-Haus wußten sie nicht, wohin du warst, Zita nicht... nichts, niemand! Wir lebten doch zusammen! Wieso konntest du mich nicht ins Vertrauen ziehen? Du hattest doch wohl nicht erwartet, daß ich das so einfach hinnehmen würde!«

Ich redete immer lauter, als könnte ich meine Neugierde dadurch weniger impertinent erscheinen lassen.

»Nur durch deine Mutter wußte ich, daß du noch am Leben warst und daß das Ganze geplant und aus Überzeugung geschehen war. Ich bin ihr noch Wochen nach deinem Verschwinden auf den Wecker gefallen. Aber sie wollte auch nichts sagen. Sie hat immer nur davon geredet, wie du früher, als Kind, gewesen warst. Als wärst du tot. Es war schwer für sie, aber sie war stolz auf dich, das konnte ich hören. Sie hat mir zu verstehen gegeben, daß du aus freien Stücken verschwunden warst, daß das deine Entscheidung war. Und daß sie nichts daran ändern konnte. Sie hatte sich anscheinend damit abgefunden. Du warst weggegangen, in die weite Welt. Und ich hatte gefälligst auf dich zu verzichten und zu lernen, damit zu leben. Was ich auch getan habe – das habe ich getan. Ich habe auf dich verzichtet, und ich habe gelernt, damit zu leben. Als ich begriffen hatte, daß du das so wolltest, habe ich nicht weiter nach dir gesucht. *Dir zuliebe.*«

Sabine vergrub das Gesicht in den Händen und weinte lautlos, immer noch leise den Kopf schüttelnd. Während ich mich allmählich näher an sie herantastete, schien sie sich vor meinen Augen aufzulösen. Sagen wollte sie offenbar nach wie vor nichts.

Und mit einem Mal dämmerte mir, daß ich es vielleicht nie erfahren würde. Daß ich nicht das geringste Anrecht auf irgend etwas hatte. Daß sie vielleicht eine andere war, als ich gedacht hatte. Daß sie vielleicht von jeher anders gewesen war und ich mich nur mit dem zufriedengegeben hatte, was ich in ihr sah, weil sie mich so unheimlich geliebt hatte. Mir wurde bewußt, daß ich es aus Bequemlichkeit, Eitelkeit und Geltungsbedürfnis nicht so sonderlich genau genommen hatte. Aus pubertärem Mangel an Respekt. Nicht einmal meine Wut hatte ich sorgfältig abgesteckt. Selbstsucht auf ganzer Linie.

Ich senkte den Blick auf meine Handgelenke. Noch nie war mir aufgefallen, wie behaart sie waren. Wie kräftig und behaart ich geworden war.

Langsam ging ich zur Tür.

Sie erhob sich blitzschnell.

»Nein! Max!« rief sie. »Nicht weggehen! Bitte nicht weggehen jetzt! Nicht. Bleib! Ich habe dich verlassen, weil ich... weil ich an dich gedacht habe... Genügt das nicht?

Verstehst du das? Würdest du das bitte verstehen? Ich hätte dich gern früher wiedergefunden, okay? Ich hätte mir gewünscht, daß du mich wiederfindest.«

»Ich glaub, ich spinne«, sagte ich aufrichtig erstaunt. »Ich hab nichts mehr von dir gehört... Und ich hab auch an dich gedacht. Außerdem, wie hätte ich dich denn finden sollen?«

Wir schwiegen.

»Von mir aus hättest du mich nicht vor dir zu beschützen brauchen!« sagte ich.

»Du hättest mich ruhig suchen dürfen«, sagte sie.

67

Alles sagte mir, daß sie nach wie vor »diejenige, welche« war. Diejenige, deren Rätselhaftigkeit mir ebenso lieb wie zuwider war, deren Unbeholfenheiten mich rührten, deren Theatralik bessere, interessantere Wesenszüge in mir wachrüttelte, deren Körper für mich nichts Fremdes oder Abstoßendes hatte. Für *mich* war sie nach wie vor mit ihrem ganzen Wesen wahr. Trotz all ihrer Vagheiten.

Oder machte ich das aus ihr? Was, wenn ich ihr Gesicht und ihre Art zu reden nur mit irgend etwas Uraltem assoziierte, das mir lieb war, einer vorgeburtlichen Erinnerung von mir aus, einer Zufälligkeit, die nichts weiter zu bedeuten hatte? Welche Beweise brauchte es dafür, daß mein Gefühl richtig geartet war? Und was, wenn mein Gefühl mich trog? Wenn ich ein Phantom sah, einen willentlich zusammengebastelten Traum?

Nein, selbst dann wäre es noch wahr. Das spielte keine Rolle.

Ein anderer Punkt in der Beweisführung war, daß es mir *nach wie vor,* also schon seit siebzehn Jahren, so ging, oder besser gesagt: wieder so ging.

Andererseits ließ das auch die Hürden besonders groß erscheinen. Eine Lücke von fünfzehn Jahren ließ sich doch nicht so eins, zwei, drei durch eine mehr oder weniger zufällige Begegnung schließen.

Aber das alles änderte nichts daran, daß mich Sabines stilles Weinen seltsam ruhig und glücklich machte. Sie weinte hier und jetzt, bei mir. Ich konnte sie sehen, ja, würde sie sogar anfassen können, wenn ich wollte. Ich war dabei, ich konnte bei aller Befremdung und allem Mißtrauen Mitleid mit ihr haben. Ich konnte wieder etwas empfinden. Es machte mir *beinah* nichts mehr aus, *beinah* verzieh ich ihr, daß sie schwieg, ja, *beinah* gestand ich es ihr zu.

Was hatte ich zu tun, wie sah das Szenario aus? Welchen Ausgang hatte diese Geschichte? Totenstille. Aber dann ging mir mit einem Mal auf, daß es nicht auf den Ausgang ankam, sondern auf das, was jetzt war. Und ich begriff, daß ich dieses Jetzt gestalten konnte, allein aus mir heraus. Egal, was ich tat.

Ich setzte mich neben Sabine und legte den Arm um sie. Sie schmiegte sofort den Kopf an meine Schulter. Ich roch ihr Haar und fühlte ihre zarten Schulterknochen unter dem Mantel. Ganz still saßen wir so da, und ich nippte heimlich von ihren Locken.

68

Als das Telefon läutete, fühlte ich ihre Schultern kurz zusammenzucken vor Schreck. Sie setzte sich auf.

»Das ist bestimmt Sam«, sagte sie. »Das macht er immer.«
Sie ging mit dem Telefon in der Hand ans Fenster.
Es war Sam. Er rief aus dem Flugzeug an, aus Jux. Ob er wußte, daß wir uns heute sahen?
»Ja«, sagte sie, »natürlich. Ich frag ihn mal.«
Sie wandte sich zu mir um.
»Sam möchte dich kurz sprechen«, sagte sie mit hochgezogenen Augenbrauen.
»Ha, Max«, posaunte Sam. »Geht's gut? Sie sagen es ihr doch nicht, ja? Ich setz mich gleich wieder an den Schreibtisch, Sie hören dann von mir!«
»Schön«, sagte ich. »Das ist gut. Und versprochen ist versprochen. Wir telefonieren nächste Woche, Sam.«
»Ihr habt euch bestimmt viel zu erzählen! Wie lange hattet ihr euch nicht mehr gesehen? Fünfzehn Jahre, oder? In eurem Alter ist das ja ein ganzes Leben! Sie wird bestimmt viel über mich zu klatschen haben. Glauben Sie ihr bloß nicht. Es ist alles noch viel, viel schlimmer!«
Er legte auf, und Sabine setzte sich wieder zu mir, als wäre nichts geschehen.
Durch Sam mußte ich an ihn denken. Die Gegensätze hätten nicht größer sein können: Sam, der dunkle, feine aschkenasische Jid, ihr Vater der Typ des kräftigen Bergjuden. Wenn ich es jetzt umging, ihn zu erwähnen, würde ich womöglich irgendwann einmal etwas wirklich Dummes sagen. Meine ganz persönliche Form des Tourette-Syndroms.

»Wie geht es eigentlich deinem Vater?« fragte ich daher vorsichtig.

Sabine gefror an meiner Brust und rückte von mir weg, das Gesicht weiß und starr.

Dann holte sie tief Luft und sagte gleichgültig: »Tot, glaube ich. Keine Ahnung.«

»Mein Gott«, sagte ich. »Das tut mir leid.«

Ich erschrak noch nachträglich; mein Herz schlug so laut und langsam in meiner Brust, daß sie es hören mußte, so nah wie wir uns waren. Jetzt war ich mir sicher. Auf einmal sah ich alles ganz klar und deutlich vor mir. Sie brauchte mir nichts mehr zu erklären. Ich wollte es nicht wissen.

Ich wollte alles ganz genau wissen.

»Was...?« stammelte ich.

»Laß... Er ist tot. Der Dreckskerl.« Ihre Stimme klang schon wieder gefaßt.

Ich nahm sie bei den Schultern und drehte ihr Gesicht zu mir her. Es schien sich in ein gemaltes Porträt verwandelt zu haben; so bleich, die Augen so spiegelnd, die langen schwarzen Wimpern, die markanten Augenbrauen, der herzförmige Mund, die kräftige Nase, herrliche schwarze Flächen und Schatten, so wunderschön wie bei niemandem sonst, den ich kannte.

Das war keine Assoziation aus vorgeburtlichen Zeiten. Bei ihrem Gesicht hätte man am liebsten die Luft angehalten oder es gleich ganz verschlungen.

Wer sagt, daß KZ-Überlebende Heilige sind? Gut, das hatte ich früher mal gedacht, zugegeben. Und jüdische Väter? Mit Töchtern...?

»Hör zu, Sabine«, sagte ich. »Es ist mir jetzt völlig

wurscht, wieso du damals von mir wegwolltest und wieso du mich nicht ins Vertrauen gezogen hast. So 'n netter Mensch war ich ja nun auch wieder nicht. Ich war sogar ein ziemlich launischer, sarkastischer und ungehobelter Sack. Sieh mich an. Ich hab mich verändert. Ich hab dazugelernt. Ich bin jetzt ganz furchtbar treu, nett, sanftmütig, heißblütig...«

Langsam legte sie den Kopf an meine Schulter zurück.

Ich fühlte ein Lachen, das ich nicht hören konnte.

»Und du hast mir immer so gefehlt«, sagte ich. »Du fehlst mir so.«

Wie sagt man solche Sachen?

»Hast du mich wirklich vermißt?«

Sie ließ den Kopf an meiner Schulter liegen und schien sich meinen mutigen Satz auf der Zunge zergehen zu lassen, bis... was? Er nicht mehr brannte? Sie versuchte ihre Tränen runterzuschlucken, aber ich sah, daß sich ihr Mund dennoch verzog. Sie holte noch einmal tief Luft. Dann sagte sie in ihrem herrlichen alten Blaffton: »Mann, bist du tief gesunken. So was wär dir früher nie über die Lippen gekommen.«

Sie drückte mich plötzlich aufs Bett, setzte sich auf mich und hielt mir die Handgelenke fest. Die behaarten Handgelenke. Sie strahlte plötzlich. Vor Triumph.

»Max«, sagte sie feierlich, »ich hab dir viele Dinge schon zwanzigtausendmal erzählt, nur leider immer im stillen. Sorry. Ich erzähl dir noch immer alles. Hab ich immer gemacht. Es ging mir um dich, und das tut es noch immer. Das tut es jetzt wieder. Genügt dir das, Max? Warum zitterst du mit den Nasenflügeln?«

Ich antwortete nicht, sondern drückte die Nase an ihren Hals. Ich schnupperte, bis sie es nicht mehr aushielt.

»Damit ich dich besser riechen kann«, flüsterte ich. »Aber ich finde es nicht raus. Bist du nun eines der sieben Geißlein, die Großmutter oder gar das schreckliche Rotkäppchen selbst?«

Sie drückte mich wieder runter.

»Ach, wie gut, daß niemand weiß ... daß ich Rumpelstilzchen heiß ...«

69

Am nächsten Morgen brachte ich sie zum Flughafen. Wenn es nicht so traurig gewesen wäre, hätte es beinahe etwas Komisches gehabt, daß sie nun schon wieder so weit wegging. Es konnte doch einfach nicht sein, daß sie tatsächlich dort drüben wohnte. Daß sie elf Stunden Flug zwischen sich und mich brachte.

Aber es ließ sich nicht ändern. In Los Angeles warteten Aufträge auf Sabine. Dazu hatte ich sogar mein Teil beigetragen, denn ich hatte sie gebeten, schon mal ein Foto von Sam für den Buchumschlag zu machen.

Nicht, weil ich mir oder ihr nicht vertraut hätte, fand ich es so schlimm, daß sie ging. Wenn nach fünfzehn Jahren wieder ein und das gleiche zwischen uns entstehen konnte, die gleiche Ruhe, die gleiche widerspenstige Fröhlichkeit, die manchmal schmerzlich war, dann machte eine solche geographische Distanz nicht viel aus. Nein, aber ich wußte jetzt, daß ich mich in meinem derzeitigen Leben nicht mehr zu Hause fühlen würde. Daß ich dieses Leben, die Junggeselleneinsamkeit, die Regelmäßigkeit, die Ordnung in der stilgerecht karg eingerichteten Hochhauswohnung im Vorort Buitenveldert nicht mehr wollte. Genausowenig wie das Chaos neuer Flirts und das dazugehörige Spiel mit der neuen Identität. Den abgedroschenen Zynismus. Das kotzte mich an.

An diesem einen Abend war etwas Undenkbares mit mir passiert: Auf einmal wollte ich diese neue alte Welt, die Welt von Sabine. Für immer. Ich sah eine Zukunft. Mein Bedürfnis nach Vorläufigkeit war total verschwunden – als sei ich nun, mit vierzig, endlich erwachsen geworden. Mit einem Mal erschien die Unbestimmtheit meines ganzen bisherigen Lebens als sündhafte Zeitverschwendung. Ich hatte es plötzlich eilig.

Sabine hatte in den letzten Stunden kaum etwas gesagt, war auf dem Flughafen blaß und angespannt hinter mir hergegangen, mit einem Mal unsicher, als wäre sie noch nie geflogen.

Meine Hände waren klamm, als ich sie zu einem letzten Kuß umarmte; ich lachte ein elendes Lachen voll deplaziertem Selbstvertrauen, und dann ging sie durch die Paßkontrolle.

Sie winkte mir noch einmal von weitem, und ich fühlte mich schuldig und war besorgt, als schickte ich ein Kind allein in die Luft. Ich winkte wie wild zurück, und weg war sie, hinaus in die böse weite Welt.

Mein Hals schmerzte. Das hatte ich schon lange nicht mehr gehabt, wenn jemand wegfuhr.

70

Wir telefonierten in jenem ersten Monat zweimal am Tag. Einmal am späten Nachmittag, wenn sie aufstand, und einmal spätabends, wenn bei ihr der Nachmittag begann. Sie hatte viel zu tun, wie ich auch, denn alle Kontakte, die wir in Frankfurt doch noch hatten anknüpfen können, mußten durch Briefe, Telefonate und Verträge bestätigt werden. Und in drei Ländern war man an Noors Buch interessiert, auch das mußte geregelt werden.

Sam versicherte mir, daß es bald soweit sei. Wir tauschten uns einmal die Woche aus. Ich war zwar im Prinzip niemandem Rechenschaft schuldig, hatte aber der Form halber und auch, um künftige Reisen plausibel zu machen, alle über mein Projekt mit ihm in Kenntnis gesetzt.

In der zweiten Novemberhälfte schlug ich ihm vor, daß es vielleicht nicht schlecht wäre, wenn ich um Weihnachten herum mal nach Los Angeles käme. Dahinter steckte natürlich reiner Eigennutz, aber das verriet ich ihm nicht. Sabine hatte mich angefleht, Sam nichts von unserer Beziehung zu sagen.

Sam fand die Idee meines Besuchs großartig.

»Ich hab ein wunderbares Gästezimmer«, dröhnte er. »Das kannst du sofort haben, überhaupt kein Problem. Ach, das find ich wirklich großartig! Und du kannst dich drauf verlassen, daß das Buch dann fertig ist. Dein Kommen ist für mich jetzt äußerste Deadline!«

Ich sagte, daß ich gern in einem Hotel sei, daß ich immer lieber in einem Hotel sei, das sei nun mal ein Spleen von mir, er könne das hoffentlich nachvollziehen, und außerdem müsse er doch in aller Ruhe schreiben können... Sam klang enttäuscht, ließ es aber auf sich beruhen.

Am 21. Dezember 1998 flog ich um zwölf Uhr mittags mit der KLM nach Los Angeles, Flughafen LAX. Ich war ziemlich nervös, aber auch fröhlich, ja, mir war geradezu *wohlig* vor Selbstvertrauen. Die Aussicht, elf Stunden im Flugzeug sitzen zu müssen, machte mir nicht viel aus. Sabine würde mich abholen, und ich meinte schon ihren schlanken, aber weichen Körper zu fühlen – mit den Flügelchen, wie ich ihre hervorstehenden Schulterblätter, die sie zu meinem Erstaunen immer noch hatte, schon vor langer Zeit getauft hatte.

Beinahe hörte ich sie schon über diese oder jene Fehlentscheidung meinerseits wettern: komische Jeans, eine eigenartige Tasche, den falschen Mietwagen – von so was fing sie nämlich immer gerade dann an, wenn ich mich ausnahmsweise mal sentimental aufführte, konnte ich mich entsinnen. Auch während unserer bisher einzigen gemeinsamen Nacht nach fünfzehn Jahren hatte sie die allzu zärtlichen Momente wieder mehrmals durch nüchterne Kommentare (sorry, das schrie grad so nach jiddischer Schnauze, sagte sie dazu) ins Lächerliche gezogen.

Eigentlich fand ich das toll. Bei ihr machte es mir nichts aus, ein bißchen auf die Schippe genommen zu werden. Es machte mir sogar Spaß, besonders dick aufzutragen und mich in lyrischen Gefühlsausbrüchen zu ergehen. Vielleicht, um mein rüpelhaftes Benehmen von früher vergessen zu machen.

71

»Bringst du deine Sachen ins Hotel oder zu mir?« fragte sie gleich sachlich.

Sie stand wie ein loderndes Feuer in der Menge, die Haare röter denn je, das Gesicht weiß und glatt. Ich wagte kaum, sie zu küssen, tat es dann aber doch, kurz und selbstverständlich, als sei ich nur mal eben einkaufen gewesen. Sie küßte mich ebenso kurz wieder, streichelte mir dabei aber über den Arm, mit dem ich den Gepäckwagen schob.

»Sam hat gestern noch danach gefragt – ob du wirklich ins Hotel ziehen würdest. Ich hab so getan, als verstünde ich ihn nicht. Er tut in letzter Zeit so komisch.«

»Wie denn?«

»So distanziert, kritisch, unwirsch... Er arbeitet zu hart, treibst du ihn etwa an?«

Ich beschloß, mein Gepäck im Hotel zu deponieren. Vorsichtig zu sein.

Sabine hatte eine Sonnenbrille auf und trug eine weite Khakihose und ein weißes T-Shirt. Ich erkannte sie fast nicht wieder, so lässig und erwachsen sah sie aus. Cool. Aus einer anderen Welt.

Oder kam das durch das gleißende Licht von Los Angeles, dieses Wüstenlicht, das durch die Widerspiegelung vom unermeßlichen Ozean tausendmal heller wirkte als sonstwo? Oder durch den Zeitunterschied? Für mich war es schon Mitternacht, aber hier war noch heller Tag, hier herrschte rauhe, mitleidlose, alltägliche Wirklichkeit.

Wir fuhren über den Lincoln Boulevard nach Pacific Palisades. Die vielbefahrene Strecke begann trostlos, als Piste aus ungleichen Betonplatten, die an planungslosen, schmutzigen Bauten und grellen Plakatwänden vorbeiführte. Das helle und dennoch warme Licht verlieh der Häßlichkeit rundum etwas seltsam Abenteuerliches, und ich hatte für einen Moment das Gefühl, in eine Zeitmaschine gestiegen und nun in einer anderen Dimension wieder ausgespien worden zu sein.

Mir war in diesem Licht, das in meiner Vorstellung auch zum Licht ihres Blicks wurde, ganz eigenartig zumute. Verstädtert, verlangsamt und vergammelt kam ich mir vor. Als wäre ich nach Jahren aus einem Gully hervorgekrochen und mit einem Mal dem Leben ausgesetzt, das da oben einfach weitergegangen war.

Ich fuhr in eine Welt hinein, die ich nur aus zweiter Hand kannte, über das Fernsehen, über Filme, über Bücher, über ihre Musik, über Jack Kerouac und Robert Pirsig, über Bob Dylan und Janis Joplin. Oder romantisierte ich das? Ich war ja schon häufiger in New York gewesen, aber L.A. fühlte sich gleich ganz anders an, viel weiträumiger, häßlicher, unkultivierter und spannender.

Das alles hätte ich Sabine gern gesagt, aber irgend etwas hielt mich an jenem Nachmittag zurück. Sabine fuhr präzise und zügig über den langen, geraden Boulevard mit den vielen Ampeln, redete aber kein Wort. Jetzt, da das Ziel meiner Reise direkt neben mir saß, vergaß ich mehr oder weniger, wohin wir eigentlich fuhren. Ich hatte Kopfschmerzen vom Flug. Mein Körper schrie nach Schlaf, aber dafür war ich jetzt viel zu überdreht. Und Sabine schwieg und fuhr. Ich hatte sie noch nie Auto fahren gesehen, wurde mir bewußt.

Wie wenig ich doch von ihr wußte. So kurz, wie ich sie kannte. Die Zukunft, die ich mir so wohlig ausgemalt hatte, war noch weit entfernt, mein nervöses Verlangen wurde immer stärker.

72

Nachdem wir meine Sachen im Hotel – einem alten Hollywoodhotel mit hohen Decken und schön verschnörkelten Art-Deco-Ornamenten – abgestellt hatten, fuhren wir zu ihr in die Palisades. Von Straße zu Straße wandelte sich der Charakter der Viertel, und jedes Haus war anders.

Santa Monica, eine selbständige Nachbargemeinde von Los Angeles und eine Enklave der Ruhe und des Wohlstands direkt am Meer, hatte mit seinen breiten, ebenen Straßen und den großen, freistehenden Häusern mit ihren prachtvollen Blumengärten nichts Rauhes mehr, doch Licht und Maßstab machten es dennoch überwältigend. The Palisades, das nördlich von Santa Monica lag, war hügeliger und lieblicher und anscheinend auch kleiner. Seine an- und absteigenden Straßen säumten Palmen und flache Häuser verschiedenster Bauart und Größe mit Vorgärten und Zierbeeten und Eingangstreppchen, und überall rankten Blumen.

Sabine wohnte in einem einstöckigen Haus mit Veranda, das von außen etwas von einem Puppenhaus hatte. Es war rundherum von einem Garten umgeben, in dessen hinterem Teil ein kleines Gästehaus stand. Ich hatte instinktiv mit einem Apartment gerechnet, einem unpersönlichen Hotelzimmer wie in Frankfurt, einer Zwischenstation, kurzum einem Beleg dafür, daß sie in der gleichen Vorläufigkeit lebte wie ich. Aber ein eingerichtetes Haus war ein Zeichen dafür, daß sie hier leben wollte, damit wies sie sich aus.

Drinnen lagen überall Teppiche und Tücher. Ich sah bunte mexikanische Figuren. An manchen der Lampen hingen Holz- oder Glasperlen, an den Wänden Schwarzweißporträts in farbenfrohen, groben Rahmen. Ein paar Gesichter aus Film und Fernsehen (Freunde, sagte sie obenhin) erkannte ich darunter wieder, aber auch, mit leichtem Erschrecken, ihre Mutter. Und Sam.

Sabine selbst entdeckte ich ebenfalls, in ziemlich vielen Varianten. Ich stellte fest, daß sie mal dicker gewesen war, sexy und üppig (wer hatte dieses Foto mit dem herausfordernden Gesichtsausdruck aufgenommen?), und mal blondierte Haare gehabt hatte (was ihr merkwürdig stand). Ich sah sie in einem feuerroten Abendkleid in Gesellschaft von Leuten, die ich nicht kannte, ich sah sie mit Ohrenwärmern in Gesellschaft wieder anderer Fremder in einem Wintersportort. Und all die Jahre ohne mich! Mir wurde ganz mulmig, wenn ich daran dachte.

Sie hatte überwiegend Naturholzmöbel und dazu eine unendliche Menge Kissen verschiedenster Macharten, Größen, Farben und Stoffe. Südamerikanische Folklore. Trotz der Farbenvielfalt sah alles ganz schlicht aus, ja sogar geschmackvoll, allerdings auch ein bißchen so, als hauste sie in einem orientalischen Zelt.

Was mich leicht schockierte, war die Entdeckung eines winzigen Altars in ihrem Schlafzimmer, bestückt mit einer Buddhafigur, einem abgebrannten Räucherstäbchen und zwei kleinen Schälchen mit getrockneten Rosenknospen (ich meditiere gelegentlich, erklärte sie leicht errötend). An ihrem breiten, niedrigen Bett lagen Bücher mit spirituellen Texten, aber in den vielen Regalen rundherum standen zum Glück jede Menge Bücher, mit denen ich mehr anfangen konnte. Auch ein paar niederländische, sah ich, die sich bei näherer Betrachtung aber als die mehrteilige Mädchenbuchschwarte *Joop ter Heul* entpuppten.

Im Garten war neben einer riesigen Holzskulptur, die eine Art Totempfahl zu sein schien, ein Jacuzzi ausgehoben, der erleuchtet war, obwohl es noch hellichter Tag war, und in dem ein Mini-Wasserfall für die permanente Zirkulation des Wassers sorgte. Auch ein Hund sprang herum, ein prachtvoller Dalmatiner, der Guru hieß und ein feuerrotes Lederhalsband trug. Eine Südamerikanerin putzte gerade die Küche.

»Das ist Amalia. Sie kümmert sich um Guru, wenn ich weg bin, und hält das Haus sauber«, sagte Sabine mit lässiger Selbstverständlichkeit. Ich schüttelte Amalia die Hand.

»Da wären wir also«, sagte Sabine lächelnd. »Und, wie gefällt's dir hier?«

»Schön«, sagte ich unschlüssig. »Anders.«

»Möchtest du schlafen?«

»Schlafen? Unmöglich. Vielleicht wenn du dich zu mir legst... Vielleicht ganz kurz, bis es Abend wird...?«

Wir taten wieder genauso keusch wie ganz am Anfang.

Sie müsse erst noch Fotos wegbringen, sagte Sabine, aber ich dürfe in ihr Bett. Was ich absurd fand. Daher schlenderte ich verloren im Haus umher, bis Amalia gegangen war. Ich wollte keine Schränke aufmachen oder in einer der unzähligen Zeitschriften blättern, die überall herumflogen, weil Sabine mich womöglich auf die Probe stellte.

Was zunächst angenehm müde Überdrehtheit gewesen war, verwandelte sich allmählich in stechende Kopfschmerzen. Als Sabine nach einer Stunde noch nicht zurück war, streckte ich mich schließlich doch auf ihrem Bett aus und fiel sofort in tiefen Schlaf.

73

Erst um sieben Uhr abends, es war schon dunkel, wurde ich wach, weil ich jemanden neben mir spürte.

Ich erkannte sie an ihrem süßen Duft und der mollig weichen, glatten Haut.

»Dieses Meditieren, machst du das oft?«

Sie lachte ein kleines Lachen. Im Halbdunkel sah ich, wie sie ein versiertes Gesicht aufsetzte. Mit Zynikern kannte sie sich aus. Sam, vermutete ich.

»Ich wußte, daß du das fragen würdest«, sagte sie. »Ja. Nein. Wenn ich einen Durchhänger hab. Trübsinnig bin. Oder wenn ich eine Entscheidung zu treffen habe. Ich suche nach dem richtigen *state of mind,* denk ich. Findest du nicht, daß ich viel ruhiger bin als früher? Ich mache übrigens auch Yoga, damit du schon mal vorgewarnt bist. Noch kannst du dich absetzen.«

»Yoga scheint in den besten Familien vorzukommen«, sagte ich. »Lana macht es auch.«

Sie *war* ruhiger als früher, was in ihrem Fall aber keine so große Kunst war. Andererseits kam mir zuviel Ruhe bei jemandem, der so neurotisch war, suspekt vor. Da mußte es irgendeinen Unterdrückungsmechanismus geben.

»Aha. Max?«

»Ja?«

»Wie geht es deinem Vater?«

Sie klang ernst, fast schon grantig.

»Geht so«, sagte ich.

Mein Vater. Besonders gut war es ihm die letzten Jahre nicht gegangen. Mein Vater war alt geworden. Seine Gesundheit war nicht die beste. Da kein natürlicher Nachfolger für sein Stoffgeschäft vorhanden gewesen war, das er unter so großer Mühe aufgebaut und so glänzend geführt hatte, hatte er die Leitung erst nach und nach aus den Händen geben wollen. Doch sein neuer Stab hatte nicht die nötige Phantasie und Kreativität besessen, um den Schwung der geschäftlichen Erneuerung gewinnbringend umzusetzen, und so hatte sich mein Vater vor etwa einem halben Jahr zum Verkauf entschließen müssen. Auch das hatte ihn wesentlich mehr Zeit und Mühe gekostet, als er gedacht hatte, aber es war ihm dann doch gelungen. Für mich war es immer noch unvorstellbar, daß der Laden nun nicht mehr uns gehörte. Ich konnte nicht daran vorbeifahren, ohne daß automatisch Schuldgefühle in mir aufflammten.

Meinen Vater hatte die wiedergewonnene Freiheit aber zu meinem Erstaunen aufgemuntert. So hatte ich ihn seit Jahren nicht erlebt. Er spielte wieder Klavier, rief mich dreimal die Woche an und hatte vor ein paar Wochen zu malen begonnen, Landschaftspanoramen.

Über meine Reise nach L.A. waren meine Eltern nicht gerade entzückt gewesen. Als der brave Sohn, der ich war, hatte ich Sabines Wiederauftauchen in meinem Leben natürlich nicht für mich behalten können. Sie hätten eine Heidenangst, daß ich abermals verletzt würde, hatten sie mir nacheinander anvertraut. Außerdem fanden sie es wie immer schrecklich, daß ich fliegen mußte (gefährlich) und zu Weihnachten nicht dasein würde. Sie hatten zusammen an der Gartenpforte gestanden und mir nachgewinkt, und mir war wieder einmal zu Bewußtsein gekommen, daß es meine Pflicht und Schuldigkeit war, glücklich zu werden. Ihnen zuliebe.

»Er klagt oft über seine gesundheitliche Verfassung«, sagte ich zu Sabine, »aber eigentlich geht es ihm ganz gut. Er arbeitet nicht mehr und malt jetzt, für sich. Meine Mutter ist überglücklich, daß er zu Hause und noch dazu ruhig ist.«

»Gott sei Dank...«, sagte Sabine. »Ich hatte solche Angst, daß... Dein Vater, das ist so ein lieber Mensch...«

»Ja...«, sagte ich. Und nach kurzer Stille. »Kommt Sam oft hierher?«

Sie änderte ihre Lage.

»Wieso? Nein. Nie. Er ist, glaube ich, nur einmal hiergewesen. Wir sehen uns meistens in seinem Büro. Er hat ein tolles Büro, eigentlich eher ein Apartment, am Meer. Da hält er sich tagsüber immer auf. Er hat es gemietet, als er bei ›The Milky Way‹ wegging, vor vier Jahren.«

»Warum arbeitet er nicht einfach zu Hause?« fragte ich.

»Er möchte Ruhe und seine Privatsphäre, und Anna, seiner Frau, ist es wohl auch ganz recht, wenn er ihr nicht vor den Füßen rumläuft. Er kann ganz schön nerven, und sie ist der Typ ... Wenn es nach ihr ginge, dürfte er überhaupt nichts. Die würden sich gegenseitig verrückt machen, wenn er den ganzen Tag zu Hause wäre.«

»Und seine Kinder? Er hat doch einen Sohn und eine Tochter. Wo wohnen die?«

»Ach, himmelweit von hier entfernt. In Florida und in New York, soweit ich weiß. Ich hab sie noch nie gesehen. Sam hat auch nicht soviel Kontakt zu ihnen, glaub ich.«

»Bist du oft bei Sam und Anna zu Hause?«

»Nein, nie«, sagte sie mit erstauntem Auflachen. »Da bin ich noch nie gewesen.«

»Was? Du kennst Anna gar nicht?«

»Doch, natürlich. Wir waren ein paarmal zusammen essen – mit noch anderen Leuten. Nein, Anna, das ist eine ganz andere Geschichte.«

»Ach?« Aber Sabine hatte keine Lust mehr, über Anna zu reden. Sie erzählte, daß sie schon sechs Jahre in diesem Haus wohne. Davor habe sie mal hier, mal da ihre Zelte aufgeschlagen, wie sie es ausdrückte, mehr als zehn Jahre lang sogar. Also doch.

»Du kannst dich hier so leicht wie ein Vagabund ohne Wurzeln und Bindungen fühlen. Das wollte ich mit einem Mal nicht mehr. Da hab ich mir dieses Haus gekauft.«

»Gekauft!« Ich war beeindruckt.

»Willst du hierbleiben, für immer?« fragte ich.

»Das weiß ich doch nicht, wie soll ich das wissen? Für immer!«

»Und Kinder?«

Sie drehte sich auf den Rücken.

»Hab ich nicht«, sagte sie schroff.

Da verstummten wir beide.

74

Die Vergangenheit rückte in jenen ersten Tagen weit in den Hintergrund. Manchmal schien es sogar, als habe es sie nie gegeben.

Die Gegenwart war um so präsenter. Sam und sein Buch, ich, Max Lipschitz, als der Verleger. Weihnachten und der anstehende Jahreswechsel. Und Sabine und mich mußte wohl ein Fieber erfaßt haben. Wir schliefen miteinander, wann und wo immer sich die Gelegenheit bot, ob in ihrem Haus oder in meinem Hotel. Aber es blieb unser Geheimnis. Eine erregend neue Kombination stellten wir zusammen dar, ich, der alleinstehende Verlagsleiter, und sie, die erfolgreiche alleinstehende Fotografin. Alles war neu.

Motor für die große Häufigkeit war vielleicht das, was uns fehlte: eine konkrete Zukunft. Wir befanden uns gewissermaßen auf einem Kliff in der Zeit, auf dem wir das Drumherum ausblendeten und uns notgedrungen in die Arme des anderen stürzten. Dabei war gerade das, was uns fehlte, die Zukunft, an die keiner von uns rühren wollte, so wichtig. Von der Vergangenheit gar nicht erst zu reden. Doch diese Themen mußten darauf warten, daß einer von uns den Mut finden würde, sie anzuschneiden.

Völlig gehen ließen wir uns trotz allem nicht. Ich meine, wir lagen nicht etwa tagelang nur im Bett. Wir feierten, was gefeiert zu werden hatte. Das war ein naturgemäßer, inbrünstiger Versuch der Erneuerung auf Teufel komm raus, ein lustvoller Bruch mit unserer Keuschheit (und eine interessante Methode, nicht zuviel aussprechen zu müssen).

Jeder von uns hoffte, auch der andere würde sich bewußt

sein, wie befristet dieses Leben ohne Verpflichtungen war, einem Urlaub vergleichbar, bis es dann wieder *ernst* würde. Und daß es ernst werden würde, stand zumindest für mich fest.

Die Hast und der Wille zur Effizienz, die in uns gefahren waren, erstaunten mich eigentlich im nachhinein mehr als zum damaligen Zeitpunkt.

75

Sam bekam von alledem vorerst nichts mit. Wir waren an meinem zweiten Tag in L. A. zu einer Besprechung in seiner Arbeitswohnung, besagtem geräumigen Apartment mit Meeresblick, zusammengekommen. Ich hatte gleich nach seinen Oscars Ausschau gehalten und sie im Bücherregal aufgereiht gefunden: fünf stumme goldene Männer, geronnener Erfolg. Ihr Standort war so wenig augenfällig, daß ich mich fragte, ob ich sie überhaupt gesehen hätte, wenn ich nicht von ihnen gewußt hätte.

Ihr Vorhandensein verlieh unserem Treffen gleich Gestalt. Falls ich noch Zweifel hinsichtlich der Bedeutsamkeit von Sams Buch gehegt hatte, nickten mir diese Männlein nun gleich fünffach beruhigend zu.

Sam war bester Laune. Er zog mich herein wie einen verlorenen Sohn, herzlich und erwartungsvoll. Wieso mir das so guttat, war mir ein Rätsel. Schließlich war ich doch schon jemandes Sohn.

Sabine war nicht dabei, bei diesem ersten Mal, aber ihr Name fiel in unserem Gespräch so oft, daß sie dennoch anwesend zu sein schien. Sam hielt die Spannung, bis er ihr endlich sein Buch würde zeigen können, kaum noch aus, das wurde mir im Laufe unserer Unterhaltung immer deutlicher. Daß ich jetzt mit ihm unter einer Decke steckte, half ihm, glaube ich.

Wir sprachen an jenem Nachmittag lange und angeregt über das Procedere der zeitgleichen Veröffentlichung des Buches in Niederländisch und Englisch, die Sam sich wünschte. Auch davon durfte ich Sabine nichts sagen.

Danach lud er mich zu einem informellen Weihnachtsessen bei Anna und ihm zu Hause ein. Sabine sei auch eingeladen, sagte er. Natürlich feierten sie eigentlich nicht Weihnachten, aber er esse nun mal gern.

Ich war verwundert. Hatte Sabine mir nicht erzählt, sie sei noch nie bei Anna und Sam zu Hause gewesen?

76

Sabine schien genauso verwundert zu sein wie ich.

»Magst du denn überhaupt hingehen?« fragte ich.

»Na klar«, sagte sie. »Es kommen ja noch andere Leute.«

»Herrje, Sabine, wieso —?«

Wieso erklärst du mir das Ganze nicht genauer? wollte ich fragen, aber dazu bekam ich keine Gelegenheit. Sabine begann sofort laut zu denken.

»Anna ist, glaub ich, froh, daß du da bist. Daß ich mit Sam bei den Filmen zusammengearbeitet habe, hat sie nämlich immer irritiert. Jetzt hofft sie, Sam wieder mehr unter ihre Fuchtel zu bekommen. Sie hat zwar ihren Hund, telefoniert jeden Tag mit ihren Kindern, geht in den Klub für feine Leute und tut was für wohltätige Einrichtungen und so, aber jetzt will sie Sam dabeihaben. Sie will, daß er im Klub mit ihr zu Mittag ißt. Sie will, daß er wieder verfügbar ist, denn er war natürlich immer weg. Es hat ihr nie gepaßt, daß Sam und ich uns so gut unterhalten können. Ich mäkle nicht an ihm herum, na ja, anders jedenfalls, als sie es immer macht, und deswegen ist sie sauer auf mich. Um ihre Gemütsruhe wiederherzustellen, hat sie mich immer wie eine Untergebene von ihm behandeln müssen.«

Was warst du denn wirklich? wollte ich fragen, hielt aber den Mund.

»Und nun darf ich also kommen – deinetwegen«, sagte sie. Nachdenklich blies sie den Rauch ihrer Zigarette aus.

»Er darf nicht mal rauchen, das verbietet sie ihm.« Sie schüttelte den Kopf. »Sie ist so gräßlich amerikanisch.«

»Wieso gehen wir dann hin? Das wird doch höchstens peinlich«, sagte ich.

»Du bist doch da – der Verleger und mittlerweile auch gemeinsame Freund aus Holland!« sagte sie. »Ich tue es Sam zuliebe. Er liebt so was ja sehr, das weiß ich. Aber laß bloß keinen merken, daß wir zusammen sind.«

»Na, wenn ich das so höre, hätte sie wohl nicht so schrecklich viel dagegen«, sagte ich.

»Das gönn ich ihr nicht. Und mit Sam wär dann alles total vertrackt.«

Sie hatte plötzlich schroff geklungen.

77

»Oh«, sagte ich, als ich sah, für welches Outfit Sabine sich entschieden hatte. Kurzes schwarzes Kleid, tief ausgeschnitten. Dazu rote Stiefel.

»Mein Gott«, entgegnete sie. »Es ist doch Weihnachten!«

»Na ja«, sagte ich, »ich dachte wegen Anna. Ich... ich mag Weihnachten.«

Es stand ihr gut, aber es machte mich nervös. Ihre Beine waren *meine* Beine, ihr Hintern paßte genau in *meinen* Schoß.

»Anna? Die wirft sich immer total in Schale, da brauchst du dir keine Sorgen zu machen. Die wird Jahr für Jahr gleich mehrere Jahre jünger«, sagte Sabine.

Ich hatte meinen guten Anzug an. Als wir so aus dem Haus gingen, war es, als wären wir schon ein Leben lang zusammen.

78

Anna war relativ klein und schlank und *every inch from Hollywood.* Kerzengerade stand sie da, als sie uns in Empfang nahm. Sie trug einen dunkelroten Hosenanzug. Ihr Haar war zu einem honigblonden Bausch frisiert, ihre Fingernägel waren lackiert. Ihr Gesicht wirkte jünger, als sie es sein konnte. Da sie schon seit vierzig Jahren mit Sam verheiratet war, wie Sabine mir erzählt hatte, mußte sie über sechzig sein. Ihre Augen waren groß, tiefliegend und kindlich blau und weder mit Krähenfüßen noch mit Tränensäkken versehen, was auf einen schönheitschirurgischen Eingriff schließen ließ. Auch ihrer Nase meinte ich eine Umbaumaßnahme ansehen zu können. Sie hatte etwas Totenkopfartiges.

Sabine hatte sich ziemlich hämisch und spöttisch darüber ausgelassen, daß Anna dem natürlichen Verfallsprozeß zu trotzen versuchte, doch genau wie für Sams gepflegtes Äußeres empfand ich auch für ihre Eitelkeit sofort Sympathie. Natürlich konnte man Anstoß daran nehmen (wohl nichts Besseres zu tun, oder mangelndes Selbstvertrauen, was?), aber heutzutage, da das alles ohne weiteres möglich war, zeugte es auch von einer gewissen Vitalität und Unbeugsamkeit, fand ich. Es schmerzte mich, daß Sabine so hart über eine Frau urteilte, die sich nun mal nicht damit abfinden wollte, daß ihr Mann sich so intensiv mit einer wesentlich jüngeren Frau befaßte – denn so weit sah ich inzwischen klar.

Anna begrüßte Sabine und mich ausgesprochen herzlich.

»Kind, was für ein Reichtum«, sagte sie und küßte Sabine überschwenglich. »So lange Beine!«

Sabine faßte Annas Hände, zollte ihr Bewunderung für ihren Hosenanzug, ihre Frisur und ihren Garten und äußerte sich, ohne rot zu werden, geradezu beglückt darüber, daß man uns eingeladen habe.

»Kommt rein!« rief Anna.

Sabine sah erhitzt aus. Sams Gesicht war steinern. Ich dachte: Als wollte er Sabine nicht mal mit seiner eigenen Frau teilen. Vielleicht war es aber auch nur Nervosität. Erst als ich ihm die Hand schüttelte, begann er zu lächeln. Wir waren ja jetzt Kumpel, zwischen uns war alles in Butter.

Das Haus war groß und modern und in einem teils zeitgemäß-strengen, teils ländlichen Stil sehr geschmackvoll eingerichtet. Schöne alte Teppiche, farbige Holzmöbel, mattierter Edelstahl und viel, viel Kunst. In einer Ecke die restlichen Oscars – ich zählte zehn –, eine stolze Familie lauter Göttersöhne. Beim Anblick dieses Hauses begann ich Annas Kampf noch besser zu verstehen. So viel Schönheit mußte für einen Menschen allein etwas Bedrückendes haben. Zuviel des Guten.

Ein Weihnachtsbaum war nirgendwo zu entdecken, aber hier und da war das Haus mit Tannenzweigen, Äpfeln und kleinen Strohornamenten geschmückt.

»Heidnischer Plunder«, erklärte Sam. »Unser Kompromiß zwischen richtig oder gar nicht Weihnachten feiern.«

Das Haus hatte durch seine raffinierte räumliche Aufteilung auf verschiedenen Ebenen auch etwas Verspieltes. Ein Teil der Kunstwerke hing in Nischen an der Wand, Skulpturen waren da und dort im Raum aufgestellt. In einem tiefer gelegenen Teil des zentralen Wohnraums, wo auch ein Flügel prunkte, stand der Eßtisch.

Außer uns waren noch zehn andere Gäste eingeladen worden, eine bunte Gesellschaft aus Drehbuchautoren, Regisseuren, Musikern und Anwälten. Doch Sams Kinder waren zu meiner Verwunderung nicht darunter.

»Zu Thanksgiving waren sie beide da«, erklärte Anna, »mit ihren Familien. Das ist für uns alljährlich der große Wiedersehensabend.«

Anna hatte das ganze Essen selbst zubereitet. Zwar stand ihr eine dicke Mexikanerin als dienstbarer Geist zur Verfügung, doch für den kreativen Prozeß war allein Anna verantwortlich. Die Mexikanerin stellte die Platten auf einen langen Tisch, und wir durften uns selbst bedienen und uns dann einen Platz am Eßtisch aussuchen, der mit altmodischem Geschirr und Kristallgläsern gedeckt war. Sam hatte ein Auge darauf, daß wir uns auch ja alle genug auftaten: »Das ist doch viel zuwenig, nimm dir doch noch was, es ist noch viel mehr da, iß, iß.« Er erinnerte mich immer mehr an meinen Vater.

Als alle saßen und der Wein ausgeschenkt war, sprach Sam einen Toast auf die Wärme des Weihnachtsgedankens aus, die auch Juden nicht übel anstehen würde. »Tja, und Juden sind wir heute abend alle. Sorry, Jesus, aber du warst es auch.« Anschließend gab er seiner Freude Ausdruck, daß wir alle gekommen seien.

»*Last not least*« erhob er sein Glas auf diejenige, die schon seit vierzig Jahren an seiner Seite sei, seinen Engel an Geduld und Ausdauer, seine schöne Anna – die im übrigen einen koscheren Truthahn zubereiten könne wie kein anderer. Sabines Augenbrauen gingen erstmals an diesem Abend in die Höhe.

Anna blickte ein wenig spöttisch, aber auch erfreut, hob das Glas und stieß mit ihm an. Alle prosteten sich zu.

Nach dem Essen führte Sam Sabine und mich auf den Flur, wo eine ganze Reihe von Fotos aus seiner Glanzzeit hingen. Sam mit Billy Wilder, Sam mit Gina Lollobridgida, Sam mit Liza Minelli, Sam mit Anna – bildschön und noch nicht umgebaut – und mit Roger Moore. Lachend, gestikulierend, mächtig. Auch ein altmodisches Porträt von Sams Großvater hing dort und eines von seinen Eltern, stark retuschiert, im Stil der dreißiger Jahre.

Auf einem Foto mußte Sam etwa zwölf Jahre alt sein. Er stand zwischen seinen Eltern, die in die Hocke gegangen waren, so daß aller Augen auf gleicher Höhe waren. Vor diesem Foto blieb Sabine stehen. Sam drückte kurz ihre Schulter, als er sich unbeobachtet glaubte.

»Das war kurz bevor wir untertauchen mußten«, sagte Sam. »Ein Freund meiner Eltern, der einen Fotoapparat hatte, hat die Aufnahme gemacht. Sicherheitshalber, sagte er.«

Auch ich guckte mir das Foto nun näher an.

Sam hatte darauf eigentlich schon denselben klugen, spottlustigen Ausdruck wie heute – doch da es nicht viel gegeben hatte, worüber er hätte spotten und lachen können, sah er vor allem verletzlich aus. Das wollte ich Sabine sagen, aber sie war schon wieder hineingegangen.

»Sabine ist die Kriegsgeschichten leid«, sagte Sam. »Ich bin ihr wahrscheinlich zu lange damit auf den Wecker gegangen.«

»Aber dieses Foto kannte sie doch noch gar nicht, oder?« fragte ich.

»Nein... Aber trotzdem... Ich hab schon so oft von der Zeit erzählt, als ich untergetaucht war und dann im KZ... Früher konnte sie gar nicht genug darüber hören...«

Es fiel mir schwer, mich daran zu gewöhnen, wie zartfühlend, ja *respektvoll* Sam von Sabine sprach. Wie er sich um sie kümmerte.

Sie war schon wieder zurück, etwas zu trinken für uns in den Händen. Wir verstummten.

»Worüber habt ihr euch denn unterhalten?« fragte sie.

»Nichts Besonderes«, sagte Sam. »Wir haben uns gegenseitig vorgeseufzt, wie bezaubernd du heute abend aussiehst, nicht, Max?«

Ich nickte. Mich sah sie gar nicht an, aber bei Sam hakte sie sich ein. »Komm mal eben«, sagte sie und ging ein Stück mit ihm in den Flur hinein. Wenn ich die Ohren spitzte, konnte ich hören, was sie sagten.

»Ich mußte einen Moment weg... Das Foto war so traurig... Dieses Ängstliche, Angespannte, ich konnte den Anblick kaum ertragen...«

Daß Anna die Tür geöffnet hatte, war mir völlig entgangen. Sie ihrerseits schien mich gar nicht wahrzunehmen.

»*You know how I hate it when you two speak Dutch*«, schrie sie.

Es wurde totenstill. Sam blickte sich erschrocken um. Sabines Augenbrauen hoben sich zum zweitenmal an diesem Abend. Sie sah nicht Anna an, sondern blickte von Sam zu mir.

Ich konnte ihren Blick nicht erwidern. Ich genierte mich. Obwohl ich ja auch immer Niederländisch mit Sam sprach, fühlte ich mich in dieser Situation genauso ausgeschlossen wie Anna.

79

»Fein, daß du Sabine nach Hause bringen kannst, Max«, sagte Sam in der Türöffnung.

Anna hatte einen Arm fest um seine Mitte geschlungen, was ihn wie einen fremdartigen Gefangenen aussehen ließ. Anna strahlte. Auch er lachte, aber da war etwas in seinem

Blick, das mir nicht gefiel. Anna ergriff mit ihrer freien Linken meine Hand – eine Geste, wie ich sie bis dahin nur aus alten Hollywood-Schmachtfetzen kannte – und sagte heiser, daß es ihr eine besondere Freude gewesen sei, mich kennenzulernen. Und daß ich jederzeit herzlich willkommen sei.

Ich küßte ihr die Hand.

Es kostete mich große Mühe, nicht auch besitzergreifend den Arm um Sabine zu legen, aber ich hielt mich zurück. Wie zwei prüde, einander völlig fremde Menschen entfernten wir uns in die kalt gewordene Nacht.

80

Im Auto sagte Sabine: »Jetzt hast du's ja selbst miterlebt. War doch bestimmt köstlich.«

»Du sprichst nicht vom Truthahn, oder?« sagte ich.

»Nein«, giftete sie plötzlich. »Ich spreche von dem albernen Theater, das seit vierzig Jahren zwischen den beiden aufgeführt wird.«

»Was regst du dich denn so auf?« fragte ich.

»Es ärgert mich einfach«, sagte sie.

»Das sehe ich«, sagte ich. »Aber warum?«

»Na, es ist doch wirklich ein Trauerspiel. Das einzige, was sie kann, ist Geld ausgeben. Sein Geld. Und an ihm herummäkeln und meckern.«

»Beklagt er sich bei dir über Anna?«

»Na ja, beklagen... ›Ach nein, das wird Anna nicht recht sein. Ach, lieber nicht, da wird Anna bestimmt böse.‹ Nennt man das sich beklagen? Er darf nicht rauchen, er darf nicht trinken, er darf nicht zuviel arbeiten, er soll pünktlich zu Hause sein. Sie hat das Filmbusiness immer gehaßt, ja, andererseits, was tut *sie*? Kaufen, kaufen, kaufen... Alle zwei Jahre eine neue Einrichtung, eine neue Nase, ein Facelifting, Klamotten...«

»Woher weißt du, daß sie seine Arbeit haßt?«

»Das weiß ich eben.«

»Hat sie je gearbeitet?«

»Sie hatte die Kinder. Und natürlich zehn *nannies*. Dabei ist sie gar nicht mal dumm. Sie hat mit fünfundvierzig noch angefangen zu studieren, und sie spricht, glaube ich, Spanisch und Französisch – aber was kann man sich dafür schon kaufen?«

»Sabine? Hat es dich geärgert, daß er bei Tisch so was Nettes über sie gesagt hat?«

»Das muß er wissen.«

Ich war es plötzlich leid, ständig Rücksicht auf sie zu nehmen und mich damit freiwillig zum Narren zu machen.

»Ewig deine gottverdammte Geheimniskrämerei! Das kotzt mich langsam an!«

Es blieb still.

Und natürlich tat es mir auf der Stelle leid.

Sie sah mit zusammengepreßten Lippen nach draußen. Hatte ich denn auf rein gar nichts Anspruch?

»Ich bin ganz lange seine rechte Hand gewesen«, sagte sie. »Das bin ich auch heute noch. Wir sind sehr, sehr gute Freunde!«

Sie wich meinem Blick aus.

»Bumst du mit ihm?«

Sie schüttelte den Kopf und starrte ins Leere.

Als sie ausstieg und zu ihrer Haustür lief, blieb ich im Auto sitzen. Eine Weile stand sie reglos, den Rücken mir zugewandt, da. Dann kam sie langsam zurück und klopfte an meine Scheibe. Daß ich sie runterkurbeln solle.

Das tat ich. Widerwillig.

Ohne eine Miene zu verziehen, sagte sie: »Sorry, Max. Ich kann es dir nicht erklären. Du hast einfach nichts damit zu tun...«

Sie legte die Hände ans Gesicht, als müsse sie sich schützen. Ihr Blick war gleichermaßen entschuldigend wie dezidiert. Ihr Kleid war so weit hochgerutscht, daß ich den Schritt ihrer Strumpfhose sah, der tiefer saß, als er sitzen sollte.

Ganz kurz überkam mich die Anwandlung, sie zu schlagen, einfach so lange zu schlagen, bis sie tat, was ich wollte. Bis sie ungeschehen gemacht hatte, was sie in meinen Augen ungeschehen machen mußte.

»Max?«

So, wie sie die Hände ans Gesicht und über die Ohren hielt, sah es auf einmal aus, als hätte sie Kopfhörer auf und hörte auf das, was ihr eingeflüstert wurde. Mit geweiteten Augen sagte sie tonlos: »Wenn es sein muß, tue ich alles für Sam. Alles, um was er mich bittet. Das steht ihm zu.«

»Das steht ihm zu?« fragte ich fassungslos. »Heiliger Strohsack, wieso denn das?«

»Das ist nun mal so«, sagte sie kategorisch. »Da kann man nichts machen. Ich liebe Sam wie einen Vater... Ich habe ihm alles zu verdanken... *I owe him*, Max.«

»Himmelherrgott«, sagte ich. »Du bist ja total plemplem.«

Ich hatte noch etwas sagen, noch etwas fragen wollen, aber ich wußte plötzlich nicht mehr was. Irgend etwas verschloß mir den Mund.

Ich hatte keine Lust mehr, ihr noch länger zuzuhören. Fast hätte ich meinerseits die Hände auf die Ohren gelegt.

Alle meine Gefühle von Glück, Zukünftigkeit und stillschweigender Vollkommenheit welkten plötzlich dahin wie eine Pflanze, auf die jemand heißes Seifenwasser gegossen hatte. Sabine kam mir in diesem Moment regelrecht krank vor, morsch – so wie ich nun an mir selbst Zeichen von Verfall und Verwitterung verspürte.

»Ich geh heut nacht ins Hotel«, sagte ich.

»Wie du willst«, sagte sie, »ich kann dich schwerlich daran hindern.«

Sie wandte sich ab.

Ich ließ den Motor an und legte den ersten Gang ein. Da kam sie zurückgerannt und hämmerte gegen mein Fenster.

»Max!« rief sie, den Tränen nahe, wie ich hörte. »Nicht! Komm mit rein, dann erzähl ich dir ... was ich erzählen kann...«

Ich verriegelte von innen die Türen und fuhr los. Neben mir her rennend, griff Sabine mit der Hand durchs Fenster, öffnete die Tür und versuchte reinzuspringen. Es gelang ihr nicht.

»Bleib«, heulte sie unterdessen außer Atem. »Es ist alles ganz anders, als du...«

Ich bremste unvermittelt. Sie hing keuchend an meiner Tür. Dieses Keuchen und ihr schniefendes Nasehochziehen waren minutenlang die einzigen Geräusche. Wir sagten nichts.

Langsam setzte sie sich neben mich. Langsam fuhr ich zurück. Langsam ging ich mit ihr hinein.

81

Seltsamerweise ließ ich es damit auf sich beruhen.

Und wenn ich es mir genau überlege: Ich hatte auch den ganzen ersten Monat am Telefon nach nichts gefragt. Nur, ob sie ihre Mutter noch sehe. »Nein, kaum«, hatte sie zuerst gesagt. »Ja, manchmal«, kurz darauf. Und dann war sofort wieder Stille eingetreten, weil die Frage, die darauf folgen mußte, in der Luft gehangen, ich sie aber nicht mehr zu stellen gewagt hatte.

Einmal hatte sie mir von sich aus eine Kindheitserinnerung erzählt. Daß sie als Achtjährige einen Hausaufsatz über Kolumbus schreiben mußte. Ihr Vater las ihn und sagte: »Gut, gut, Sabine, aber ich hätte es anders gemacht.« Wie unausstehlich sie das gefunden habe. Daß ihr Vater sie, wie diese Bemerkung verriet, als mit sich vergleichbar einstufte, schien sie dagegen für selbstverständlich zu halten. Sie und er: Streiter in derselben Sache. Sie hatte ihn dann davon zu überzeugen versucht, daß es so, wie sie es gemacht habe, doch am besten sei. Erzürnt und empört sei sie gewesen, aber selbstsicherer denn je. Wie eine Erwachsene.

»Das ist mein Aufsatz«, hatte sie gesagt, »und ich bin anders als du.« Ihr Vater hatte den Kopf geschüttelt und nicht geschmunzelt. Von da an hatte sie sich nie mehr bei ihm auf den Schoß gesetzt. Ihr Wettstreit sei ernst gewesen, sagte sie, so ungefähr wie der zwischen dem Hasen und der Schildkröte in der Fabel. Ein Wettstreit, bei dem die Schildkröte immer die Nase vorn hatte. Sie sei der Hase gewesen, schneller, lebendiger und mit allen Möglichkeiten ausgestattet, aber ihr Vater, seiner Geschichte wegen, die Schildkröte, die sie niemals einholen würde.

»Darum bin ich die, die ich bin.«

Was mich daran besonders bestürzt hatte, war der mangelnde Schutz. Schutz, den er für *sie* übrig gehabt hätte. Ihre verdammte Rücksichtnahme aber auch immer!

Doch gesagt hatte ich nichts. Irgendwie mußte ich eine Heidenangst gehabt haben, sie womöglich in Panik zu versetzen und zu vergraulen – trotz allem, was zwischen uns schon so selbstverständlich geworden war. Wir bewegten uns – vielleicht gerade deswegen – in einer traumhaften Wirklichkeit. Wirklich sei, was zwischen uns existiere, das sei trotz aller Lamentiererei und aller Vorsicht wahrer als vieles andere, hatte Sabine gesagt. Also schluckte ich meine Fragen runter, wischte den Schimmel weg, der sich angesetzt hatte, und die Pflanze lebte wieder auf.

»Mit dir fühle ich mich wirklich. Mit Sam auch, aber mit ihm ist es anders. Und in gewisser Hinsicht ist es auch vorbei, darüber sind wir uns schon seit längerem im klaren. Er behandelt dich nicht von ungefähr wie einen verlorenen Sohn.«

»Was?«

»In dir sieht er sich selbst wieder, hat er mir gesagt. Oder dachtest du etwa, wir reden nicht über dich?«

Das hatte ich mich noch überhaupt nicht gefragt.

»Was weiß er denn?«

»Er weiß nichts, er vermutet nur etwas, und dabei soll es

auch bleiben. Ich möchte ihn nicht verletzen, wie er mich an Weihnachten zu verletzen versucht hat.«

»Sam darf seine Frau doch wohl lieben! Sonst hätte er sie wohl schon verlassen, oder?«

»Einfaltspinsel! Das konnte er gar nicht.«

»Wieso konnte er nicht?«

»Weil er nun mal treu ist, getreu bis an den Tod.«

Sie lachte, ein wenig bitter.

»Du auch?«

»Hast du denn in diesen letzten... wie viele waren es... fünfzehn Jahren in sittsamer Enthaltsamkeit gelebt? Ich hatte Freunde. Okay? Heimliche Freunde.«

Sie sah, was ich für ein Gesicht zog.

»Nicht wie dich, anders. Ich wollte dich. Immer nur dich. So verliebt wie in dich bin ich nie mehr gewesen.«

»Diese Fotos bei dir im Haus, hat Sam die gemacht? Dieses eine sexy Foto?«

»Nein.«

»Ich weiß nicht, du bist mir manchmal so fremd. Wie kannst du so fremd und doch so vertraut sein? Wie gut kenne ich dich eigentlich?« Ich tastete unter ihr Kleid und streifte ihr die Strumpfhose runter. Und sie ließ sich von mir aufs Sofa hinunterdrücken.

82

Sabines Geheimniskrämerei kam mir besser gelegen, als ich mir selbst eingestehen wollte. Sie ließ mir Raum.

Ich begehrte Sabine noch mehr als früher. Und vielleicht

hoffte ich, daß eine Grundlage für weitere Gespräche vorhanden sein würde, wenn ich sie erst einmal körperlich für mich gewonnen hatte.

Irgendwie muß es mit Frankfurt zu tun gehabt haben, mit dem wiederholten betretenen Schweigen dort und mit unserem mühsamen ersten Gespräch. Da mußte das stillschweigende Übereinkommen entstanden sein, die Leerstellen und das Verstummen zu akzeptieren, ohne daß daraus wirkliche Tabus wurden. Aber im Laufe der Zeit wurden sie das natürlich doch.

Infolge unsres »Krachs« und meiner näher rückenden Abreise legte sich der eigenartige Rausch der ersten Tage allmählich. Es war nicht mehr weit bis zum Jahreswechsel, die noch vor uns liegende Spanne wurde immer kürzer.

Wir erwarteten, glaube ich, jeder vom anderen, daß er sich zu einem radikalen Schritt entschließen würde.

»Warum kommst du nicht mit in die Niederlande?«

»Das geht nicht. Ich hab hier zu tun.«

»Aber du kannst doch überall arbeiten!«

»Ja, das schon, aber ich möchte einfach nicht von hier weg.«

»Na, wenn das so ist. Dann eben nicht. Aber ich soll wohl von da weggehen? Und was ist mit meiner Arbeit?«

Sie kicherte.

»Ich kann dich ja aushalten. Ich verdien, schätz ich, mehr als du.«

»Ach ja?« Das mußte ich erst mal verdauen. »Ich liebe meine Arbeit. Ich leite einen Verlag, verdammt!«

»Ich dachte, du wolltest schreiben. Früher wolltest du schreiben... Schriftsteller können überall leben.«

»Das waren Träumereien. Ich kann nicht schreiben! Ich kann nur Bücher herausgeben. Ich bin Verlagsleiter!«

»*Scusi*, Herr Verlagsleiter!«

»Da mag sich noch einiges ändern, keine Ahnung... Aber bis dahin kannst du mich doch mal begleiten, erst mal nur zu Besuch, um es auszuprobieren...«

Sie schüttelte den Kopf und entzog sich hinter ihrem vagen Lächeln.

»Nein, ich denke nicht... In die Niederlande geh ich nicht.«

Es klang so kategorisch, daß ich mich sofort ärgerte.

Aber ich fragte nicht nach. Ich wollte keine Szenen mehr.

83

Große Gedanken, wie Los Angeles als Stadt sein würde, hatte ich mir im voraus nicht gemacht, aber ich hatte ganz sicher nicht damit gerechnet, daß ich mich schon nach rund einer Woche so sehr eingewöhnt haben würde. Fast, als hätte man mich einer Gehirnwäsche unterzogen. Nach wenigen Tagen schon gelang es mir nicht mehr, meine Umgebung mit dem interessierten Blick des Außenstehenden zu betrachten, so sehr war ich bereits zu einem Teil davon geworden. Oder hatte die Umgebung mich einverleibt?

Irgendwie mußte es was mit den Entfernungen zu tun haben. Hier lag alles buchstäblich meilenweit voneinander entfernt, und das Nichtvorhandensein eines Zentrums, eines Kerns, einer *Stadt* rückte alles in eine völlig neue Perspektive. Nach jener ersten Woche war mir klar, daß es nicht möglich sein würde, diese sogenannte Stadt noch besser zu erfassen, als ich es jetzt schon tat. Ich war nicht wirklich drinnen, aber ich stand auch nicht draußen. Ich *war* einfach: Ich ging in ihr auf. Ich hatte auch nicht mehr das Gefühl, zu Besuch zu sein, sondern ich *wohnte* hier, wenn auch nur vorübergehend. Nicht, daß das eine große Rolle gespielt hätte, aber es wunderte mich.

Aus irgendeinem Grund mußte ich oft an Judith denken. Ich bedauerte mit einem Mal, daß mein Vater mich nie nach Chicago mitgenommen hatte. Zum erstenmal überlegte ich mir, wie anders mein Leben wohl verlaufen wäre, wenn auch er damals in die USA ausgewandert wäre.

Es war ein Gefühl von *sich verflüchtigen*. Ja, ich schien mich zu verflüchtigen in diesem L.A., das in puncto Abenteuerlichkeit, Trubel und Weitläufigkeit eher dem entsprach, was ich unter *Welt* verstand, als das winzige und chaotische Amsterdam. Und in anderer Hinsicht war L.A. wiederum eine Ausnahmeerscheinung, war dieser Ort in einem Maße abgesondert, wie ich es nirgendwo sonst je erlebt hatte. Hier war alles frisch und neu und nicht mit Vergangenheit und den daraus zu ziehenden Lehren geschwängert.

Von jener Vergangenheit, der Vergangenheit Europas, meiner Eltern, fühlte ich mich hier so weit entfernt wie noch nie. Zugleich aber schien sie mir greifbarer als zu Hause, weil sie hier ausschließlich Produkt meiner eigenen Erinnerung und meiner eigenen Einbildungskraft war.

Ich machte es mir zur Gewohnheit, kreuz und quer durch die Stadt zu fahren. Wie man am besten vom Meer (Santa Monica, Pacific Palisades) nach Beverly Hills, West-Hollywood, in die Hollywood Hills und all die anderen vage eingegrenzten Gebiete im riesigen Autobahn- und Boulevardnetz von Los Angeles kam, hatte ich recht schnell heraus. Auf den Freeway 10 zu fahren, eine zehnspurige graue Betonautobahn, die sich häßlich wie eine oberirdische Kanalisation nach Osten frißt und den kontinuierlichen Verkehrsstrom ergeben über sich hinwegrasen läßt, war, zumal in jener ersten Woche, natürlich ein Abenteuer.

In Los Angeles hörte sich der Verkehrslärm trotz der enormen Fahrzeugmassen weit weniger laut an als in Europa – vielleicht weil es größere unbebaute Flächen gab, der Himmel höher und die Berge näher waren. Das gab zu denken: Wenn selbst der Lärm von Millionen Autos, einer geradezu überwältigenden Zahl, schon kaum Beachtung fand, was hatten dann all jene zu erwarten, die hier mit aller Gewalt ins Rampenlicht zu kommen versuchten?

Im hellen Licht von L. A. wird alles relativ, philosophierte ich; alles verschwimmt in einer Gleichgültigkeit, gegen die sich in dieser Stadt buchstäblich jeder auf seine Weise und unter Aufbietung aller ihm zur Verfügung stehenden Mittel aufzulehnen versucht.

Vom Freeway bog man auf eine der vielen breiten Straßen in nördlicher Richtung ab, Robertson Boulevard, Fairfax Avenue, La Brea Avenue. Häßlich, aber aufregend, weil man auf die Berge zu fuhr und auf etwas, das von weitem einer Stadt glich. Doch so sehr man sich auch dem Herzen von irgend etwas zu nähern meinte, es kamen immer nur wieder breite Straßen, Autos, noch mehr Beton und Leuchtreklamen.

Hin und wieder sah man Läden, Snackbars, Möbelgeschäfte, billige Restaurants oder Kneipen am Straßenrand, aber man hielt nur dort, wo man sich auskannte, wo man hinwollte. So gut wie keiner stellte mal einfach irgendwo seinen Wagen ab.

In L.A. ging mir zum erstenmal auf, daß man erst beim Anblick von Fußgängern den Eindruck gewinnt, nun in einer Stadt zu sein. Eine Stadt beginnt bei ihren Fußgängern. In L.A. fehlten sie fast gänzlich. Nur in Beverly Hills mit seinen exklusiven Läden sah ich »richtige« Straßen, wie etwa den Rodeo Drive oder den Camden Drive, wo Leute zu Fuß unterwegs waren – wenn man auch angesichts der winzigen Entfernungen, die sie in ihren viel zu edlen und empfindlichen Schühchen und ihren unbezahlbaren, unpraktischen Klamotten zurücklegten, kaum von Flanieren oder dergleichen reden konnte. Auch auf dem Sunset Boulevard, dem »Strip«, sah man mal den einen oder anderen, der sich zu Fuß von einem Geschäft in ein Restaurant begab.

Ansonsten überall nur Autos. In L.A. waren es ausnahmsweise mal nicht die Cabrios, die ins Auge stachen. Ich sah ebenso viele nagelneue Jaguare, Porsches, Ferraris und Rolls Royces wie durchhängende Oldtimer, Pick-Ups und gerade eben noch fahrtüchtige Wracks. Es fiel auf, wie entspannt hier jedermann in seinem Wagen saß, da von klein auf mit seinem fahrbaren Untersatz verwachsen. Hier guckte auch keiner nach links und rechts, so wie ich. Ich guckte mir die Augen aus: Links Frauen, die mit ihrem blonden seidigen Haar, ihrer makellosen Haut und ihrer Sonnenbrille auf der Stirn aussahen, als kämen sie direkt aus einer Fernsehserie gefahren; rechts arme, ungewaschene Mexikaner mit nur noch zwei Zähnen im Mund, die den ganzen Arm zum Seitenfenster hinausbaumeln ließen.

Es wurde für mich schon bald zur Sucht, so durch die Stadt zu fahren, einen Klassiksender im Radio eingeschaltet, die in Smog gehüllte Skyline von Downtown L.A. in der Ferne und am Horizont dahinter die Berge. Entfremdung pur.

Ich bildete mir ein, daß es vor allem die in L.A. so angenehm deplaziert wirkende klassische Musik sei, die mich so zur Ruhe kommen ließ. Ich verspürte eine neue Empfänglichkeit, einerlei, ob die mir Freude, einen Denkzettel oder Schmerzen eintragen würde. Und jedes davon würde mich genauso umhauen können wie damals als Kind.

Damals hatte mich mein Vater zum erstenmal zu einem Fußballspiel ins Ajax-Stadion mitgenommen. Ajax Amsterdam gegen Feyenoord Rotterdam. Ich muß ungefähr fünf gewesen sein. Er hatte mich fest bei der Hand genommen, so fest, daß es weh tat.

»Sieh dir das an, Maxie«, sagte er, aufgeregt wie ein kleiner Junge. Aber seine Stimme klang leicht belegt, und ich spürte schon damals seine Angst, Angst vor der Menge, vor seiner eigenen Unbedeutendheit (während sich seine vertraute Silhouette für mich gegen die Köpfe Tausender Fremder wie ein Fels gegen den Himmel abhob), Angst vor seiner Verantwortung – eine Angst, die mit seiner Liebe zu mir deckungsgleich war.

»*Meschugass,* was, all diese Menschen, die auf einen kleinen Ball starren und sehen wollen, was die Jungs damit anstellen. Halt schön meine Hand fest, Maximann, hier geht was ab!«

Ich kam mir wie ein ganz kleiner Knirps vor (Maximann), aber das war nicht schlimm, und beim ersten Tor sprang ich mit meinem Vater zusammen auf, um zu jubeln. Es war das erste Mal, daß meine Angst komplett mit einer höheren Form von Glück zusammenfiel – und sich damit in Glück verwandelte. Der eigenen Angst etwas Schönes abzugewinnen, das war eine Lebensaufgabe, begriff ich schon damals. Ich ließ dabei allerdings die Tatsache außer acht, daß ich nicht allein war, sondern in der Deckung von meines Vaters großem Leib, was entscheidend zu jenem Glück und nicht weniger auch zu der Angst an sich beitrug. Unsere Ängste hoben sich gegenseitig auf, und unsere Aufregung wurde zu ein und demselben Ton, so wie die klassische Musik das perfekte Gegenstück zu der beängstigenden, aber ach so schönen Häßlichkeit und Leere von L.A. darstellte.

Dort im Auto, verloren inmitten der nackten Abscheulichkeit von Stein und Beton der Stadt, die keine Stadt war, die Fragen zu Sabines Geheimnissen irgendwo tief im Herzen, im Hintergrund eine von Mozart beseelte, weinende und spottende Klarinette, wurde ich erstmals seit langer Zeit wieder zu dem, der ich mal gewesen sein mußte.

Obwohl ich nicht sagen könnte, wer das denn war.

Der Fünfjährige?

84

Sabine schleifte mich mehr als einmal mit nach Santa Monica, einem der wenigen Flecken in L.A., wo man am Meer entlangschlendern, Straßenmusikern zuhören, in Buchhandlungen stöbern oder spontan ins Kino gehen konnte.

Die Uferpromenade zog Touristen an, vor allem Europäer; dieser Teil von L.A. erinnerte vielleicht als einziger ein wenig an zu Hause.

»Warum bist du in diese Stadt gezogen?« fragte ich Sabine. »Sie hat wirklich überhaupt nichts von dem, was man sonst kennt, außer vielleicht diese Geschäftspromenade.«

»Ich weiß es nicht«, sagte sie. »Vielleicht gerade deswegen. Und wegen des Lichts. In Europa ist es dunkel, hier ist es immer wie im Urlaub. Es gibt kaum so etwas wie Jahreszeiten. Dein Zeitgefühl kann sich nicht am Wetter orientieren, weil das meistens gleichbleibend klar und sonnig ist. Aber ich hatte nie vor hierzubleiben. Ich hab einfach vergessen, wieder wegzugehen. Hier ist es ein bißchen so, als geschehe alles an ein und demselben Tag. Mir ist selten bewußt, daß ich schon so lange hier bin.«

»Was ist so schön daran, daß die Zeit vergeht, ohne daß man es merkt?« fragte ich.

»Daß es kein Schema, keine Geschichte gibt? Hier ist nichts vorgefertigt, hier hat man Raum, kann verschwinden. Hier macht mich die Zeit nicht nervös.«

Nach der einen Woche L.A. verstand ich das durchaus. Auch für mich waren die Niederlande inzwischen zu einem unbedeutenden, dunklen kleinen Loch im Universum geworden. Und die Stimmen aus meinem Heimatland hatten den lächerlichen Tonfall von Zeichentrickfiguren angenommen.

Hier wurde der Raum Zeit und die Zeit Raum.

Bis zum dreißigsten Dezember hatte ich alle vorherige Eile abgelegt. Vage begann sich in meinem Bewußtsein eine neue Perspektive abzuzeichnen. Oder ich könnte auch sagen: Langsam, aber sicher entwickelte ich beträchtlichen Widerwillen gegen die Welt, die mich zu Hause erwartete und die mir noch nie so abstrakt erschienen war wie jetzt. Gegen mein düsteres, unsinniges, lebloses Leben dort. Nur meine Eltern baumelten noch irgendwo in der Schwärze wie zwei einsame, zerbrechliche Marionetten und schrien nach Beachtung.

Was, wenn ich hier blieb? *Forever?*

Als ich das erstmals zur Sprache brachte, glaubte Sabine mir nicht. Sie lachte, ein wenig unwirsch – oder als sei ihr mulmig dabei und als wolle sie lieber keine Versprechen, um auch keine Enttäuschung erleben zu müssen.

Fünf Minuten blieben uns für dieses Gespräch, dann kam Sams Anruf.

85

Es habe gleich nach dem Weihnachtsessen angefangen, erzählte Sam. Er klang gehetzt und gar nicht nach dem sonst so gern ironischen Sam, den ich inzwischen kennengelernt hatte. Obwohl er sich erkundigte, ob Sabine auch da sei, wollte er offenbar nicht unbedingt mit ihr sprechen. Er schien auch nicht verwundert, sondern eher erleichtert zu sein, daß er sie bei mir antraf.

Es sei etwas Schlimmes passiert, sagte er. Anna liege im Krankenhaus.

Seit Weihnachten sei sie plötzlich vergeßlich und geistesabwesend gewesen. Mehrmals sei sie beinahe gestürzt, erzählte er mit einem hilflosen Unterton in der Stimme, den ich sofort als Schuldgefühl interpretierte, und diesen Vormittag nun sei sie bei ihren Yoga-Übungen auf einmal ohnmächtig geworden. Als sie wieder zu sich gekommen sei, habe sie plötzlich nicht mehr sprechen können. Der Arzt sei sich so gut wie sicher, daß sie einen Schlaganfall gehabt habe, vielleicht sogar mehrere. Er habe noch nicht sagen können, wie schlimm es sei. Ob sie jemals wieder würde sprechen können.

Sabine riß mir den Hörer aus der Hand.

»Wir kommen sofort zu dir, Sam«, rief sie. Ich hörte mit, was er antwortete.

»Nein«, hörte ich. »Ich bin im Krankenhaus. Lieber nicht. Kommt doch heute abend, wenn es euch recht ist. Ich bin schon den ganzen Mittag hier, und abends muß ich ja wohl kurz was essen gehen. Gib mir Max noch mal...«

Ich übernahm den Hörer. »Ich hab gerade zu Sabine gesagt, Max, daß ihr am besten heute abend kommt. Der Arzt sagte... Sie wird doch wieder gesund? Max? Man muß doch an einem Schlaganfall nicht sterben?«

»Was hat der Arzt gesagt?«

»Daß sie vielleicht noch einmal, daß sie, *falls* sie heute nacht noch einmal...«

»Daran solltest du jetzt nicht denken, Sam. Das muß überhaupt nicht sein. Das hat er nur gesagt, damit du vorgewarnt bist, weil er das sagen muß. Ärzte! Nur Mut! Anna ist zäh, das hab ich ihr gleich angesehen... Nicht den Kopf hängen lassen. Die Sprache kann durchaus wiederkommen, weißt du. Sollen wir nicht doch lieber jetzt gleich kommen?«

»Nein, nein... Heute abend, bitte... Ich muß euch was

geben. Weißt du, Anna hat sich noch so gefreut, daß sie dich kennengelernt hat. Sie sagte: Mir war, als wenn ich dich vor mir hätte, so wie du früher warst, so ein charmanter Mann und so sensibel... *bevor* du... O Gott, Max, sie hat die ganzen Jahre dafür gesorgt, daß ich beieinandergeblieben bin, weißt du? Ohne sie... Vierzig Jahre!«

»Herrgott, Max, darf ich ihn jetzt auch mal...«

Sabine nahm mir den Hörer wieder aus der Hand.

»Es wird bestimmt wieder gut, Sam. Was?«

Sie riß die Augen auf.

»Okay...«

Sie gab mir den Hörer zurück.

»Er möchte dich.«

Sie setzte sich aufs Sofa und starrte vor sich hin.

»Reservierst du uns einen Tisch im Restaurant, Max? Irgendwo in der Nähe vom Krankenhaus, in der Third Street oder so. Dann kann ich sofort zur Stelle sein. Sie haben mir einen Piepser gegeben. Acht Uhr?«

Er legte auf.

»Was war denn?« fragte Sabine.

»Ich soll einen Tisch im Restaurant für uns drei reservieren. In der Nähe vom Krankenhaus.«

»In einem Restaurant? Ist ihm denn danach zumute? Wieso konnte er mich das nicht fragen?«

»Von einem Lokal in der Third Street aus kann er schnell genug wieder bei ihr sein. Er möchte uns etwas geben, sagte er.«

»Wie hat er sich sonst angehört? Wieso wollte er nur immer mit dir reden? Mir wollte er gar nichts sagen.«

»Ich weiß es nicht, Sabine. Vielleicht fühlt er sich schuldig, jetzt, wo das Ende vielleicht so nahe ist. Laß ihm doch seine Trauer, du hast doch mich.«

Sie dachte nach, schien gar nicht zugehört zu haben.

»Kommt man nach einem Schlaganfall je wieder ganz auf die Beine?«

»Manchmal.«

»Max?«

»Ja?«

»Ich werde Sam niemals im Stich lassen. Auch nicht, wenn er nicht mit mir reden will.«

»Warum solltest du?«

Ich sah die Tränen nahen.

Und mir kam ein frappierender Gedanke. War das womöglich das Geheimnis, das große Geheimnis, das nicht entdeckt werden durfte? In aller Eile versuchte ich die Logik darin zu entdecken: Sabine findet heraus, daß ihr Vater nicht ihr wirklicher Vater ist. Reist zu dem Mann, der es wohl ist... Frau haßt ihre Stieftochter... Aber wieso? Und wieso sollte sie mir das nicht erzählen können? Ich verwarf das Ganze sofort wieder.

Doch warum sonst diese Scheu, dieses Herumgedruckse und diese Halbwahrheiten? Ich ging noch einen Schritt weiter. Was, wenn sie ihm erst viel später erzählt hatte, daß sie seine Tochter war? Als er schon in sie verliebt war? Denn das war er, immer noch, davon war ich allmählich überzeugt.

Das wäre eine Tragödie gewesen, eine griechische Tragödie mit einem Maß an dramatischer Ironie, daß man den Verfasser dafür belangen müßte.

»Wolltest du je mit ihm zusammenleben? Wie Mann und Frau, meine ich?« fragte ich.

Sie machte große Augen.

»Wie kommst du denn darauf? Mit Sam? Er ist krankhaft pingelig, erträgt keine Unvollkommenheiten, haßt Improvisationen, will alles gebügelt haben, sein Essen pünktlich auf die Minute... Er hatte immer einen Chauffeur und eine Haushälterin. Und in die gleiche Reihe gehörte für ihn auch eine Frau. Nein, darauf war ich wirklich nicht scharf! Nie! So, wie es war, war alles bestens! Wieso? Was willst du denn jetzt genau wissen, Max? Ja, ich fand, ich finde ihn sympathisch. Und pfiffig. Geistreich. Schlau. Und als ich ihn kennenlernte, war er noch dazu auf dem Höhepunkt seiner Macht, Boss von einem der mächtigsten Studios Hollywoods. Er hat mir geholfen, bei allem... Ich liebe ihn, das darf ich doch wohl, oder? Er liebt mich auch.«

Ich erschrak, mit welcher Lässigkeit sie das sagte.

»Wie hast du Sam kennengelernt?«

Sie hatte ihre Fassung offenbar schnell wiedergefunden und tat jetzt plötzlich sehr geschäftig. Eine Tasche hatte gepackt zu werden. Und ein Mantel gesucht...

»Ach, das ist eine lange Geschichte. Viel zu lang... Kann ich dir das ein andermal erzählen? Ich muß jetzt weg. Ich hol dich dann später ab, um halb acht, okay?«

86

Schon vor Weihnachten hatte ich mit Sabine verabredet, daß wir Silvester bei Isabella feiern würden, einer Schweizer Freundin von Sabine, die ebenfalls Fotografin war. Wir würden auch bei ihr übernachten.

Isabella wohnte mit Freund und drei Eseln auf einer Ranch in den Malibu Mountains, am Mulholland. So ein Haus hätte ich bestimmt noch nie gesehen, sagte Sabine immer wieder. Isabella habe mit Schweizer Präzision alles aus ihrem Haus verbannt, was einen Menschen an das zwanzigste Jahrhundert erinnerte. Wir würden uns vorkommen wie bei einem Besuch bei den allerersten amerikanischen Siedlern: überall naturbelassenes Holz, Tierfelle auf dem Fußboden, Trockenblumen, grobe Baumwolle und schweres Leinen, Wollteppiche, die noch nach Schaf rochen.

»Muß das sein?« hatte ich gesagt. »So ein Quark. Haben sie wenigstens eine Dusche?«

»Es ist rustikal, aber total *state of the art*. Licht, Heizung, ja sogar ein Jacuzzi und eine Sauna sind vorhanden.«

»Auch eine Dusche?«

»Mensch, jetzt quengel doch nicht so. Ja, auch eine Dusche. Mehrere sogar.«

»Und die Betten? Riechen die auch nach Schaf?«

»Was weiß ich. Riechen übrigens gut, finde ich. Schafe. Nein, die Betten riechen eher ein bißchen nach... Heu, glaub ich. Vielleicht sind die Matratzen ja mit Heu gefüllt. Ja, könnte gut sein. Hm, wirklich eine Wonne!«

»Ich leide an einem danach benannten Schnupfen«, jammerte ich.

»Sie hat uns eingeladen, Max! Das ist doch nett! Es wird bestimmt ganz toll. Und es kommen zig Leute!«

»Großer Gott, warum denn so viele?«

Ich hörte mich ja schon wie mein eigener Vater an, registrierte ich mit Besorgnis.

Daran war die Los-Angeles-Seite von Sabine schuld. Das

Yoga, die Meditiererei, die Suche nach der ureigenen Energie und von was sie sonst noch so alles faselte. Zugleich machte mir meine Zynikerrolle insgeheim Spaß. Denn Sabines Hang zu diesem New-Age-Kram rührte mich immer noch mehr, als daß er mich ärgerte.

Im Grunde war es mir auch ganz egal gewesen, wohin wir Silvester gingen – allein, daß Sabine und ich zu diesem rituellen Zeitpunkt zusammensein würden, nachdem so viele Jahreswechsel belanglos und in Einsamkeit vorübergegangen waren, machte es schon zu etwas Besonderem.

Zu diesem Anlaß hatte ich an jenem dreißigsten Dezember, am Nachmittag nach Sams Anruf, Mehl und Hefe gekauft, um auf einem gußeisernen, aber hypermodernen Holzherd echt holländische Oliebollen backen zu können. Als kleine Überraschung.

Die Packung Mehl sollte nie geöffnet werden.

87

Sabine stand um fünf vor halb acht vor der Tür, und wir fuhren schnurstracks zum Krankenhaus. Nicht mal für einen Kuß nahmen wir uns Zeit. Instinktiv spürten wir beide, daß wir nicht eine Sekunde zu spät kommen durften.

Wir aßen an diesem Abend in einem schicken Restaurant, das ich ganz in der Nähe des Krankenhauses ausfindig gemacht hatte.

Sam sah, ganz gegen seinen Stil, ein bißchen abgewrackt aus, aber das hatte, wie sich bei näherer Betrachtung herausstellte, nichts mit seiner Kleidung zu tun, die wie immer tipptopp war. Es lag an seinem fettigen Haar, das platter als sonst nach hinten gekämmt war, und der plötzlich so ins Auge stechenden Nase. Er hatte fiebrige rote Flecken auf den Wangenknochen. Und er schien innerhalb eines einzigen Tages magerer geworden zu sein. Wahrscheinlich hatte er die ganze letzte Nacht nicht geschlafen.

Sichtlich gerührt drückte er unsere Hände an seine Brust und küßte uns auf beide Wangen.

Als wir uns setzen wollten, wurde er nervös: »Nein, nein, wartet. Ich möchte noch kurz... Sabine, könntest du bitte etwas aus meinem Wagen holen? Er steht im Parkhaus unter dem Krankenhaus. Nummer 2001. Zwei Kartons von Kinko's. Die brauche ich.«

»Muß das jetzt sein?« fragte Sabine verwundert.

»Ja, sie stehen hinten im Kofferraum. Zwei Kartons im DIN-A4-Format.«

Ich sagte: »Bleib sitzen. Ich hol die Kartons schon.«

»Nein! Ich gehe, macht mir gar nichts aus«, entgegnete Sabine.

Sam sah sie an. »Soll nicht doch lieber Max gehen?« fragte er.

»Nein.«

Sie schüttelte den Kopf, während sie sich entfernte. Aber sie ging, ohne sich noch einmal umzusehen. *Für Sam tu ich alles... das steht ihm zu.*

Ich wußte sofort, was in den Kartons war.

»Darf ich raten?« fragte ich, als wir allein waren.

»Ja«, sagte Sam. »Du vermutest richtig.«

Er versuchte, sein Triumphgefühl zu zügeln. »Ich kann es selbst kaum glauben.«

Er seufzte tief. »Ich bin schon die ganze Woche damit beschäftigt, alles zu organisieren. Es zu schreiben war um einiges leichter, als es getippt zu bekommen, kann ich dir verraten. Und dann noch die Kopiererei! Dieser technische Kram ist nicht mein Ding, fürchte ich.«

»Hättest du mich doch angerufen! Dann hätte ich dir das abnehmen können«, sagte ich, aber ich wußte, daß das nicht gegangen wäre. Nicht bei Sam.

»Nein«, sagte er. »Es mußte ganz fertig sein, bis zum letzten i-Tüpfelchen. Ich wollte es eigentlich erst morgen vorbeibringen, höchstpersönlich, mit dem Auto. Am einunddreißigsten Dezember... Aber jetzt muß es halt so sein. Ihr bekommt es heute abend. Jeder eins. Du verstehst: speziell Sabine.«

Er verstummte kurz.

»Du brauchst es nicht schon hier zu lesen. Lies es später. Es wär mir sogar lieber, wenn du es erst in den Niederlanden liest. Und bitte, du weißt ja: wo ich Fragezeichen gesetzt habe, mußt du die Fakten checken... Abgemacht, Max? Ich möchte keine Unrichtigkeiten.«

Ich beteuerte ihm, daß ich alles kontrollieren würde.

Gespannt war ich ja schon die ganze Zeit gewesen, aber jetzt wurde es ernst. Konnte er wirklich schreiben? Was sollte ich sagen, wenn es stümperhaft, daneben, konfus, dilettantisch war?

Es dauerte beinahe zwanzig Minuten, bis Sabine zurück war, die aufeinandergestapelten Kartons wie ein Baby in den Armen.

»Mann, der stand ja elend weit weg! Und das hier wiegt auch nicht gerade wenig...«

Ganz kurz sah ich etwas Vorwurfsvolles in ihrem Blick, aber sie sagte nichts weiter.

»Wo soll ich sie hinstellen?«

Ich nahm sie ihr schnell ab. Ich wollte sie küssen, aber ihre Art, mich so gerade eben nicht anzusehen, hielt mich davon ab.

»Stell sie mal eben hier vor mich auf den Tisch, Max«, sagte Sam.

Seine Stimme klang verändert, rauh. Er hatte sich erhoben.

Tief bewegt sah er Sabine an. »Weißt du, was das hier ist, Sabine?« fragte er, mit einem Mal fast linkisch.

»Ich hab da so eine Vermutung«, sagte sie lächelnd, aber zurückhaltend, ja beklommen, schien es.

»Mach mal auf.«

Gespannt sah er zu, wie sie den Deckel von einem der Kartons nahm.

Der Ausdruck ihres Lächelns hielt die Mitte zwischen Widerstreben und Freude. »*The Long Journey to The Milky Way*«, las sie vor.

»Oh«, sagte sie.

Sie standen Seite an Seite vor dem Tisch in dem vollen kleinen Restaurant. Sam sah Sabine an, als er jetzt sprach.

»Vielleicht war es dir ja gar nicht so bewußt, Sabine, aber auf diesen Augenblick habe ich so lange hingearbeitet ... wenn mein Leben auch momentan ganz anders aussieht, als ich gedacht hätte – jetzt, wo Anna im Krankenhaus liegt.«

Seine Stimme bebte.

»Aber wenn ich ehrlich bin, meine liebe Sabine, warst du der Auslöser. War es deinetwegen, daß ich meine lange Reise noch einmal gemacht habe. Ohne deine Neugierde wäre dieses Buch vielleicht nie zustande gekommen. Schade, daß ich erst krank werden mußte, um damit zu beginnen...«

Sabine sah ihn regelrecht *bestürzt* an.

»Dieses Buch mußte ich einfach schreiben...« Er hielt kurz inne.

»Wollen wir uns nicht mal setzen?« sagte er dann.

Sabine lachte nervös auf. Wir setzten uns alle gleichzeitig. Sie hatte seine Hand ergriffen. Im ersten Moment war ich eifersüchtig, doch Sam sah so verletzlich aus, daß ich an den argwöhnischen Schlußfolgerungen, die ich gezogen hatte, zu zweifeln begann. Hatte ich mir womöglich alles nur eingebildet?

»Mein Gott, Sam, ich hatte ja keine Ahnung«, sagte Sabine, »daß es... Daß du schon so weit warst. Ich dachte, daß es... Wieso meine Neugierde?«

Sam blieb eine Weile stumm. Ein Lächeln spielte um seinen Mund, es schien, als habe ihn das Gewicht des Augenblicks benommen gemacht. Als er wieder zu sprechen begann, konnte man meinen, er habe gar nicht richtig mitbekommen, was Sabine gefragt hatte.

Ohne jede Ironie, ja, sein Ton wurde sogar noch feierlicher, setzte er seine Ansprache fort: »Daher überreiche ich dir jetzt dieses Buch, meine hartnäckige Fragestellerin. Vier Jahre Arbeit stecken darin, Sabine, vier Jahre Schinderei, und ich kann nur sagen: Dies ist mein Leben! Und nicht weniger! Ich wollte... Ich habe es dir gewidmet, Sabine.«

Bei diesen Worten erhob er sich und beugte sich vor, um sie zu umarmen. Ich hörte ein Aufschluchzen, und er ließ sein Gesicht einen Moment in ihren Haaren ruhen.

Mir war so unbehaglich, daß ich beinahe applaudiert hätte. Statt dessen erhob ich mich aber ebenfalls und schüttelte Sam die Hand. Sabine war sitzen geblieben. Sie sah mich mit leerem Blick an, ein geistesabwesendes Lächeln auf dem Gesicht.

»Ich dachte... Das ist doch dein großes Buch über Hollywood, oder? Dann ist es doch auch für Anna?« sagte sie.

»Natürlich ist es auch für Anna!«

»Nein, so meine ich es nicht. Für Anna, für Liz und Ben, für Max, es ist doch für jedermann? Es ist doch nicht mehr an *mich* als an jeden anderen gerichtet?«

Ihre Stimme klang ganz dünn, als müsse sie gleich weinen. Oder war es lachen? Von ihrem Gesicht war nicht viel abzulesen, aber Sam schien ihr etwas anzumerken.

Ein wenig schroff sagte er: »Natürlich ist es für jedermann. Es ist für jedermann, aber ich widme es dir. Du weißt, warum.«

Sabine erschrak. Ungeschickt nahm sie das Manuskript aus dem Karton und hielt es an ihren Bauch.

»Danke, Sam. Mein Gott... Ich freue mich so sehr für dich... Vielen, vielen Dank, ich werde es gleich lesen. Ich bin ganz platt, ich fühle mich so geehrt... Sam?«

Er erwiderte ihren Blick, sah sie eindringlich, aufmerksam, forschend an. »Ja?« sagte er. »Ich dachte, ich hoffte so, daß du dich freuen würdest... Freust du dich? Für mich?«

Sie nickte heftig. »Natürlich freue ich mich, ich freue mich sehr!«

Sie umarmte ihn, sah ihm von ganz nah ins Gesicht und drückte seine Schultern.

»Wirklich«, sagte sie. »Ich *freue* mich! Es ist nur ... so eine unglaubliche Überraschung!«

»Ich lese es in den Niederlanden, Sam«, sagte ich, »wenn ich wieder dort bin. In Ordnung?«

»Ja, wie schon gesagt«, sagte Sam. »Abgemacht.«

Ich sah Sabine an. Ich fand sie schöner denn je. Aber als ich unter dem Tisch ihre Hand fassen wollte, schob sie meine Hand sanft weg.

Es wurde dann noch ein festliches Essen, und als wir Sam hinterher am Seiteneingang des Krankenhauses absetzten, küßte Sabine ihn voll auf den Mund. Sie sagte: »Auf Wiedersehen, lieber Sam, du bist ein Held, ich bin so stolz auf dich! Danke für alles. Ich danke dir für alles!«

Und zum erstenmal an diesem Abend weinte sie ungehemmt.

Ich fand das nicht weiter verwunderlich, ja, es machte mir nicht einmal etwas aus.

88

Wenn ich mich recht entsinne, hatte Sabine auf der Rückfahrt etwas Aggressives an sich. Sie drehte den Rocksender im Radio voll auf. Vielleicht hat es ja mit der Musik zu tun, daß ich mir ihre Stimmung noch so gut vergegenwärtigen kann.

Über Sams Buch redeten wir nicht mehr, obwohl ich im Wagen gleich darin zu blättern begann.

»Ich bin so gespannt«, sagte ich noch.

Sie nickte heftig im Takt der Musik. Fast schon übermütig. Allem Anschein nach wollte sie nicht darüber sprechen. Erst nach zehn Minuten gab sie etwas von sich.

»Was soll jetzt werden?« schrie sie über die Musik hinweg. »Mit dir und mir, was wird aus uns? Ich bin hier und du dort... eine ganze Welt zwischen uns...«

Sie überrumpelte mich damit.

»Das wird sich schon ergeben. Du ziehst in die Niederlande um, oder ich suche mir hier einen Job. Uns fällt schon was ein.«

Auch ich schrie unweigerlich.

Sie zog ironisch die Augenbrauchen hoch.

»Uns fällt schon was ein? Das Jahr ist so gut wie um. Entscheidungen müssen gefällt sein, bevor das Jahr zu Ende ist, sonst wird nie was draus.«

Ich drehte das Radio leiser.

»Was?«

»Das Jahr ist so gut wie um.«

»Und?«

»Ich möchte, daß du dich entscheidest.«

Ich dachte, ich hätte mich entschieden.

»Reg dich doch jetzt nicht so auf«, sagte ich.

»Am Ende des Jahres muß ich wissen, was wird.«

»Das hängt doch aber nicht allein von mir ab!«

»Du kannst ja hierbleiben. Oder wir gehen irgendwo ganz anders hin. Buchen eine Reise nach was weiß ich wo, Schanghai, Singapur, Peking, Mexiko-Stadt. Und, Max? Was sagst du?«

In ihrer Stimme schwang ein unangenehmer Unterton mit, das war kein Spiel, da klang keine Begeisterung an, sondern Wut. Ungeduld.

»Wenn schon weg, warum dann nicht nach Europa, in die Niederlande?« fragte ich.

Ich wußte, wie armselig sich das anhörte, wie langweilig und feige, aber es war nun mal das, was ich gerne wollte.

»Schön bequem für dich, was? Da braucht sich ja dann nichts zu ändern. Kommt aber nicht in Frage. Die Niederlande kenne ich zu gut. Zu naß, zu kalt, zu klein«, sagte Sabine.

»Für dich sind sie aber mittlerweile wieder so gut wie was Neues«, sagte ich, doch das machte es nicht besser. Vielleicht hätte ich wütend werden sollen. Aber ich kam nicht mit, ich hinkte in diesem Streit hinterher, weil ich so gar nicht dazu aufgelegt war.

»Nein! Die Niederlande sind für mich abgehakt. Mach ich nicht, will ich nicht, kann ich nicht.«

Nicht der kleinste Anflug von Humor in ihrer Stimme. Sie klang wütend. So wütend, daß ich es kaum glauben konnte.

Ich hatte nicht die Kraft zurückzuschreien.

»Du brauchst ja nicht gleich hinzuziehen«, sagte ich. »Komm mich doch erst mal besuchen, um dich einzugewöhnen, und dann komm ich wieder zu dir. Wir wechseln uns ab, mal ich zu dir, mal du zu mir... Geht doch! Das haben wir doch schon beredet!«

»Sehnst du dich denn nicht mal nach einer neuen Welt?« Sie schien es zwischen den Zähnen hervorzustoßen.

»Ach, hör doch auf!« sagte ich. Irrationalität gab mir eine Handhabe. Dagegen gab es zumindest etwas einzuwenden. »Nach einem anderen Leben vielleicht. Aber nach einer neuen *Welt*? Ist das nicht ein bißchen zuviel verlangt? Ist das nicht ein bißchen utopisch? Ich weiß nicht, Sabine, mir kommt es gar nicht so sehr darauf an, wo ich bin. Eine neue Welt? Warum machst du so ein großes Thema daraus? Ich hab auch noch so etwas wie einen Beruf.«

»Ja, in den Niederlanden bist du Verleger. Aber ich dachte, du wolltest schreiben.«

»Ich *kann* überhaupt nicht schreiben. Das hab ich dir doch schon gesagt! Denk doch mal an Sam! Ich muß doch jetzt sein Buch herausbringen!«

»Wenn es gut ist, kann es auch ein anderer herausbringen, das geht auch ohne dich. Für Sam ist es ein Muß, hier zu sein. Bei Anna.«

War es das, was sie wurmte?

»Mein Gott, Sabine«, sagte ich. »Darf er etwa nicht? Was willst du denn damit sagen? Willst du ihm denn nicht ein bißchen helfen?«

Sie schwieg.

»Sabine? Ich hab Sam gegenüber doch eine Verpflichtung! Und du liebst Sam doch auch! Was ich dir noch nicht mal ankreide, verdammt!«

»Warum sagst du nicht schlicht und einfach, daß du keine Lust hast, mit mir zusammenzubleiben?«

»Himmelherrgott, jetzt red doch nicht so einen Stuß! Du weißt doch, daß das nicht wahr ist! Ich will dich, ich will mit dir zusammen ... Was willst du denn noch? Ich kann doch nicht innerhalb einer einzigen Woche mein ganzes Leben umwerfen! Wir können doch erst mal eine Weile überlegen, wie wir uns das Ganze einrichten! Ich flieg dann schon hin und her. Was hast du denn bloß?«

Sie schwieg und drehte das Radio wieder lauter.

Den Rest der Fahrt sprach sie kein Wort mehr. Ich schwieg ebenfalls. Ich wußte nicht mehr, was ich noch sagen sollte.

89

Sabine setzte mich an meinem Hotel ab.

»Ich fahr nach Hause«, sagte sie. »Dann kannst du besser nachdenken.«

Ich gab ihr einen sanften Schubs. Um sie wachzurütteln, aus ihrer Stimmung herauszuholen. Das konnte doch nicht wahr sein. Dachte ich.

Sie reagierte nicht.

»Wir telefonieren dann morgen«, sagte sie.

Ich dürfte ein ziemlich verdattertes Gesicht gemacht haben. Ich *war* auch verdattert und fühlte mich verletzt, manipuliert. Jetzt wurde ich meinerseits böse. Soll sie doch abziehen, die alte Meckertante, muß ich gedacht haben. Zugleich entsinne ich mich aber auch einer gewissen Panik.

Ich wollte etwas sagen, aber sie kam mir zuvor. »Und nicht, daß du mir heut nacht heimlich doch noch kommst. Das läßt du hübsch bleiben! Ich möchte es wirklich nicht. Ich muß auch nachdenken – allein.«

Daß sie das sagte, beruhigte mich wieder. Offenbar wollte ich etwas in der Art hören.

Ich stieg aus und ging durch den Hoteleingang. Da hörte ich Sabine noch etwas rufen. »Wiedersehen, Max«, rief sie. »Ich liebe dich. Mach dir keine Sorgen. Laß mich mal ein Weilchen, wir reden dann morgen abend weiter! Wiedersehen!«

Sie blieb noch einen Augenblick stehen und gab dann Gas. Ihre Hand wedelte kurz aus dem Seitenfenster.

Das war das letzte, was ich von ihr sah.

90

»Probleme im privaten Bereich«: Das war haargenau die Ausdrucksweise, der Jacob sich immer bediente, aber jetzt sagte ich es selbst. Und was noch schlimmer war: Es ging dabei auch um mich. Das machte es noch unerträglicher. Aber ich hatte keine andere Wahl. Ich mußte bis auf weiteres möglichst vage und formell bleiben.

»Das kannst du ausrichten.«

»Aber du bist in Los Angeles! Wie soll ich denn das plausibel machen? Kannst du mir wirklich nichts sagen? Bist du krank? Eine Depression, von der du die Direktion lieber nichts wissen lassen möchtest?«

Wo nahm Jacob diese Unverfrorenheit her? Ich war verdammt noch mal sein Chef!

»Diese Formulierung dürfte fürs erste genügen, denk ich doch. In ein paar Tagen weiß ich mehr. Dann ruf ich Jeroen persönlich an.«

Jeroen war der Boss des Verlagskonzerns, von dem mein Verlag ein Imprint war. Ich hatte mich noch nie veranlaßt gefühlt, ihn über irgendeinen Ausgabeposten in Kenntnis zu setzen. Und erst recht nicht über »Probleme im privaten Bereich«.

Ich wußte, daß ich mich wie der Vogel Strauß verhielt. Lange konnte ich nicht mehr so weitermachen. Es war schon Ende Januar. Meine Tatenlosigkeit wurde allmählich bedrückend, und nach der wachsenden Zahl von Anrufen aus den Niederlanden zu schließen, wurde meine Abwesenheit dort auch von Tag zu Tag deutlicher empfunden. Mein Verbleib in L.A. war kaum noch zu rechtfertigen. Die Fragen häuften sich, die Panik hinsichtlich unerledigter laufender Projekte wuchs, und nun war es wohl soweit: SO GING ES NICHT MEHR WEITER – Jacobs Worte.

»Ich habe Jeroen noch nichts gesagt, Max, aber ich werde langsam nervös. Die Vorschau für den Sommer muß in den Satz, und wir müssen festlegen, wie die Umschläge für die Romane von Kruit, LaTrenee und Marijke Bodemvar aussehen sollen. Ich kann dir doch nicht alles faxen und alle Leute hinhalten! Da sind ein paar neue Autoren, die ich dir vorstellen möchte, deren Bücher du lesen mußt... Dieser Zeitunterschied treibt mich zum Wahnsinn, ach ja, und dann der Neujahrsumtrunk! Ich verschiebe ihn immer wieder, und jetzt ist der Januar schon bald rum! Wirklich, du *mußt* zurückkommen!«

Es war sehr feinfühlig von Jacob, daß er bei dieser Kumulation der Notfälle Sams Buch nicht auch noch erwähnte. Es wäre ziemlich naheliegend gewesen, mich danach zu fragen, aber das war schon einen Tick zu häufig geschehen. Und wie es denn mit dieser Reihe stehe, die ich anleiern wollte, was war's noch gleich? Die semihistorischen, semiliterarischen autobiographischen Aufzeichnungen emigrierter (jüdischer) Niederländer? Ich hatte immer nur irgend etwas daherstottern oder gleich zu einer Lüge greifen können. Ein Buch, das wir nicht veröffentlichen durften, war gleichbedeutend mit einem nicht geschriebenen Buch.

91

Am unerträglichsten war der Gedanke, daß sie alles so genau geplant hatte. Welche Logistik hinter der ganzen Unternehmung steckte. Andererseits hatte dieser Gedanke dabei geholfen, die nötige Wut zu entwickeln, um die nachfolgenden Tage zu überstehen. Die ersten Tage des neuen Jahres zu überleben.

Doch die Wut war schon bald wieder abgeklungen. Und dann hatte die Panik eingesetzt, dann waren die Fragen aufgekommen, die Fragen, die ich schon von früher her so gut kannte, und mit ihnen auch das alte Gefühl – oder war es diesmal nur die Erinnerung an ein Gefühl?

Irgendwie war bei meiner Trauer die Luft raus, als *könne* ich gar nicht mehr so viel empfinden. Es waren eher Assoziationen an Kummer, mit denen ich zu kämpfen hatte, als eigentlicher Kummer. Offenbar hatte ich die empfindlichsten Regionen meines Herzens instinktiv mit einer Sperre versehen. Einer schützenden Sperre, die zu lösen es mehr brauchte als die lächerlichen zwei Wochen mit Sabine. Wobei man sich natürlich fragen kann, ob so eine Sperre im Herzen nicht genauso schlimm oder sogar schlimmer ist, als einen Nackenschlag hinnehmen zu müssen.

92

An den meisten Tagen schlief ich lange, stand dann auf, um die Zeitung zu lesen, und fuhr nach dem Frühstück stundenlang durch die Stadt, das Handy immer noch dabei.

Anfangs traf ich mich jeden Abend mit Sam zum Essen im ›California Pizza Kitchen‹, ganz in der Nähe des Krankenhauses. Es gab wenig zu sagen, aber Sams Gesellschaft gab mir dennoch so etwas wie Hoffnung und Halt in dem seltsamen, unwirklichen Nebel, der sich über alles gelegt zu haben schien. Übrigens auch im wahrsten Sinne des Wortes, denn das strahlende Wetter der ersten Wochen war umgeschlagen in endlose Regenschauer, für die diese Stadt nicht gebaut war. Die Straßen hatten sich in Abflußkanäle verwandelt, weil das Regenwasser nirgendwo hinkonnte, in die Häuser regnete es hinein, und manche Hügel wurden vom Wasser derart aufgeweicht, das alles, was man darauf gebaut hatte, allmählich absackte.

Anna konnte noch immer nicht richtig sprechen. Sie hatte auch keine Gewalt mehr über ihre Gesichtsmuskeln, und es war schrecklich, diese Angst in ihren Augen zu sehen, daß sie womöglich noch mehr von sich verlieren würde. Ich hatte sie einmal kurz besucht, doch als ich ein zweites Mal vorbeigekommen war, hatte sie Sam mit viel Gezwinker und Gebrumm zu verstehen gegeben, daß es ihr lieber wäre, wenn ich ginge. Beschämt über meine Gedankenlosigkeit, hatte ich die Flucht ergriffen.

In jener ersten Zeit verbrachte Sam ganze Tage bei Anna im Krankenhaus, wo sie noch zu bleiben hatte, weil man alle möglichen näheren Untersuchungen bei ihr anstellte. Abends leistete ich Sam dann im ›California Pizza Kitchen‹ Gesellschaft. Insgeheim hofften wir beide auf eine Nachricht, einen Anruf, ein Lebenszeichen, eine Erklärung.

93

Natürlich hatte ich in der Nacht nach unserem sonderbaren Streit schlecht geschlafen. Ich war verwundert, verwirrt, ja, eigentlich ganz einfach sauer über Sabines Verhalten. Ich fragte mich, ob ich mich nicht in ihr getäuscht hatte. Vielleicht war es besser, wenn ich nach Hause flog – war das Ganze ein großer, dummer Fehler?

Warum war sie so fordernd gewesen, hatte mir derartig die Pistole auf die Brust gesetzt? Wozu, wem sollte das dienen? Komisch war das und irgendwie auch unlogisch, denn wir hatten noch nie ernsthaft über die Zukunft geredet. Die Wünsche und Ideen, die sie geäußert hatte, waren für mich völlig überraschend gekommen, das waren weiß Gott keine Bitten gewesen, mit denen sie mich schon endlos vergeblich bekniet hatte, bis ihr schließlich der Kragen geplatzt war. Oder hatte ich wieder mal nicht richtig aufgepaßt?

Um acht Uhr morgens rief ich sie vom Hotel aus an. Ich wollte ihre Stimme hören.

94

Sabines Voicemail war eingeschaltet, und sie nahm nicht ab, obwohl sie sich doch denken konnte, daß ich es war. Ich sprach eine Nachricht aufs Band, zog mich an und ging am Wilshire Boulevard Kaffee trinken.

Es war herrlich sonniges Wetter. Aber das Mobiltelefon an meinem Hosenbund blieb stumm. Um halb zehn rief ich vom ›The Newsroom‹ aus Sam an. Es fiel mir schwer, ihn erzählen zu lassen, was er auf dem Herzen hatte – und was war es noch bei mir?

Anna habe seinen Namen gesagt und auch ein paar Worte zu Papier bringen können: »Ich liebe dich.«

Sams Stimme klang schrill und sentimental. Er war wohl über sich selbst überrascht und froh, daß er so gerührt sein konnte, der eitle Kerl.

»Sie ist schon seit vierzig Jahren meine Frau, Max, und das sind gewiß nicht immer einfache Jahre gewesen, auch für sie nicht. Und dann schreibt sie das, als erstes... Wie findest du das?«

Ich konnte mir nicht helfen, aber daß er mir das erzählte, erstaunte mich denn doch. Als sei das für ihn genauso neu wie für mich als relativ Außenstehenden.

»Ist Sabine... Hast du übrigens schon mit Sabine gesprochen?« fragte Sam dann unvermittelt. »Weißt du... hat sie schon was gelesen?«

»Nein, ich hab noch nicht mit ihr gesprochen.«

»Ist sie zu Hause?«

»Ich glaube nicht – sie mußte, glaube ich, wegen ein paar Fotos nach San Diego«, erfand ich.

»Wo bist du denn?«

»Ich frühstücke gerade in einem Café am Wilshire.«

»Alles in Ordnung?«

»Alles bestens, Sam.«

»Wenn was ist, rufst du mich an, ja?«

Sam mochte ja vielleicht alt und eitel sein, aber er besaß Sensoren, die ich bei ihm nicht vermutet hätte. Ich schämte mich.

»Klar. Ich halte dich auf dem laufenden.«

An jenem Morgen las ich zwei Zeitungen durch und kaufte mir drei Oberhemden und zwei Hosen, weil der Dollar so günstig stand. So merkte ich fast nicht, daß ich wartete.

Um drei Uhr nachmittags rief ich meine Eltern an, um ihnen ein frohes neues Jahr zu wünschen. In den Niederlanden war es gerade Mitternacht. Ich stand auf dem Boulevard in der Sonne und hörte die abwesende Stimme meines Vaters.

»Mein Gott, Max, wo steckst du denn?« Als habe er mich gezielt vergessen, da ich ja nun unbedingt so weit wegfahren mußte. Dann fragte er: »Wird es denn nun was mit dem Buch von diesem alten Knacker?«

Meine Mutter erkundigte sich nach Sabine, ganz sachte, als fürchte sie, Sabine könnte sich in Rauch auflösen, wenn sie sich allzu interessiert zeigte.

»Alles prima«, sagte ich. »Sie ist gerade in San Diego.«

Meine Mutter dachte, das läge in Mexiko, und ich hörte, wie mein Vater das brummelnd kommentierte. In Amsterdam gingen die Böller und Raketen los, sie knallten und heulten bis zu mir nach L. A.

95

Um Viertel vor fünf ging die Sonne mit großem Gepränge im Ozean unter. Da ich gerade zu Sabines Haus unterwegs war, bekam ich das Ganze ungewollt von Anfang bis Ende mit. Ich war nicht in der Stimmung für Sonnenuntergänge. Irgendwie beschlich mich angesichts der prächtigen Farben das dunkle Gefühl, daß mir die eigentliche Pointe entging.

Das Universum war plötzlich in ein extrem prunkvolles Gewand geschlüpft, mit einem viele Male größeren Himmel als in den Niederlanden, und ich wußte nicht so recht, ob das große Fest nun seinen Auftakt hatte oder vielmehr gerade dem Ende entgegenging. Auf jeden Fall war ich nicht eingeladen.

Als die Sonne ganz verschwunden war, ihre letzten Lichtstrahlen von jenseits des Ozeans alles noch eine kleine Weile rosa einfärbten und die Autos auf der Ocean Avenue mit ihren leuchtenden Scheinwerfern in der nun rasch einfallenden Dunkelheit plötzlich wuselnden Tieren mit glühenden Augen glichen, wurde mir bewußt, daß selbst etwas so Alltägliches wie der Sonnenuntergang jedesmal wieder ein einzigartiges Ereignis war, das ich besser hätte genießen müssen, als ich es getan hatte.

Für Menschen wie mich gab es keinen Trost und keine Vergebung. Die irrten einfach zu oft.

96

Um zehn vor fünf war ich bei Sabines Haus. Ihr Wagen stand nicht da. Erstmals an diesem Tag bekamen meine Vorgefühle festen Boden unter die Füße. Es war schon fast eine Erleichterung, nun tatsächlich beunruhigt sein zu können.

Ihr Brief lag auf dem niedrigen mexikanischen Tisch. Als Briefkopf, mit rotem Filzstift unterstrichen: FÜR MAX. Das Wohnzimmer war aufgeräumt. Guru war weg. Der feuerrote Koffer im Flurschrank auch. Ihr Badezimmer war leer.

Ich habe den Brief genommen und in die Hosentasche gesteckt. Ich wollte ihn nicht lesen. Ich wollte ihn niemals lesen. Nicht noch einmal! Dann verließ ich das Haus und fuhr in mein Hotel zurück. Flüge waren an dem Tag nicht mehr zu bekommen, danach hatte ich mich erkundigt. In meinem Kühlschrank stand eine Flasche Wodka. Punkt Mitternacht spülte ich ihren Brief im Klo runter und begann zu trinken.

97

Es gibt Schimpfwörter, die ich für eine Frau sonst nie gebrauchen würde, harte, widerliche Wörter. Nach sieben Gläsern Wodka war es befreiend, sie zu schreien, laut und tief aus der Kehle wie einer in einem B-Movie. Danach war ich müde, und mir war übel. Ich stand vor dem alten Rätsel: Wie konnte jemand, den ich so gut kannte, mit dem das Leben total anders zu sein schien als sonst, echter, schneller, normaler und spannender zugleich – wie konnte dieser Jemand mich so einfach verlassen?

Ich geb's auf, sagte ich laut. Ich haßte sie nicht einmal. Ich war nur alle und leer. Ich hatte keine Lust mehr.

Ich wußte, daß ich warten würde, bis sie anrief.

98

Hinterher habe ich mir noch oft vor die Stirn geschlagen, daß ich nicht sofort Sabines ganzes Haus auf den Kopf gestellt habe, um nach irgendwelchen Hinweisen zu suchen – anstatt gleich wieder alles auf mich zu beziehen wie ein pubertärer Egomane. Denn als ich am zweiten Januar erneut hinfuhr, um nachzusehen, wohnte schon ein Fremder in ihrem Haus. Er behauptete, es über ein Büro der ›Actors Guild‹ gemietet zu haben, das Häuser von Schauspielern und dergleichen häufig Aushäusigen mitsamt dem Mobiliar für eine befristete Zeit untervermietete.

Sabine hatte das schon immer gemacht, wenn sie für länger ins Ausland mußte, erfuhr ich von einer schnippischen Dame des besagten Vereins, die ich gleich wütend angerufen hatte. Nein, für wie lange, könnten sie mir leider nicht sagen, aber für drei Monate auf jeden Fall.

Ein Hinweis mehr, daß ich nicht mit ihrer baldigen Rückkehr zu rechnen brauchte, aber irgendwie wollte ich es immer noch nicht wahrhaben.

99

Was danach kam, läßt sich nur mit dem Wort Lethargie umschreiben. In meinem Hotelzimmer harrte Sams Manuskript in dem Kinko's-Karton, doch da Sam immer wieder betonte, er könne oder wolle nicht darüber sprechen, ließ ich es dort liegen. Irgendwie war mir auch nicht danach. Es hätte mich zu sehr an Sabine erinnert.

Sam war völlig fertig, daß Sabine nichts von sich hören ließ, und vor allem, daß sie nichts über sein Buch gesagt hatte. Letzteres räumte er allerdings erst nach zwei Wochen ein, und selbst dann noch tat er so, als sei das eigentlich nebensächlich.

Ich sah ihm deutlich an, daß das nicht der Wahrheit entsprach. Und es war auch unverkennbar, daß er außer sich war vor Besorgnis und Kummer. Ich kannte ihn mittlerweile gut genug, um zu erkennen, daß er vielleicht genausosehr oder womöglich sogar noch mehr litt als ich. Von seiner üblichen Aufgeräumtheit war nichts mehr zu spüren. Er schien um Jahre gealtert zu sein, und hypochondrische Altmännerwitzchen waren alles, was von seinem Humor geblieben war.

In gewisser Weise war es beinahe ein Segen, daß Sam sich in dieser Situation Anna widmen und sich um sie sorgen konnte. Sie machte Fortschritte, konnte aber immer noch nicht viel mehr als ziemlich unverständliche Laute von sich geben. Besser kam sie inzwischen mit einem Filzstift zurecht, so daß sie Sam schriftlich klarmachen konnte, was sie wollte.

Das Krankenhaus hatte sie nach zehn Tagen verlassen dürfen. Zum Glück hatten sie eine Pflegehilfe, eine effiziente, dicke, schwarze Krankenschwester, so daß Sam hin und wieder mal aus dem Haus konnte. Lange wegbleiben durfte er aber nicht, denn Anna geriet ziemlich schnell aus dem Gleichgewicht, wenn er nicht da war. Ihm lag auch gar nicht mehr so viel daran. Sein Buch war fertig, und da Sabine nun weg war, bestand eigentlich auch kein Grund mehr für einen eigenen Arbeitsbereich.

100

Jacobs Anrufe hatten stetig zugenommen. Als schließlich auch noch Jeroen persönlich ein unangenehmes Telefonat mit mir geführt hatte, war mir klar, daß ich ein Stadium erreicht hatte, in dem meine Untergangsgefühle nicht mehr nur imaginär waren. Die Außenwelt nahm immer heftigeren Anstoß an meinem Fernbleiben. Mir schwante, daß ich mich in einer Gefahrenzone bewegte. Ein erster Ansatz zum heilsamen Erwachen.

Zur Vernunft kam ich durch etwas anderes.

Nach genau drei Wochen der Apathie lud Sam mich in seine Arbeitswohnung ein, um mir zu eröffnen, daß sich die Sache für ihn erledigt habe. Die Notwendigkeit dafür sei nicht mehr vorhanden, sagte er. Er verspüre keinen Drang mehr, alles an die Öffentlichkeit zu bringen. Das sei ein Irrtum gewesen. Was habe er sich bloß dabei gedacht? Letztlich sei es ihm doch nur ums Schreiben gegangen.

Er räumte ein, daß sein Entschluß auch mit Sabine zu tun habe. Wenn sie sein Buch gut gefunden hätte, hätte sie bestimmt von sich hören lassen, egal ob wir nun Knatsch hätten oder nicht. Nein, es müsse am Buch liegen. Daß sie die Enttäuschung über ihn und sein Buch nicht über die Lippen bringe. Deswegen sei sie weggegangen.

Außerdem vermutete er (und dabei senkte er die Stimme zu einem Flüstern), es sei wohl ein Schock für sie gewesen, daß er sich von jetzt auf nachher so vorbehaltlos für Anna entschieden habe. Er machte sich Vorwürfe, daß er ihr gegenüber so unaufmerksam gewesen sei, und fand es unverzeihlich, daß er zu alledem noch eifersüchtig auf mich gewesen sei.

Das war der Moment, in dem ich endgültig erwachte.

Wenn ich das Buch nicht mit nach Hause brachte, hatte ich nichts vorzuweisen. Nichts, womit ich mein Fernbleiben rechtfertigen konnte. Nichts, worauf ich mich stürzen konnte. Das Buch, die Reihe – das war ein Halt gewesen, etwas, woran ich trotz allem geglaubt hatte, auch wenn ich den Inhalt noch nicht kannte. Davon abgesehen, glaubte ich nicht eine Sekunde, daß Sams Buch oder gar sein Verhalten etwas mit Sabines Verschwinden zu tun hatte. Für mich stand fest, daß ich der Grund war, obwohl ich keine Ahnung hatte, wieso.

Ich versuchte Sam zu erklären, daß Sabine nicht so sei, daß Sabine nicht so hart sei oder so dumm, nicht, wie er vermutete, doch Sam war fest von seiner Sache überzeugt und nicht davon abzubringen. Mir fiel nichts mehr ein, was ich noch darauf hätte erwidern können.

Ich hatte Sam immer noch kein Sterbenswörtchen davon gesagt, daß Sabine und ich etwas miteinander gehabt hatten, obwohl er durchblicken ließ, daß er sehr wohl darüber im Bilde war. Ich hatte einfach Angst, ihn damit womöglich nur noch mehr zu deprimieren.

101

Mit dem Marxismus hatte ich zwar nie viel am Hut, aber dessen zentrale Begriffe, eigentlich zugeschnitten auf das prognostizierte Verhalten der Massen, haben sich immer problemlos auf mich übertragen lassen. Verelendung. Bewußtwerdung. Revolution.

In jenen Wochen wurde die Verelendung bei mir so tief, so schwarz und übermächtig, kam mir das Empfinden für Zeit, Sinn und Zweck so weitgehend abhanden, daß mir nur noch eines übrigblieb.

Sam würde meine Abreise bedauern, aber ich ließ ihn ja nicht ohne Lebenszweck zurück. Anna beanspruchte ihn voll und ganz. Ich mußte meine Bestimmung in den Niederlanden zu finden versuchen. Oder sollte ich lieber wiederfinden sagen? Was war denn an meinem früheren Leben eigentlich so verkehrt gewesen?

So ganz ausgegoren waren meine Pläne zwar noch nicht, aber ich war mir nun auf jeden Fall darüber im klaren, daß ich in Los Angeles nichts mehr verloren hatte und zu Hause eine Menge Leute stinksauer auf mich waren, aber vielleicht, wenn ich mir jetzt ganz große Mühe gab, vorerst noch davon absehen würden, mich durch einen anderen zu ersetzen.

Das war die Bewußtwerdung.

Die Revolution bestand darin, daß ich für den fünfundzwanzigsten Januar meinen Rückflug bestätigte. Und kaum in die KLM-Maschine eingestiegen, fühlte ich mich auch schon, als sei ich wieder in den Niederlanden. Sogleich befiel mich bleierne Müdigkeit – formal war ich ja bereits angekommen, aber bis zum Aussteigen mußte ich noch gut elf Stunden in schlechter recycelter Luft ausharren.

Ein kleiner Adrenalinstoß durchbrach meine Betäubung, als ich an die Verantwortung dachte, die mir schon bald wieder auferlegt werden würde, von Menschen, die meine Sprache sprachen und deren Welt ich besser erfassen konnte als die der Freunde, die ich mir jenseits des Ozeans gemacht hatte.

Dennoch hatten deren Leben das meine berührt und bereichert, hatte ich mich im nervösen, gleichgültigen L.A. in stärkerem Maße heimisch gefühlt, als ich je gedacht hätte. In der zwar relativ großen, aber trotzdem beengenden Kabine des Jumbos wurde mir bewußt, daß ich schon jetzt Heimweh nach dem unbarmherzig grellen Licht und der Unendlichkeit von Ozean und Himmel hatte, die das menschliche Treiben so vollkommen nichtig erscheinen ließen.

Kein Wunder, daß gerade dort die Sehnsucht nach Ruhm aufs Schamloseste in Erscheinung trat, daß jedes Augenmaß verlorenging und Stars Zigmillionen verdienten; gerade dort, wo man sich so klein fühlte und die Frustration über die eigene Nichtigkeit so groß war wie in L.A., erschienen solche Exzesse verständlich, ja, beinahe natürlich.

Und ich vermißte Sabine. Das war ein von dem Schock über ihr Verschwinden völlig losgelöstes Gefühl. Sie war kein Rätsel, sondern meine Frau, und die war sie schon immer gewesen, die Frau, die mich verstand und über mich lachte. Da war nur irgend etwas anderes in ihr, irgendein Feind, der sie von mir fernhielt.

Sie konnte nicht weggegangen sein, nur weil ich noch unentschieden war. Oder doch? Oder war sie aus demselben Grund weggegangen wie damals? Es war beinahe unerträglich, daß ich den noch immer nicht kannte.

Doch was sie auch war, wollte oder dachte, sie war weg, aus freien Stücken.

Ich würde sie nicht mehr suchen. Für eine Versöhnung hatte sie mich zu gründlich verlassen.

Hätte ich ihr das doch nur sagen können.

Während der ersten Stunde im Flugzeug schlief ich. Ich träumte, daß ich Sabine mit Sam ertappt hätte, nackt in meinem Hotelbett, das umgittert war. Ich sah Sams nackten Hintern weiß und drohend über ihren gespreizten Beinen, als ich hereinkam. Nein! Ich bin nicht weg! brüllte ich.

Sie blieben in derselben Haltung liegen, als wären sie versteinert – oder tot.

Vor Schreck und Wut keuchend, wurde ich wach. Gott sei Dank saß niemand neben mir. Meine Kehle fühlte sich ganz rauh an. Ich bat die Stewardess um ein Glas Wasser. Zu schlafen wagte ich danach nicht mehr. Auf dem kleinen Fernsehschirm wurden die noch zu fliegenden Meilen angegeben, eine unüberschaubar große Zahl. Das digital dargestellte kleine Flugzeug, das eher wie ein Pfeil aussah und eher Intention als Tatsache zu sein schien, war auf der Weltkarte erst einen halben Zentimeter vorangekommen.

Ich nahm den dicken Packen Papier, den ich nicht veröffentlichen durfte, aus meinem Handgepäck. Es zu lesen, konnte mir keiner verbieten. *The Long Journey to The Milky Way*. Ich hörte sie es entziffern, langsam und fragend wie ein Kind, das gerade lesen gelernt hat.

Ihr weißes Gesicht... War sie tatsächlich böse gewesen, mißgünstig? Daß Sam das ohne ihr Zutun geschrieben hatte? Wie hatte sie ihn nur derart im Stich lassen können? In meinen Augen zeugte das von monströser Egozentrik – die mir gar nicht so schlecht in den Kram paßte.

Ich *mußte* das geradezu lesen, ich mußte es lesen, um Sabines Versäumnis wiedergutzumachen.

103

Es hatte nach Sabines erstem Verschwinden eine Phase in meinem Leben gegeben, in der ich plötzlich alles wissen wollte. Ich las Jacques Pressers *Untergang* über die Vernichtung des Judentums in den Niederlanden und *Das Königreich der Niederlande* von Lou de Jong. Ich las die Bücher von Primo Levi und Elie Wiesel, von Philip Mechanicus, David Koker, Abel Herzberg, Anne Frank, Aharon Appelfeld und Cynthia Ozick – und allesamt im stillen Kämmerlein, ohne mit jemandem darüber zu reden, auch nicht mit meinem Vater. Vor allem nicht mit meinem Vater.

Es war, als könnte ich mich durch diese Lektüre rückwirkend gegen Sabines Geschichtsfasziniertheit resistent machen und zugleich die Erinnerung an Sabine selbst lebendig erhalten.

Das muß ein, zwei Jahre nach ihrem Verschwinden gewesen sein. Als mir das immer noch sehr zu schaffen machte, auch wenn ich es nach außen hin nicht zeigen wollte, niemandem. Ich entsinne mich noch, wie krank und sensationslüstern sich dieser Bücherhunger anfühlte.

Abgesehen von einzelnen Inhalten aus den Büchern, ist mir vor allem in Erinnerung geblieben, welche Angst ich hatte, daß womöglich irgendwer herausbekam, was ich da gerade las. Noch nie hatte ich Historisches derart verschlungen, und dafür schämte ich mich. Und je mehr ich mir aneignete, desto schuldiger und schmutziger fühlte ich mich. Es war, als rührte ich aus freien Stücken an den Tod in meiner Familie, an das, was steif und stumm, aber allzu gegenwärtig in meinem Elternhaus verborgen lag, bei meinem aufbrausenden, aber so sanftmütigen Vater und meiner stillen Mutter, die schweigend akzeptierten, daß sie mit diesem stinkenden Etwas im Haus zu leben hatten. Und jetzt drehte ich es um und beschnupperte es von allen Seiten. Unverfroren, dreist und respektlos.

Das Lesen stillte meinen Hunger, aber nie zur Genüge; letztlich blieben es Erzählungen anderer und nicht die wahren. Nicht die meines Vaters.

Ich konnte ihn nichts fragen. Aus Angst, daß er meine Gier sehen und meine unbändige Neugier riechen würde. Aus Angst, daß ich damit verriete, wieviel Böses in mir steckte, und als Feind entlarvt würde. Aus Angst, daß ich nicht genug weinen könnte und meine Grimassen womöglich als Lachen ausgelegt würden.

104

Gleich bei den ersten Kapiteln, als ich spürte, welche Bedrohung der Krieg für Sams Leben dargestellt haben mußte, waren sie wieder da: die Neugier, der Hunger, mehr zu erfahren, und die untrennbar damit verbundene Scham.

Doch wieder konnte ich nicht aufhören zu lesen.

Und dann, das digitale kleine Flugzeug flog gerade über Edinburgh, begann sich die Welt auf einmal um hundertachtzig Grad zu drehen. Meine Welt.

Es hatte nichts damit zu tun, daß die tiefe Stimme der Stewardess gerade Turbulenzen ankündigte. Hätte irgendwer mich in dem Moment etwas gefragt, bezweifle ich, daß ich mehr herausgebracht hätte als ein beklommenes Keuchen. Vor Unglauben, vor Schreck. Und noch einmal vor Unglauben.

105

Es begann mit einem Namen. Mir wurde plötzlich ganz blutleer im Kopf. Ich wußte nicht mal gleich, warum.

Sam schrieb klar, anschaulich und detailliert; er mußte ein scharfes Gedächtnis haben. Ich sah auf der Stelle alles vor mir, als handelte es sich um meine eigene Erinnerung.

Wo hatte ich das schon mal gehört? Oder besser: Wann und wie? Ganz kurz roch ich Oregano und Basilikum. Dann war alles wieder da. Ich sah Sabines Zähne, die vom Rotwein ganz blau geworden waren, ich sah die große Konzentriertheit in ihrem Gesicht. Und ich hörte wieder ihre atemlose Stimme von damals.

»Seine große Liebe...«

So ein ungewöhnlicher Name war es nun auch wieder nicht. Lisa. Lisa Stern.

106

Sam war als einziges Kind assimilierter Juden in einer geräumigen Obergeschoßwohnung in der Gabriel Metsustraat in Amsterdam-Zuid aufgewachsen. Ein Zuhause, in dem man viel musizierte und häufig Gäste empfing. Sein Vater besaß mit seinen Cousins zusammen ein Möbelgeschäft, hatte aber eigentlich Opernsänger werden wollen.

Sam las gerne, konnte gut Klavier spielen, schrieb Gedichte, die er bei den geselligen Abenden seiner Eltern im Salon vorlesen durfte, und seine Mutter, die vor seiner Geburt Ballerina gewesen war, brachte ihm das Tanzen bei. Er war zwölf, als die Besetzung begann und das Ende für eine Lebensart einläutete, der er für immer nachtrauern würde.

Immer seltener kamen Gäste, und notgedrungen blieb die Familie ihrerseits mehr und mehr zu Hause. 1942 mußte sein Vater das Geschäft zumachen. Juden durften nicht mehr in die Straßenbahn oder ins Schwimmbad, ja am Ende nicht einmal mehr auf die Straße hinaus, schon gar nicht ohne Stern. Sams Eltern erkannten, daß es zu gefährlich wurde, in der Stadt zu bleiben.

Auf Anraten eines der besten Kunden seines Vaters beschlossen sie gegen Ende jenes Jahres unterzutauchen. Der Mann hatte Bekannte, die ihnen falsche Papiere verschaffen konnten, und er vermittelte ihnen auch eine Adresse, wo sie untertauchen konnten, irgendwo in der Nähe von Leeuwarden.

Die Familie Fedders van Vliet, ein Geschlecht reicher Großgrundbesitzer, bewohnte einen Bauernhof, über dessen einem Trakt sich ein Heuboden befand. Dieser war in zwei Abschnitte unterteilt, von dem der hintere nicht ohne weiteres erkennbar und auch weder von der Diele noch von der Küche her direkt zu erreichen war. In diesem Teil versteckten sie Juden.

Der Sohn der Familie, Hans, war in Sams Alter. Er war ein stiller rothaariger Junge, der nicht so recht auf einen Bauernhof zu passen schien. Grüblerisch war er, ein kleiner Prinz. Und viel zu intelligent. Später kam Sam dahinter, daß es noch einen zweiten Sohn gegeben hatte, älter als Hans, der aber gestorben war. Wann und woran, erfuhr er nicht. Darüber wurde nicht geredet.

»Ich mochte Hans zuerst ganz gern«, schrieb Sam, »obwohl er ganz anders war als ich. Verschlossen, still, leicht mißtrauisch. Ich kam nie so recht dahinter, was er dachte, aber ich fand seine Neugierde nach unserem Leben in Amsterdam anfangs beruhigend und entwaffnend.

Er hatte intellektuell wesentlich mehr auf dem Kasten als seine Eltern und war ständig in die Werke deutscher Philosophen vertieft, die er sich in Leeuwarden in der Bibliothek auslieh – und, soweit ich es beurteilen konnte, nie zurückbrachte. Es war nicht zu übersehen, daß er sich in dem Bauerndorf ziemlich einsam fühlte. Er fragte mich über mein Leben in der Stadt aus, über die Gesangsabende meiner Eltern und über unsere Freunde, erzählte aber selten etwas von sich oder von seinen Büchern oder gar von seinem verstorbenen Bruder. Das einzige, was er über diesen gesagt hatte, war, daß er ihm ähnlich gesehen habe. Ich nahm an, daß er seinen Bruder noch immer vergötterte.

Ich dagegen neigte dazu, Hans zuviel zu erzählen. Irgendwie war mir in seiner Gegenwart nie so ganz wohl in meiner Haut, weil er immer begierig Fragen stellte und dann schwieg, und daher redete und redete ich. Ich war schon froh, wenn er mal lächelte. Hans' Sympathie zu gewinnen, empfand ich als Herausforderung. Außerdem tat er mir leid, weil er so einsam war.

Im nachhinein denke ich, daß er im Grunde neidisch war und seine Fragerei ein umständliches Mittel, diesen Neid, mit dem er sich keinen Rat wußte, abzuschütteln. Aber sichere Anhaltspunkte habe ich dafür nicht, denn dafür redete ich damals zuviel und zu schnell. Ich bewunderte ihn insgeheim dafür, wie hartnäckig er die Würde wahrte. Er besaß eine natürliche Arroganz, die mich seltsam ansprach.

Daß Leute bei ihnen im Haus untertauchen konnten, hat er nicht gerade befürwortet, glaube ich, obwohl er das mir gegenüber nie ausdrücklich gesagt hat. Man gewöhne sich daran, erwiderte er einmal trocken. Auch das trug dazu bei, daß mir in seiner Gegenwart immer ein wenig unbehaglich war.

Unsere Anwesenheit muß eine gehörige Veränderung für sein ruhiges Leben bedeutet und ihn natürlich in seiner Bewegungsfreiheit eingeschränkt haben. Wir aßen meistens mit der Familie zusammen in der Küche, die schräg unter dem Heuboden lag. Sie hatte zwar keine großen Fenster, und das Haus war auch ganz von Pappeln umgeben, so daß man von der Straße her nicht hineinsehen konnte, aber trotzdem war das Ganze ziemlich gefährlich, darüber waren wir uns alle im klaren.

Ich hielt es für ein gutes Zeichen, daß mir Hans nach ein paar Wochen anbot, mich an seinem Unterrichtsstoff teilhaben zu lassen. Er ging zu der Zeit noch auf das Städtische Gymnasium. Ich war heilfroh, wieder etwas lernen zu können, denn ich langweilte mich zu Tode. So machte Hans von nun an seine Hausaufgaben mit mir zusammen.

Das verlief alles recht harmonisch. Bis Lisa Stern kam.«

»Lisa war groß, hatte dunkle Locken und sprühte vor Lebenslust. Es war eine Qual für sie, nicht ins Freie zu dürfen. Allein, da ihre Eltern woanders untergetaucht waren, schmollte sie gleich herum und provozierte alle. Ich konnte das in gewisser Weise verstehen, obwohl ich mich anfangs auch gewaltig über sie ärgerte, aber Hans strafte sie sofort mit tiefster Mißachtung. Er sah sie kaum an, redete nicht mit ihr und schottete sich praktisch sofort ab – auch gegen mich, so daß alles, was ich erreicht hatte, mit Lisas Erscheinen dahin war.

In den ersten Monaten hatten Lisa und ich uns oft in den Haaren. Wir kabbelten uns endlos über den Krieg, aber auch über die verschiedensten gewichtigen Lebensfragen. Daß Hans und sie kein Wort miteinander wechselten, störte mich nicht im geringsten, sondern beruhigte mich sogar. Bis mir eines Tages plötzlich der Gedanke kam, daß sie womöglich heimlich in den stillen Hans verliebt sein könnte. Und weil mich dieser Gedanke so wütend machte, ging mir plötzlich auf, daß ich in *sie* verliebt war.

Nach einigen Wochen fiebriger Unentschlossenheit habe ich ihr das schließlich in einem Gedicht gebeichtet – auf das sie mir Gott sei Dank umgehend mit einem Brief antwortete. Erst nach dieser schriftlichen Besiegelung unserer Gefühle konnten wir nach einem Weg suchen, wie wir miteinander umgehen sollten. Die (vielsagende) Stille vor dem Sturm hatte wesentliche Bedeutung gehabt, denn wir waren ja praktisch den ganzen Tag zusammen, auch wenn dieses Zusammensein noch meine Eltern mit einschloß – was eine eben erblühende Liebe nicht gerade begünstigte. Nun suchten und fanden wir auf die eine oder andere Weise Momente der Zweisamkeit. Und wir lernten zusammen. Hans gab mir abends, wenn er seine Hausaufgaben gemacht hatte, nach wie vor seine Bücher, auch wenn wir kaum noch miteinander redeten.

Wenn ich an diese Zeit zurückdenke, kann ich wenig Unangenehmes daran entdecken. Lisa war ungestüm und steckte voller Überraschungen, da langweilte ich mich nie. Hans ging seiner eigenen Wege und las seine Bücher. Mir gegenüber war er wieder genauso gehemmt wie am Anfang. Aber ich tat nichts mehr dafür, mir seine Sympathie zurückzuerobern. Ich muß sagen, daß ich ihm sogar aus dem Weg zu gehen versuchte.

Vielleicht habe ich deshalb nicht gleich mitbekommen, daß er nach etwa einem halben Jahr nach Lisa zu schielen begann. Sie selbst merkte es sofort und ließ mir gegenüber einige Bemerkungen darüber fallen. Sie konnte das nicht leiden.

Ich verstand natürlich sehr gut, warum Hans so nach ihr schielte. Lisa und ich waren fast sechzehn, und Hans war siebzehn – wir waren also alle drei in einem Alter, in dem die Hormone großen Einfluß auf die Gedankenwelt haben. Trotzdem beschlich mich gleich ein gewisses Unbehagen, als ich davon erfuhr. Hans ließ sich übrigens nie wirklich etwas anmerken, er sagte auch nichts zu Lisa, er guckte nur.

Befürchtungen hatte ich nicht. Lisa ließ sich immer so spöttisch über Hans aus, daß ich keine Bedrohung in ihm sah. Lisa und ich standen uns in nichts nach, ich war süchtig nach ihr, und sie war, das wußte ich genau, verrückt nach mir. Sie war meine und ich ihre Zukunft oder zumindest die Hoffnung darauf, und da wir über keine unmittelbare Zukunft verfügten, war der eine dem anderen vor allem Gegenwart. Wie schrecklich naiv wir doch damals waren, wie weit entfernt dort in Friesland doch der Krieg zu sein schien...

Nie bekamen die furchtbaren Dinge, die wir gerüchteweise vernahmen, für uns auch nur annähernd etwas Reales – dafür waren wir viel zu sehr mit uns beschäftigt. Hartnäckig redeten wir so gut wie immer nur über die Zeit *nach* dem Krieg, was wir machen würden, wenn wir verheiratet waren. Sie wollte Pilotin werden, ich Filmschauspieler, Schriftsteller oder Musiker. Daß wir zusammenbleiben würden, stand fest.

Einmal war ich krank und blieb den ganzen Tag im Bett. Abends gegen acht schleppte ich mich zur Toilette. Ich hatte Lisa schon ein paar Stunden nicht mehr gesehen und vermutete, daß sie, wie so oft, im Besenschrank saß und las. Oder lernte. Leise öffnete ich die Schranktür, um sie zu erschrecken.

Und wie sie erschrak!

Kurz bevor ich die Tür öffnete, mußte sie ihr Kleid geschürzt haben, denn sie ließ es fallen, als ich sie sah – und darunter diesen hochgereckten Kopf und den schlaksigen Rumpf. Hans. Er blieb komischerweise noch kurz so hocken, wie ein Kind, das denkt, es sei unsichtbar, wenn sein Gesicht bedeckt ist.

›Wie lange schon?‹ fragte ich nur.

Ihr Mund stand offen, und ihre Augen waren geweitet vor Schreck und Angst. Sie sagte nichts, sondern starrte mich nur mit diesen Angstaugen an. Als Hans langsam mit dem

Kopf unter ihrem Kleid hervorkam, fing sie lautlos an zu weinen. In dem Moment erwachte ich aus meiner Erstarrung und wandte mich zum Gehen.

›Nein!‹ schrie sie. ›Du verstehst nicht!‹

Hans sah erst sie und dann mich an, verschlossen wie eh und je. Aber in seinem Blick war etwas, was ich noch nie darin gesehen hatte. Häme. Haß.

Er sagte: ›Tja, tut mir leid, Sam, es ist Krieg.‹

Es klang gezwungen gleichgültig, als habe er sich das Ganze nun einmal so vorgenommen und müsse nun wohl oder übel danach handeln. Als handele es sich um eine Willenserklärung: Es sei Krieg, und da nehme man sich, was man haben wolle. Auch meinte ich Triumph in seiner Stimme mitschwingen zu hören.

Mit niedergeschlagenen Augen schob er sich an mir vorbei aus dem Schrank heraus. Lisa wollte sich in meine Arme werfen, aber ich wehrte sie ab. Natürlich.

Ich schlug mir vor die Stirn, daß ich nicht früher erkannt hatte, wie sehr Hans' Neugier, das sogenannte freundliche Entgegenkommen, das er zu Beginn an den Tag gelegt hatte, mit Haß gepaart ging. Mit eifersüchtiger Fasziniertheit. Mit Aversion.

Erstmals zog ich in Erwägung, daß Lisa vielleicht *nicht* meine Frau werden würde, und mir wurde bewußt, in welchem Maße unsere Liebe mit dem Untergetauchtsein, mit unserer besonderen Situation zusammenhing.

Lisa beteuerte an jenem Abend unter Tränen immer und immer wieder, daß der Vorfall mit Hans mit aufgestauter Geilheit zu tun gehabt habe, damit, daß sie habe wissen wollen, was dieser Blick von ihm zu bedeuten hatte. Wie leid ihr das tue. Es habe nichts, aber auch gar nichts zu bedeuten, sagte sie. Nur mit mir gehe es ihr gut.

›Was geschieht mit mir, wie konnte ich nur, was machen sie mit uns, daß es soweit kommt?‹

Das war der Tenor dessen, was sie sagte. Und irgendwie tat sie mir dabei leid, so böse ich auch war. Mit einem Mal war alles wie tot und verseucht. Hans, wir, der Krieg. Dieser blöde Bauernhof...

Ich zwang Lisa, mir alles von A bis Z zu erzählen, mehrmals und bis ins kleinste Detail, auch wenn mir dabei ganz elend wurde. Ich spürte, daß da etwas nicht stimmte, daß ich irgend etwas übersah, aber ich wußte nicht, was. Daß es Hans um etwas anderes als pure Wollust gegangen war, stand für mich fest. Aber das sagte ich nicht. Ich schwieg. Lisa weinte tagelang. Aus Schuldgefühl, dachte ich und ließ sie.

Hans konnte ich nur hassen. Nicht nur wegen dem, was er getan hatte, sondern vor allem wegen dieses komischen Blicks, den er aufgesetzt hatte. So einen Blick hatte ich noch nie gesehen. Er machte mich wütend und jagte mir zugleich wahre Todesangst ein.

›Tja, tut mir leid, Sam, es ist Krieg.‹

Als wäre er etwas Besseres, kein gewöhnlicher Mensch wie ich. Oder wie Lisa. Meine Lisa, die er so besudelt und dadurch auf einmal so liederlich und klein gemacht hatte. Meine arme Verräterin.

Die darauffolgende Woche war eigentümlich. Wir gingen uns alle drei möglichst aus dem Weg. Ich fühlte mich unendlich allein.

Und dann kam der Abend – es war so gegen sechs, und

wir hatten gerade gegessen –, an dem wir draußen plötzlich einen Lastwagen hörten. Das konnte nur eines bedeuten.

Es war ein höllischer Schock für uns alle. Ich glaube, keiner von uns hatte damit gerechnet, daß so etwas je wirklich passieren könnte. Einen Plan für den Notfall hatten wir aber schon. Wir sprangen sofort in der vereinbarten Reihenfolge auf den Heuboden hinauf. Mucksmäuschenstill hockten wir dort nebeneinander und horchten auf die Geräusche, die von unten heraufdrangen. Ich hörte Fragen, Befehle, konnte aber nichts verstehen. Hans' Stimme, ganz kurz auch die der Bäuerin, Protest, Beschwichtigung und dann ein lauter Schrei. Ich saß neben meiner Mutter, der die Zähne klapperten. Lisa saß uns gegenüber – wir sahen einander unverwandt an... Alles, was passiert war, schien auf einmal so unwichtig.

Lisa wollte etwas sagen, ich sah, daß sie beinahe daran erstickte, sie *mußte* etwas sagen, aber sie wagte keinen Mucks zu tun. Da formte ihr Mund die Worte lautlos.

›Hans‹, las ich von ihren Lippen ab. Zuerst erfaßte ich den Zusammenhang nicht.

›Er‹, sagte sie, nach wie vor lautlos, die Augen ganz groß. Sie zeigte nach unten. ›Sicher. Ich bin mir sicher...‹

Ich glaubte zu sehen, was sie meinte, aber ich konnte es nicht glauben. Sie zeigte zum Schrank.

›Ich durfte es nicht sagen‹, las ich von ihren Lippen ab. Dann begann sie zu flüstern: ›Hans drohte, er würde uns verraten, wenn ich sage, was er wirklich mit mir gemacht hat. Er hat mich gezwungen, Sam, ich wollte das natürlich gar nicht! Er sagte, er würde es dir ansehen, wenn du es wüßtest – du seist ein offenes Buch für ihn. Ein Experiment, nannte er dich...‹

Sie weinte mit offenem Mund, lautlos.

›Und jetzt... Jetzt hat er es trotzdem getan, obwohl ich gar nichts gesagt habe!‹

Sie schüttelte den Kopf, konnte nicht mehr. Sie deutete nach unten, auf Hans' Stimme, und ich begriff das Unvorstellbare. Da erst begriff ich es.

Wir wurden in separate Lastwagen verfrachtet – die Männer in den einen, die Frauen in den anderen. Auch die Eltern von Hans mußten mit. Ich umarmte meine Mutter. Lisa sah mich an. Dieser Blick war das letzte, was ich vor Augen hatte, als ich in den Wagen stieg. Meine Mutter und meinen Vater habe ich später in Westerbork wiedergetroffen, Lisa nicht.«

108

»Erst viele, viele Jahre später, als wieder Zeit zum Nachdenken war, habe ich versucht, den Hans, den ich halbwegs zu kennen glaubte, mit dem gewissenlosen Monstrum in Einklang zu bringen, das meine Familie auf dem Gewissen hatte – denn meine Eltern kehrten nicht aus dem Krieg zurück –, und mir sein Verhalten und das, was er getan hat, zu erklären.

Die einzige plausible Erklärung, mit der ich leben konnte und die mich von Zeit zu Zeit zur Ruhe kommen ließ, so ekelhaft und bitter diese Ruhe auch schmecken mochte, war, daß sich Hans, ohne es zu wollen, schuldig gefühlt hatte für das, was er Lisa angetan hatte. Genauer gesagt, es muß in ihm zu einem Widerstreit zwischen dem eifersüchtigen Jungen und dem klugen Kopf, der die Grenzen seiner Moral zu erforschen versuchte, gekommen sein – zwischen dem Sohn einer Familie, die Juden versteckte, und dem potentiellen Nazi-Anhänger. Daß wir alle dem Schuldgefühl eines unreifen Jungen zum Opfer gefallen sind, der glaubte, mit Gut und Böse experimentieren zu können.

Aber vielleicht ist auch das noch ein viel zu wohlwollendes und freundliches Bild von Hans Fedders van Vliet, dem Jungen, dem ich es zu verdanken habe, daß ich Bekanntschaft mit der Hölle machen mußte.«

109

Nach dem Krieg hatte Sam, wie er schrieb, mit Hilfe vom Roten Kreuz und der niederländischen Stiftung für Jüdische Sozialarbeit nach Lisa gesucht.

Nachdem man ihn monatelang von Pontius zu Pilatus geschickt hatte, fand er heraus, daß Lisa das KZ ebenfalls überlebt hatte und nun in Israel lebte. Sie war wie er zunächst in Westerbork gewesen, aber wohl zu kurz, als daß er sie damals dort hätte finden können. Anschließend war sie nach Ravensbrück gekommen. Daß sie das überlebt hatte, war ein ebenso großes Wunder wie die Tatsache, daß er Theresienstadt und Auschwitz überstanden hatte.

Nachdem er sie aufgespürt hatte, hatten sie ein paar Tage zusammen verbracht, in Haifa, waren dann aber als gute Freunde auseinandergegangen. Bis auf den Austausch von ein paar Briefen hatten sie anschließend kaum noch Kontakt gehabt. Er hoffe, daß sie noch lebe, schrieb er.

110

Sam war überrascht, meine Stimme zu hören, obwohl ich ihn mit meinem Anruf um halb drei Uhr nachts nicht geweckt hatte. Er konnte sowieso nicht schlafen.
»Mich kannst du jederzeit anrufen«, sagte er.
Der Draht zur Außenwelt muntere ihn auf, gebe ihm Energie und mache ihn glücklich, hatte er immer behauptet. (*Happy*, sagte er, eines der amerikanischen Wörter, die er stets mit umwerfend amerikanischem Akzent in sein Niederländisch einstreute.)
»Ha, Max, bist du schon zu Hause?« rief er.
Es war beruhigend zu hören, daß er tatsächlich existierte. Während ich sein Manuskript gelesen hatte, war er zu einer Art Mythos geworden, zwar zu einem, den ich besser kannte als meinen Vater und von dem ich auch mehr wußte als von ihm, aber nichtsdestotrotz einem Mythos. Das Buch hatte ihn auch von mir entfernt, hatte Scham und Verlegenheit in mir geweckt, mich eingeschüchtert und stumm gemacht.
Ich hatte ihm in den vergangenen zehn Stunden so intensiv zugehört, daß ich mir nur schwer vorstellen konnte, er wäre nicht in der gleichen aufgewühlten Stimmung wie ich.
Erstens: Das Buch mußte publiziert werden.
»Ich hab den ersten Teil gelesen. Es ist viel zu gut...« Und ich erzählte ihm, wie tief ich beeindruckt sei.

Sam hüstelte verlegen. Doch mein Lob schien ihm trotz allem gutzutun und ihn zu freuen.

Aber das hielt nicht lange an. Im nächsten Moment machte er gleich wieder einen Rückzieher und begann zu relativieren. Seine Stimme schwoll von leise und geschmeichelt zu der eines Schriftstellers mit einem Buch und einem Willen an – nämlich dem, nicht zu veröffentlichen.

Ich tat, als hätte ich es nicht gehört, und faßte mir ein Herz.

»Sam«, sagte ich, »ich möchte ein paar Dinge checken. Auch wenn du das Buch nicht veröffentlichen möchtest, laß mich ein paar Dinge wissen und checken, so wie wir es vereinbart hatten, unverbindlich, sicherheitshalber, der Geschichte zuliebe. Dir zuliebe. Mir zuliebe. Laß mich wenigstens das tun. Hör zu. Hast du...« (Zu meinem Schrecken blieb mir an dieser Stelle beinahe die Luft weg, und meine Stimme kam nur noch gepreßt heraus.) »Hast du... Lisa, Lisa Stern... hast du sie nach diesem einen Mal in Haifa je wiedergesehen? Weißt du, ob sie verheiratet ist und unter einem anderen Namen lebt? Weißt du, wie ich sie finden kann?«

»Mein Gott«, sagte Sam. »Du läßt kein Gras drüber wehen – oder wie sagt man? Lisa, ja, die hab ich in Haifa besucht. Vor einer Ewigkeit, 1947, glaub ich. Da war ich bei ihr. Sie war damals noch nicht verheiratet, deswegen dachte ich auch eine Weile, daß... Aber es funktionierte einfach nicht; sie hatte sich verändert, war härter, trauriger, alles, was so liebenswert und außergewöhnlich an ihr gewesen war, schien ausgelöscht... Kein Wunder, nach dem, was wir mitgemacht hatten. Sie hatte sich wirklich verändert. Sie so zu sehen, das erinnerte mich an alles Kaputte und Tote und Schlechte… Wieso willst du das wissen, wieso Lisa?«

»Weil die Fakten, die mit vielleicht noch lebenden Personen zu tun haben, besonders genau überprüft werden müssen«, sagte ich.

»Okay«, sagte Sam zögernd. »Warte mal, vor ein paar Jahren, nein, das muß schon zehn, fünfzehn Jahre her sein, hat sie mir geschrieben. Da hieß sie Mandelhout, Mandelholz, Mandelstam oder so was. Ich hab den Brief noch irgendwo. Ein komischer Brief war das.«

»Sam, bitte, denk nach, wie hieß sie?«

»Ich ruf dich morgen zurück. So eilig ist es doch nun auch wieder nicht, oder? Wo bist du?«

»Auf dem Flughafen«, bekannte ich einigermaßen beschämt.

»Was, du bist gerade erst gelandet? Du meine Güte, was ist denn in dich gefahren?«

»Nichts, ich wollte dir nur gleich mitteilen, wie ich dein Buch fand. Das ist alles.«

»Er dürfte nicht so schwer zu finden sein, dieser Brief. Sabine hat die ganzen Jahre über alles unheimlich gut für mich geordnet. Aber es ist alles im Büro, und ich kann jetzt nicht so einfach weggehen. Es ist mitten in der Nacht!«

Mir wurde schwindlig.

»Sabine?« fragte ich.

»Ja, Sabine hat sich jahrelang um meine Korrespondenz gekümmert.«

Von dem Schock mußte ich mich erst erholen. Sam machte mein Schweigen ganz kribbelig.

»Hast du etwas von ihr gehört?« fragte er.

»Nein, nichts.«

Wir verstummten. Mir wurde plötzlich bewußt, daß Sabine uns zu so etwas wie Angehörigen machte, jetzt, da sie weg war, noch mehr als vorher.

Nach einer halben Minute sagte Sam: »Ich kann immer noch nicht glauben, daß sie weg ist. Daß ich nichts mehr von ihr höre... Das ist doch unvorstellbar...«

Seine Stimme schwankte, ich fürchtete einen Moment, er würde in Tränen ausbrechen.

»Das Buch bringt Unglück«, sagte er und mußte husten. »Ich möchte nicht, daß du noch irgendwas in der Sache machst, ich will das nicht. Es ist vorbei! Genug! Alles ist vorbei, weg, finito!« Sein Husten gewann die Oberhand.

Ich erwog kurz, ihm etwas von meinen Vermutungen in bezug auf Lisa Stern zu sagen, ließ es aber doch lieber bleiben. Statt dessen sagte ich beschwichtigend: »Nur der Geschichte zuliebe, Sam. Hilf mir doch bitte. Du möchtest doch sicher, daß die Fakten stimmen, daß alles genauso ist, wie du es beschreibst, oder? Das ist doch auch für dich von Belang!«

»Und welchen Nutzen ziehst du daraus?«

»Nutzen? Um Nutzen geht es mir nicht, es ist mir einfach ein großes Anliegen!«

»Du glaubst, du kannst mich noch umstimmen, was? Damit du mein Buch doch noch publizieren kannst.«

»Wär das denn so ein Verbrechen? Das möchtest du doch im Grunde auch, oder? Und warum auch nicht? Geschrieben ist es ja schließlich schon.«

»Wir reden ein andermal weiter, Max. Ich versuch jetzt noch ein bißchen zu schlafen, wenn du nichts dagegen hast.«

»Noch ganz kurz, Sam. Such bitte diesen Brief raus. Er ist wirklich wichtig, das versichere ich dir, auch für dich selbst.«

»Gut«, murmelte er müde, »ich werde es mir überlegen.«

Erst als wir aufgelegt hatten, begann ich mich zu fragen: Ja, worin sah ich denn nun meinen Nutzen?

III

Um elf Uhr abends rief Sam zurück. Ich war gerade eingeschlafen.

»Jetzt hast du wahrscheinlich schon geschlafen«, sagte er. Er hörte sich fitter an als am Morgen, aber auch nervös.

»Kann ich dich kurz stören, Max?«

Das war im vorliegenden Fall eine komische Frage.

»Da ist was Merkwürdiges. Ich hab wirklich ganz gründlich gesucht, in allen Ordnern, Jahr für Jahr habe ich nach diesem Brief von Lisa durchgesehen, aber entweder kann ich nicht richtig gucken, oder er ist tatsächlich weg! Ich konnte ihn wirklich *nirgends* finden. Er ist weder in meinen *files* aufgeführt, noch in meinen Korrespondenzordnern abgeheftet. Aber ich bin mir *sicher*, daß dieser Brief existiert hat.«

»Was stand denn drin?«

Ich versuchte ganz ruhig zu klingen.

»Tja, das war eine komische, ziemlich hysterische Geschichte, die mir Lisa da geschrieben hatte. Irgendwas über eine Frau, die Fedders van Vliet kannte... Du weißt ja inzwischen, wer das ist, nicht?«

»Ja«, sagte ich beinahe flüsternd.

»Nun ja, diese Frau hoffte, glaube ich, durch Lisa mehr über ihn zu erfahren. Sie redete davon, daß er sich, nachdem er uns und seine Familie verraten hatte, angeblich bei den Deutschen gemeldet habe, um für sie an der Ostfront zu kämpfen. Nur ein Gerücht. Ich habe das in meinem Buch auch nur am Rande erwähnt.«

»Wo denn?« fragte ich. So etwas hätte ich doch nicht überlesen!

»Ach, in einem separaten Anhang, über den ich mir noch nicht ganz im klaren bin. Ich fand, nein, ich finde es ethisch nicht vertretbar, jemanden, der seinerzeit noch so jung war, ohne eindeutige Beweise in ein so schlechtes Licht zu rükken. Und ich hatte auch nicht die geringste Lust, mich noch weiter mit dem Knaben zu befassen. Er ließ mich eigentlich völlig kalt. Er hatte uns verraten, das war eine nicht wiedergutzumachende, unverzeihliche Tat. Schluß und aus.

Und weißt du: Ich fände es beinahe beruhigender, wenn er im gleichen Stil weitergemacht hätte, als wenn das nur ein dummer, impulsiver Ausrutscher gewesen wäre, der ihm vielleicht auch *nicht* hätte unterlaufen können. Ich hab mich jahrelang mit dem Wenn – Dann dieser Frage herumgequält. Wenn ich nichts mit Lisa gehabt hätte, hätte Hans uns dann nicht verraten? Wenn ich sie nicht in diesem Schrank entdeckt hätte, was dann? Wenn ich Hans nicht so freudig von unserem kulturellen Leben in Amsterdam erzählt hätte, wäre er dann weniger neidisch gewesen? Was wäre gewesen, wenn ich nicht um seine Anerkennung gerungen hätte? Und so weiter und so fort... Aber durch diese Enthüllung wurde er schlicht und ergreifend zu einem dreckigen Überläufer. Punktum, ohne Wenn und Aber. Ein armer Irrer, ein schlechter Mensch.

Für seine Eltern war das auch unheimlich tragisch. Die waren sauber, da bin ich mir ganz sicher. Ich hab später herausgefunden, daß sie für ihre guten Absichten büßen mußten. Untersuchen sollte man das schon, das stimmt... Falls ich mein Buch doch noch veröffentlichen möchte... Aber *wo* ist dieser Brief?«

»Erinnerst du dich noch, wieso diese Frau das alles von Lisa wissen wollte? War sie Historikerin oder so?« fragte ich.

»Das weiß ich nicht mehr. Ich habe Lisa aus irgendeinem Grund auch nie auf den Brief geantwortet. Ich wollte, glaub ich, einfach nichts damit zu tun haben.«

Er stockte kurz, schien nachzudenken.

»Aber jetzt die gute Nachricht: Heute morgen ist mir plötzlich wieder eingefallen, wie Lisa nach ihrer Heirat hieß. Mandelbaum. Das fiel mir wieder ein, weil sie auch tatsächlich ein paar Mandelbäume auf der Terrasse hatte. Hat sie mir irgendwann mal geschrieben, und sie konnte gut schreiben, ich hab die Bäume gleich vor mir gesehen. Ihr Mann war Arzt, glaub ich, Lungenspezialist oder so, in Jerusalem... wenn er noch lebt, er dürfte inzwischen pensioniert sein, schon lange, denke ich. Mandelbaum hieß er. Uri Mandelbaum.«

»Prima... das bringt uns schon viel weiter. Aber diesen Brief haben wir damit noch nicht wieder. Hast du ihn vielleicht irgendwann noch einmal gelesen?«

»Nicht, daß ich wüßte.«

»Aber du weißt schon noch, wann du den Brief bekommen hast, in welcher Zeit das war?«

»Spielt das denn eine Rolle? Vor langer Zeit. Ziemlich langer Zeit. Wenn ich mich recht entsinne, sogar noch bevor ich Sabine kennenlernte, auf dem Höhepunkt meiner Milky-Way-Zeit. Und kurz nachdem ich Sabine kennengelernt hatte, hat sie auf meine Bitte hin mit dem Ordnen meiner Korrespondenz begonnen. Ich weiß noch, wie zufrieden ich war, daß ich von da an immer alles so leicht finden konnte – das ist mir auch beim Schreiben sehr zustatten gekommen.«

»Ein Rätsel«, sagte ich. »Ist noch mehr verschwunden? Hast du mal nachgesehen, ob noch andere Briefe fehlen?«

Mein Herz schlug langsam und schwer, und mein Gehirn schien viel zuwenig Sauerstoff zu bekommen.

»Auf den ersten Blick ist mir nichts Besonderes aufgefallen, aber ich werde mal nachsehen...«

Ich wagte nicht weiter nach dem Brief zu fragen.

»Mandelbaum also«, sagte ich. »Hättest du was dagegen, wenn ich Kontakt mit ihr aufzunehmen versuche? Mit Lisa Mandelbaum-Stern?«

»Dagegen? Wieso? Das ist ja so lange her. Ich hoffe, sie lebt noch. Ich würde sie auch gern noch einmal sprechen, bevor...«

Ich tat, als hätte ich überhört, was er sagen wollte.

112

Wenn ich an Jerusalem dachte, sah ich unwillkürlich Sabine in diesem dunkellila Kleid vor mir, ihre glatten, nackten Schultern, die molligen Arme, die sie so unvermittelt um meinen Hals schlingen konnte, ihre Wange an der meinen, weich wie die eines Kindes. Sie hatte dorthin gepaßt, Sabine, nach Jerusalem; *wir* hatten dorthin gepaßt, auch wenn das Ganze einem Spiel glich, einem erhabenen Spiel, das sie gern spielte. Die geheimnisvolle, leicht bedrohliche religiöse Geschäftigkeit in der heiligen Altstadt und um die Klagemauer herum, die staubige Hitze der erstickend alten Via Dolorosa, der Ölberg, auf den man wegen der Steine der Intifada inzwischen nicht mehr hinaufkonnte, und schließlich auch die sieben Hügel aus dem Zugfenster auf dem Weg in die Stadt – das alles bildete eine Kulisse, in der sich Sabine ungehemmt hatte bewegen können, einer vollendeten Schauspielerin, einer Tragödin alter Schule gleich.

Es war gemein, so zu denken, dessen war ich mir bewußt.

Denn ich hatte mich in dieser Stadt genauso zu Hause gefühlt; ich hatte das Spiel vorbehaltlos mitgespielt, rein aus dem Glücksgefühl heraus, das mir diese urplötzliche, unsterbliche, blinde Verliebtheit bescherte. Ein Spiel, das ohne den anderen nicht denkbar gewesen wäre. Es hatte sich nicht um Sabine und Jerusalem gedreht, sondern es war das Spiel zwischen ihr und mir gewesen, und ich hatte es genauso ekstatisch gespielt wie sie. Das sogenannte Spiel hatte sich wirklicher angefühlt als alles andere zuvor.

Die Offenbarung: Dieses Gefühl hatte nichts mit Kummer und Übel zu tun gehabt – den für mich bis dahin einzig möglichen Wahrheiten. Und die noch größere Besonderheit: Ich hatte mich nicht dafür geschämt.

Doch so genau ich das alles auch erkannt hatte, nach dieser einen Reise vor knapp siebzehn Jahren, ich war danach nie wieder dort gewesen. Mir grauste vor Jerusalem, das konnte ich mir nun erstmals eingestehen.

Aber nun mußte ich dorthin. Eine neue Rolle erwartete mich. Lisa Mandelbaum-Stern erwartete mich.

113

Daß da Menschen wohnen, dachte ich, daß da Häuser sind, Häuser mit Toiletten und Wasserleitungen, Fernsehern, Zentralheizung und Klimaanlage, in diesem uralten Gemäuer, auf diesem geschichtsträchtigen Boden. Im Zentrum von Jerusalem.

Ich hatte viel vergessen, und doch war so vieles genauso wie damals.

Der Lärm zum Beispiel, das eigenartig nervöse, dauernde Glockenläuten, das Rufen von Muezzins, das Schreien von Touristenführern. Und, nicht zu vergessen, die sogenannte Stille auf dem großen Platz vor der Klagemauer, die alles andere als still war angesichts der scharrenden Schrittchen und des Flüsterns und des *gebentsch* der gläubigen Juden mit ihren Pejot, ihren Tallit und ihren schwarzen Hüten, die einen gewöhnlichen Touristen auch unwillkürlich flüstern ließen. Man nahm dadurch alle Geräusche in einer anderen Lautstärke wahr, die Ohren derart geschärft, daß schließlich schon ein Huschen auf weichbesohlten Schuhen über das massive, poröse Gestein ohrenbetäubend laut erschien, ein störender Einbruch in etwas, das heilig war, weil dort einst ein Tempel zerstört worden war. Daß Stille sehr bewegt sein kann, das lernte man an der Klagemauer.

In den Straßen jenseits davon, dort, wo Lisa Mandelbaum-Stern wohnen mußte, waren die Stille und damit auch die Geräusche wieder ganz anders, intimer, klarer. Man kam sich dort wie in einem Museum vor – doch so beschützt man sich in dieser schönen Altstadt auch fühlte, ich wurde eine gewisse Schreckhaftigkeit nicht los. Ständig lauerte dort ein anderer Gott, hinter jeder Straßenbiegung.

Ein Kampf um die Wahrheit.

114

Lisa Mandelbaum wohnte dort in der Altstadt in der ersten restaurierten Häuserzeile südlich der Klagemauer, Häuser mit Steinwänden, die so dick und verwittert waren, daß sie Felsen glichen und kaum noch wie von Menschen gemacht aussahen. Ich fand ihre Haustür in dem Stein und daneben, über der bernsteinfarbenen Mesusa, eine kleine kupferne Klingel.

Sie war größer, als ich erwartet hatte, gerade und hager. Auch ihre Hände waren auffallend knochig und lang. Das dunkelgraue, krause Haar trug sie zu einem Knoten geschlungen, den sie mit einer länglichen Silberspange festgesteckt hatte. Sie hatte einen weiten dunkelblauen Overall an, der mit steifen weißen Flecken bedeckt war: Ton oder Farbe.

Von der Haustür an waren unzählige moderne Skulpturen entlang der Wand aufgestellt. Ich realisierte, daß sie die wahrscheinlich selbst gemacht hatte, ja, daß sie bis gerade eben noch an der Arbeit gewesen sein mußte. Ich hatte nicht gewußt, daß sie Bildhauerin war und noch so aktiv, also keineswegs vom Alter gezeichnet und lebensüberdrüssig, wie ich automatisch angenommen hatte. Sam hatte mir wenig über sie erzählt, und ich hatte ihn auch nicht viel gefragt.

Ich sprach ihr meine aufrichtige Bewunderung für die Arbeiten aus. Die Formen ihrer Skulpturen, die fast alle etwa Tischhöhe hatten, waren schlicht, aber nicht im Stil der modernen Kunst, die mir meistens prätentiös vorkam. Die unnötige Abstraktion von Details und vertrauten Formen irritiert mich. Gerade die Details, das schmückende Beiwerk, ist interessant, habe ich immer gefunden, nicht allein die nackte Struktur.

Aber das hier waren lebendig anzusehende Wesen, Menschen, kleine, dünne Menschen mit halb sichtbaren, freundlichen Gesichtern, unterschiedlich im Ausdruck, unterschiedlich in der Haltung. Eine eigenartige, ein wenig beängstigende Parade nicht lebender Menschen.

Ich versuchte mich ungesehen an ihnen vorbeizuschieben, als wären sie Freunde von ihr, mit denen sie mich nicht bekannt machte. Ich überlegte, daß es schwer sein mußte, so viele Menschen zu schaffen, ohne sich dabei zu wiederholen – bis ich begriff, wer alle diese Menschen waren.

115

»Nehmen Sie Platz«, sagte Lisa Mandelbaum mit eigentümlichem Akzent. Ich konnte hören, daß sie so gut wie nie mehr Niederländisch sprach. Ich stellte mich vor und wollte ihr erklären, weshalb ich hier war. Doch sie unterbrach mich, zu ungeduldig für Förmlichkeiten.

»Sie kennen Sam Zaidenweber?«

Eine überflüssige Frage, denn das hatte ich ihr schon erzählt, als ich mich mit ihr verabredet hatte.

Sie fragte, wie es Sam gehe, wo er lebe, was er mache, wodurch ich ihn kennengelernt hätte. Ich erzählte von seiner Karriere, seinen Filmen, seiner Frau, Los Angeles. Dann erst von seinem Buch, von dem ich ihr eine Manuskriptkopie mitgebracht hatte. Ich traute mich nicht, gleich auf die Vergangenheit zu sprechen zu kommen, schon gar nicht auf den Brief von vor fast zwanzig Jahren.

»Sie wissen, daß wir *lovers* waren, im Krieg«, sagte sie brüsk, ja, beinahe provozierend. »Sam war meine große Liebe, wissen Sie.«

Sie sah meine Verwirrung, legte sie jedoch falsch aus.

»Mein Mann ist vor fünf Jahren gestorben«, sagte sie. »Mit ihm habe ich gelebt, und mit ihm war ich glücklich. Er war mein Mann. Aber Sam habe ich nie vergessen. Sam war... Sam und ich hatten die Jugend, die Zukunft, die Unschuld – obwohl wir untergetaucht waren und es keine Zeit für Unschuld war... Sam konnte nach dem Krieg, nach dem KZ nie wieder der werden, der er gewesen war. Genau wie ich. Zuviel Elend. Zu viele Tote. Wir konnten nie wieder die werden, die wir gewesen waren, nie wieder das haben, was wir gehabt hatten. Das haben wir gleich eingesehen, wann war das noch? Sechsundvierzig? Als er nach Haifa kam.«

Ich schwieg. Das ging sogar mir zu schnell.

Hastig und laut (sie mußte ziemlich schwerhörig sein, begriff ich) erzählte sie mir von den seltsamen Tagen, die Sam und sie damals zusammen verbracht hatten. Daß ihnen einfach nicht die richtigen Worte hatten kommen wollen. Daß die Berührungen, nach denen sie sich so gesehnt hatten, nur zusätzliche Wunden schlugen, anstatt zu lindern und zu trösten.

»So etwas habe ich nie wieder erlebt: daß eine Berührung, selbst das sanfteste Streicheln, ein derartiges Gefühl von Schmerz und Abwehr auslöst. Es hat mir schon fast physisch weh getan, und ich mußte mich beinahe übergeben. Verzeihung. Und das, wo ich doch die ganzen Kriegsjahre über ununterbrochen an ihn gedacht und gehofft hatte, daß ich ihn wiedersehen würde.

Verstehen Sie mich nicht falsch: Das hatte nichts mit Abneigung zu tun, sondern das war ein Schmerz, den ich im Herzen trug, ein Schmerz, der durch seine Gegenwart aufgerührt wurde. Er empfand genauso wie ich, glaube ich. Das war ein Kummer, zu dem ich keinen Zugang hatte und den er, aufgrund seiner Person und aufgrund unseres Wiedersehens, wieder zum Leben erweckte. Aber gerade in jener Zeit damals wollte ich nichts als vergessen. Arbeiten, vergessen, leben, eine andere werden. Das Wiedererwecken der Lisa, die er kannte, brachte der Schutzhaut, mit der ich mich umgeben hatte, schmerzliche Risse bei. Der neuen Lisa. Verstehen Sie? Es ging einfach nicht. Komisch, nicht?« Und dann unvermittelt: »Sind Sie Jude?«

Sie sah mich scharf und zugleich auch scheu an. Kam ich aus einer anderen Welt oder nicht?

Ich nickte und schüttelte dann den Kopf.

»Mein Vater«, sagte ich.

»Handelt sein Buch vom Krieg, von uns?« fragte sie. »Sams Buch?«

Ich nickte erneut.

»Ist es gut?«

Wieder nickte ich.

»Es ist sehr gut«, sagte ich. »Aber es ist eine erschütternde Geschichte. Sie kennen sie. Sie waren dabei...«

»Na ja«, sagte sie. »Das kommt darauf an. Nur teilweise. In der allerschlimmsten Zeit waren wir nicht zusammen.«

Wir schwiegen beide.

»Sam fürchtet, daß sich Fehler eingeschlichen haben könnten«, sagte ich. »Daß das eine oder andere vielleicht nicht exakt ist. Würden Sie es bitte lesen?«

Sie sagte nichts. Dachte eine Weile nach.

»Das wird schwer...« sagte sie. »Ich weiß nicht, ob ich das möchte und ob ich das *kann*. Wieso sind eigentlich Sie zu mir gekommen? Das ist doch Sams Geschichte.«

»Weil ich Ihren Namen schon früher einmal gehört hatte.«

Ich behielt ihr Gesicht genau im Auge.

»Er war schon einmal in einer anderen Geschichte mit anderem Inhalt und anderen Schlußfolgerungen aufgetaucht«, fuhr ich fort. »Ich weiß, daß das kein Zufall sein kann, und wollte in Erfahrung bringen...«

Ich holte tief Luft. »Erinnern Sie sich noch, daß Sie Sam einmal einen Brief geschrieben haben, in dem es um Hans Fedders van Vliet ging?«

Der Name veränderte ihr Gesicht. Es verzog sich zu einer Grimasse.

Dann fragte sie: »Hat Sam Ihnen das erzählt?«

»Ja«, sagte ich.

Sie erhob sich und ging in den hinteren Teil des Zimmers, wo ein Arbeitstisch stand, auf dem ein Klumpen Ton lag.

»Würde es Ihnen etwas ausmachen, sich hierherzusetzen?« fragte sie. Sie machte sich die Hände naß und knetete und rollte den Klumpen zu einer Kugel, um dann in einem Anfall von Aggressivität mit den Daumen Dellen hineinzudrücken.

»Was meinen Sie wohl?« brach es dann aus ihr heraus. »Diese Frau, diese verschreckte, unglückliche Frau stand plötzlich hier vor der Tür! Einfach auf gut Glück bis nach Jerusalem gereist, mit Fotos, allen möglichen Fotos. Fragte, ob ich ihn kenne. Als ob ich das Gesicht nicht wiedererkennen würde! Unter Tausenden würde ich ihn wiedererkennen. Hans. Er hieß eigentlich Minne, aber wir nannten ihn Hans. Hans Fedders van Vliet. Sie wollte wissen, ob ich was mit ihm gehabt hätte, während ich dort untergetaucht war, ob ich ihn geliebt hätte! Geliebt, daß ich nicht lache! Nein, niemals, hab ich natürlich gerufen. Wie könnte man so einen Schuft lieben? So einen Verräter? Nie, nicht eine Sekunde, sagte ich. Da hat sie sich richtig gekrümmt, die Frau.

›Ist das Ihr Ernst?‹ fragte sie. ›Sie sagen doch die Wahrheit, oder?‹ – ›Ja, natürlich‹, hab ich ihr gleich versichert. ›Ich habe einen anderen geliebt. Hans war nur eifersüchtig. Und ich bin mir nicht mal sicher, ob nicht eher auf mich als auf ihn: auf Sam, den ich geliebt habe.‹ Die Frau war völlig durcheinander. Wollte wissen, wer Sam war, wie er mit Nachnamen hieß, ob ich wußte, wo er wohnte.«

»Können Sie beschreiben, wie Hans Fedders van Vliet aussah?« fragte ich.

»Hans? Blond, oder rotblond, würde man das wohl eher nennen. Rotblond gelockt. *Strawberryblond* sagt man, glaube ich, auf englisch. Durchsichtig blaue Augen. Groß.

Sehr groß. Gutaussehend. Das schon. Das genaue Gegenteil von Sam, wobei der auch nett aussah. Aber Sam war dunkler und kleiner und überhaupt nicht sportlich. Ich war größer als er.

Daß Hans vielleicht in Sam und in mich verliebt war, ist mir später öfter mal durch den Sinn gegangen, daß er etwas von uns haben wollte, was er selbst nicht haben konnte. Daß er eifersüchtig war, weil wir Juden waren und er nicht, irgend so etwas. Das ist natürlich Irrsinn, völlig abartig, aber so was gab's und gibt's! Aus Eifersucht hat er uns allesamt verraten. Sogar seine eigenen Eltern. Er hatte mir damit gedroht...«

Rhythmisch drückte sie mit den Händen den Ton weg, und die glatte, runde Form verlor ihre Einfachheit, als massierte sie Leben hinein. Ihre Stimme war ruhiger und tiefer geworden.

»Das habe ich ihr alles gesagt. Ich habe ihr erzählt, daß er versucht hat mich zu vergewaltigen. Der Schuft. Ich werde nie sein Gesicht vergessen, wie ängstlich er geguckt hat, wie verwundert über seine eigene Grausamkeit, wie beschämt und zugleich voller Triumph, daß er eine solche Macht über mich hatte. Ich bin mir sicher, daß er uns aus einem verqueren Schuldgefühl heraus verraten hat. Daß er Sam und mich haßte, weil er sich schuldig fühlte.

Aber das habe ich ihr natürlich nicht gleich alles auf die Nase gebunden. Ich sagte ihr nur, daß er wohl eifersüchtig gewesen sei und daß wir alle felsenfest davon überzeugt gewesen seien, daß er uns verraten habe. Außer ihm habe es auch keiner sein können. Auf dem Bauernhof habe uns kein Mensch sehen können. Es sei so gut wie nie jemand ins Haus gekommen, und wenn doch, dann habe man ihn schon kilometerweit kommen sehen.

›Ich wußte es‹, rief die Frau da. Wohl zehnmal rief sie: ›Ich wußte es, ich wußte es! Es ist also wahr! Es ist also wahr!‹ – ›Natürlich war es Hans‹, hab ich daraufhin gerufen. ›Mein Gott, was haben Sie denn gedacht?!‹

Die Frau war so schrecklich durcheinander. Ich hab sie gefragt, warum sie eigentlich gekommen sei, wer *sie* denn sei, wieso sie diese Fotos habe – ob sie ihn womöglich *kenne*. Aber das wollte sie mir alles nicht verraten. Er sei ein Freund, sagte sie, ein Freund, dem sie allmählich nicht mehr so recht getraut habe.«

116

Lisa Stern schien außer Atem zu sein. Sie ließ ihre Hände ruhen und blickte auf das Tongesicht, das sie anstarrte. Ich fragte, ob ich ihr etwas Wasser bringen solle. Sie winkte ab, trank dann aber doch gierig aus dem Glas, das ich ihr reichte.

Komischerweise empfand ich jetzt, da ich der Wahrheit so nahe war, eine große Ruhe, ja beinahe so etwas wie Glück. Ich steuerte auf Antworten zu, nach denen ich schon seit mehr als fünfzehn Jahren gesucht hatte. Nur hatte ich die Fragen nicht gekannt. Und mochten auch immer noch wichtige Bausteine für eine schlüssige Lösung fehlen, allein schon daß ich mich ihr annäherte, genügte mir in diesem Moment voll und ganz.

»Darf ich fragen, wie diese Frau aussah?« fragte ich. Ich

kannte die Antwort schon, bevor Lisa Stern überhaupt den Mund öffnete. Es paßte genau: Ende fünfzig, dunkelgraue, lange Haare, weiß, dunkle Augen, dichte Augenbrauen, hager...

»Das war alles höchst undurchsichtig«, sagte Lisa. »Ich wußte ja nicht mal, wer sie war. Wissen Sie, ich glaube nicht, daß sie einfach nur mit Hans befreundet war. Das habe ich unter anderem aus dem geschlossen, was sie sonst noch sagte und *wie* sie es sagte, mit dieser Heftigkeit, diesem Haß. Und welche Unmengen an Informationen sie zusammengetragen hatte. Sie war so wütend und so niedergeschmettert über die Erkenntnis, daß alles, was sie schon vermutet und gedacht hatte, tatsächlich stimmte... Nein, ich glaube, daß Hans Fedders van Vliet kein gewöhnlicher Freund von ihr war. Ich bin mir so gut wie sicher, daß sie mit ihm liiert war... Sie werden das vielleicht für verrückt halten, aber mich würde es nicht wundern, wenn er sogar ihr Mann war.«

Ich nickte.

»Und das war noch nicht alles«, fuhr sie langsam fort, während sie mich unverwandt ansah. »Sie wußte noch viel mehr. Ihr zufolge hat Hans Fedders van Vliet sich in den letzten Kriegsjahren zur Waffen-ss gemeldet. Dem sei sie nachgegangen, sagte sie, sie sei deswegen sogar nach Deutschland gereist. Sie sagte, er habe an der Ostfront gekämpft.«

Lisa hatte zu flüstern begonnen. »Verstehen Sie: Er hat weitergemacht. So hat er seinen Verrat vor sich selbst gerechtfertigt, denke ich: indem er eine Ideologie darüberstülpte. Das leuchtete mir sofort ein...«

117

Wir verstummten erneut. Mit meinem Glücksgefühl und meiner Ruhe war es vorbei. Ich wollte jetzt schnellstmöglich allein sein, denn ich konnte nicht mehr denken. Ich mußte jetzt allein sein, um zu mir zu kommen und mir über meine Empfindungen klar zu werden.

»Aber wenn er ihr Mann gewesen sein sollte, dann hätte sie doch wie er geheißen: Fedders van Vliet. Oder nicht?« fragte ich.

»O nein«, sagte Lisa. »Hatte ich das noch nicht erzählt? Nach dem Krieg hat Hans unter einem jüdischen Namen gelebt.« Sie lachte kurz auf, aber es war kein freudiges Lachen. »Wie konnte ich das vergessen? Und diese Frau hatte alle möglichen jüdischen Familien dieses Namens angeschrieben. Ich kann mich nicht mal an den Namen erinnern. Diamant? Eine der Familien hatte ihr ein Foto von jemandem mit genau demselben Namen gezeigt: Hans Diamant? Dieser Hans hatte auch in Sachsenhausen gesessen, zur selben Zeit. Alles stimmte mit der Erzählung von Hans Fedders van Vliet überein. Nur war der Mann nie aus Sachsenhausen rausgekommen.«

Lisa dachte offenbar das gleiche wie ich. Sie sagte: »Die Frage ist natürlich: Was ist mit *dem* Mann passiert... und auch darauf hatte die Frau eine Antwort.«

Wir verstummten abermals. Ich ließ das alles langsam auf mich einwirken. Lisa ließ ihre Hände ruhen, und nun sah ich mit einem Mal, wozu das wütende Drücken und Kneten geführt hatte. Mit einem Schock erkannte ich, wessen Kopf sie gemacht hatte.

»Und?« sagte sie, und ich sah, wie scharf, ja argwöhnisch sie mich fixierte. »Was wollten Sie eigentlich genau wissen? Kennen Sie Hans? Was hatten Sie denn nun gehört?«

Ich wandte mich kurz ab, wich ihrem Blick aus. Achtlos begannen ihre Hände die Formen aus dem vor ihr auf dem Tisch liegenden Kopf herauszumassieren.

»Ihn, Hans Fedders van Vliet, kenne ich kaum«, sagte ich langsam und wie abwesend.

Doch da sie ja nun keine Fremde mehr war, holte ich noch einmal tief Luft und sagte dann: »Aber ich denke, ich kenne seine Tochter.«

Dritter Teil

118

Es ist angenehm still in der Lounge des Frankfurter Hof, vornehme spätnachmittägliche Hotelstille, mit der sich selbst der nervöseste Mensch anfreunden könnte. Alles tipptopp. Alles unter Kontrolle. Was den Raum anbelangt, könnte es losgehen, aber die Menschen sind noch nicht so weit.

Sie gehen ein und aus, manche nippen versonnen an einem Drink, andere scheinen, dem Blick auf die Armbanduhr nach zu schließen, nur auf etwas zu warten. Es ist keine Essenszeit. Für das, was man jetzt zu sich nimmt, erfinden die Ober den Namen, den man gerade wünscht.

Sam ist soeben eingetroffen. Es hat einen kurzen Moment lang so ausgesehen, als würde er wegen gesundheitlicher Probleme nicht kommen können, doch Gott sei Dank hat sein Arzt im letzten Augenblick grünes Licht gegeben. Eilfertige Hotelpagen tragen ihm das Gepäck aufs Zimmer. Er logiert hier auf Kosten seines amerikanischen Verlegers. Vorher ist er eine Woche in Paris gewesen, bei alten Freunden; seinen Jetlag dürfte er also überwunden haben.

Nein, er möchte nicht duschen, er möchte nicht ruhen, er möchte hier in dieser Lounge auf der Stelle mit mir darauf anstoßen, daß heute sein Buch präsentiert wird, sagt er.

Aber erst einmal umarmt er mich herzlich. Und ich küsse ihn sachte auf sein altes Ohr. Wir setzen uns, bestellen Sekt.

Sam fällt das Gehen noch schwerer als beim letztenmal, vor wenigen Monaten, als sei er in der kurzen Zeit um viele Jahre gealtert. Etwas Todernstes geht von ihm aus.

Auf einem der weichen Sofas in der Lounge sitzend, heben wir einmütig die gefüllten Gläser. Auch ich bin festlich gestimmt.

Sam räuspert sich, versucht etwas zu sagen, kommt aber nicht über ein: »So...« hinaus.

Einen Moment lang sieht er hilflos, ja beinahe verlegen aus. Dann faßt er sich wieder: »Ehrlich gesagt, ist mir ein bißchen mulmig, Max. Ich hab noch nie wegen etwas, das ich ganz und gar allein gemacht habe, im Mittelpunkt des Interesses gestanden. Es ist so komisch, daß es bei alldem um mein Leben geht.«

Ich nicke, rede ihm gut zu, rühme sein Buch zum wiederholten Mal. Ich weiß inzwischen, daß es bei aller Eitelkeit wirklich schwierig für ihn ist.

Ich selbst bin müde, zufrieden, aber müde. Die eigentliche Arbeit ist getan. Die Präsentation ist noch ein kleiner, an die Außenwelt gerichteter Zusatz, aber viel kann jetzt nicht mehr schiefgehen. Ich habe in dem kleinen Saal, wo der Empfang stattfinden soll, gerade noch die Bücherstapel inspiziert, und alles sah gut aus.

Sam hat sein Buch noch nicht gesehen, aber über Umschlag und Gestaltung ist wochenlang eifrig mit ihm beraten worden. Er konnte sich nur schwer entscheiden. Am Ende fiel die Wahl auf eine Fotocollage. Nicht wirklich geschmacklos, aber ich hätte mir, ehrlich gesagt, etwas Subtileres gewünscht. Sam bestand jedoch auf dieser Version.

Wir haben zur Präsentation Leute aus der amerikanischen und deutschen Filmbranche eingeladen; es werden Autoren, Journalisten und Fotografen da sein, Sams amerikanischer Verleger und ich, sein niederländischer Verleger, amerikanische und niederländische Presse.

In den letzten Monaten ist auf Hochtouren gearbeitet worden, um das Buch rechtzeitig fertigzubekommen. Wir haben eine Historikerin und einschlägige Expertin engagiert, eine gute Freundin von Noor, die alle Fakten überprüft hat. Und das Manuskript wurde in kürzester Zeit ins Niederländische übersetzt. Die Übersetzung hat kaum mehr Zeit in Anspruch genommen als der amerikanische Verleger fürs Redigieren benötigte. Am Ende hat alles so gerade eben hingehauen. Die Frankfurter Buchmesse hat alle Beteiligten ziemlich unter Druck gesetzt und war offenbar auch allen gleichermaßen wichtig.

Mein Lektorat war Gott sei Dank von Sams Leistung beeindruckt. Sogar Jeroen, mein sonst so verknöcherter Vorgesetzter, sagte mir, daß er sich viel davon verspreche, auch von der Reihe über jüdische Emigranten – die ich übrigens nach wie vor im Auge habe. Was die sonstigen Reaktionen angeht, mache ich mir irgendwie keine Sorgen. Ich glaube, es geht mir mehr um die Sache selbst: darum, daß Sams Buch nun wirklich erscheint, in zwei Sprachen, und genau rechtzeitig für Frankfurt, wo wir uns kennengelernt haben. Unvorstellbar, was in einem Jahr so alles geschehen kann.

119

Nach meinem Besuch bei Lisa Stern in Jerusalem Ende Januar war ich wie gelähmt gewesen, konnte nur noch dumpf vor mich hin starren. Meine Wohnung kam mir fremd vor, ein kaltes Loch ohne Charakter. Und das war sie ja vielleicht auch, meine Drive-in-Wohnung in Buitenveldert. Früher hatte ich mich dort zu Hause gefühlt.

Ich wollte, nein, ich *mußte* in den Verlag, aber ich wußte, daß ich den Vorwürfen und Beschwerden im Zusammenhang mit meiner langen Abwesenheit nicht gewachsen war. Also blieb ich zu Hause. Ich bin kein Trinker, aber nun leerte ich innerhalb von drei Tagen zwölf Flaschen Wein.

Erst als ich sie am vierten Tag auf der Arbeitsfläche in der Küche stehen sah, seltsamerweise in schnurgerader Reihe, wurde mir bewußt, daß ich es gewesen war, der sie ausgetrunken hatte. Da war dann auch gleich Schluß damit. Ich bin zu nüchtern, um Alkoholiker zu werden.

Ich hätte, glaube ich, nie gedacht, daß man sich so lange am Stück so gleichbleibend geschockt fühlen kann. Oder wurde ich in so rasender Folge wieder und wieder geschockt, daß es einem Dauerzustand gleichkam?

Auf jeden Fall war es eine Marter.

Und als wenn mir das noch nicht gereicht hätte, begann ich in der fünften Nacht den zweiten Teil von Sams Buch zu lesen.

Wie ich schon vermutet hatte, handelte dieser zweite Teil von den Konzentrationslagern, in denen Sam anderthalb Jahre verbracht hatte. Westerbork, Theresienstadt, Auschwitz. Wo er seine Eltern verloren hatte. Wo er Lisa nicht hatte finden können. Wo Lisa ihre Eltern verloren hatte. Wo auch die Familie meines Vaters ermordet wurde.

Unerträgliche Informationen.

Das lag nicht nur an der Art, wie Sam es beschrieben hatte. Nein, jeder Satz, jedes Komma erinnerte mich daran: daß es dies war, was auf Sabines Gewissen lastete.

Und je mehr ich las, desto größer wurde meine Wut. Ich hatte Verständnis für die Tochter des Täters aufbringen wollen, aber was waren ihre Nöte im Vergleich zu dem, was ich hier zu lesen bekam. Wie pervers wurde alles, was sie mir erzählt hatte, wenn ich an den ehrfurchtgebietenden Ernst der Tränen meines Vaters und meiner Tante um deren Eltern dachte, die wegen nichts und wieder nichts ermordet worden waren. Sabines Geschichten über ihre Familie waren nichts als die armseligen, frechen Lügen des feigen Täters, der ihr Vater war; ihr Bedürfnis, sie wieder und wieder zu erzählen, nichts als ein obszönes Verlangen nach Schmerz und Authentizität. Mir war so hundeelend, daß es kaum noch etwas zur Sache tat, ob Sabine nun früher, als ich mit ihr zusammen gewesen war, schon Bescheid gewußt hatte oder nicht.

Nachdem ich Sams zweiten Teil gelesen hatte, war mir klar, daß ich sie vergessen mußte. Ich war beinahe froh, daß sie verschwunden war. Das half.

121

Sams Tochter rief an einem regnerischen Freitagabend im Juni an. Lisa Zaidenweber. Der Einfachheit halber hatte sie sich mit ihrem Mädchennamen gemeldet, aber die Namenkombination kam mir derart bekannt vor, daß mir gar nicht gleich aufging, daß ich sie *nicht* kannte. Ihre Stimme war hoch und süß und sehr amerikanisch.

»Mein Vater hat mich gebeten, dich anzurufen«, sagte sie. »Du kannst dir sicher denken, weshalb. Es geht um meine Mama.« (*Mum*, sagte sie.) »Sie hat gestern abend einen weiteren Schlaganfall gehabt. Nein, diesmal nicht – sie hat es nicht überlebt.«

Wir schwiegen einen Moment, ein wenig betreten, da wir uns ja trotz der indirekten Verbindung zueinander eigentlich gar nicht kannten – eine kleine, leere Stille ohne Ausdruck.

»*Dad* wollte, daß du es erfährst...«

Sie legte etwas in ihre Stimme, das mir wohl die Beruhigung vermitteln sollte, sie sei lediglich die Überbringerin der Nachricht. Oder vielleicht war sie ja auch eine von diesen dominanten Frauen, die ihre Gefühle nicht zulassen können, wie man so schön sagt.

Lisa Zaidenweber. Ich hatte Fotos von ihr gesehen. Als pummeliges kleines Mädchen mit blonden Haaren. Als draller blonder Teenager in der absurden Gelehrtenrobe mitsamt der quadratischen Kopfbedeckung, die man in Amerika tragen mußte, wenn man seinen Schulabschluß machte. Ihr Name machte mich traurig – ich fragte mich, ob Anna wohl bei Lisas Geburt schon gewußt hatte, woher der Name stammte, für den höchstwahrscheinlich Sam plädiert hatte.

Keiner so fremd wie ein Blutsverwandter, ein Kind von jemandem, den man gut kennt. Über den man sich aus ebenso gerührter wie besorgter Quelle alles mögliche hat anhören müssen. (»Liz war als Fünfzehnjährige ein richtiger Teufel! Rauchen, Trinken, Drogen... Ein Sorgenkind. Später hat sie Männer verschlungen.«)

So jemand mußte in der Realität fast zwangsläufig enttäuschen.

Einen klitzekleinen Moment lang wünschte ich mir, ich hätte mit all dem nichts zu tun. Aber mir war natürlich klar, daß ich zur Beerdigung rüberfliegen mußte. Das war ich Sam schuldig, fand ich.

»Okay, Max. Das wird Sam dir hoch anrechnen.«

»Wiedersehen, Lisa, und alles Gute. Ruf mich an, wenn ich noch irgend etwas tun kann...«

122

Als ich am Flughafen LAX nach einem Taxi Ausschau hielt, war ich sofort wieder verführt vom Duft dieser Stadt. Zu Hause war ich hier zwar nicht, aber es fühlte sich doch verdächtig nach einem angenehm unpersönlichen Zufluchtsort an, an dem ich mich wieder mal für kurze Zeit unsichtbar machen konnte. Die Hitze durchströmte meinen Leib, als hätte keine sechsmonatige Unterbrechung dazwischengelegen. Die Hitze und das Licht: Sie hatten unaufhörlich weiter gebrannt, ob ich nun da war oder nicht. Es kränkte mich nicht, sondern beruhigte mich eher, und ich konnte gar nicht anders als mich dem hinzugeben.

Sams Haus stand offen. Es hatte etwas Unvorstellbares, daß er nicht jeden Moment als der selbstbewußte, spottlustige Gentleman in der Tür erscheinen würde, Annas Arm um seine Mitte. Ich empfand mit aller Schärfe, wie sehr diese Zeit vorbei war.

Drinnen war es gerammelt voll, eine befremdliche Menge vorwiegend älterer Leute, die mich abschreckte. Ich hatte es eilig, das ganze Haus zu durchforsten, alles zu durchkämmen, um Gewißheit zu haben, alles, alles nur um der Gewißheit willen. Alle vierhundert geladenen Gäste nahm ich so genau ins Visier, daß es mir – wahrscheinlich als einzigem – sofort auffiel, wenn jemand ging.

Sam schien in dem halben Jahr ein steinalter Mann geworden zu sein. Das hatte irgendwie mit seiner Haltung zu tun. Und später registrierte ich auch, daß seine Kleidung nicht mehr so gepflegt aussah, wenn ich auch nicht gerade Flecken entdecken konnte. Aber Kragen und Manschetten waren schmuddlig, und auch die ungeputzten Schuhe stachen mir ins Auge sowie der wuchernde Haarwuchs in Ohren und Nase. Sein Gesicht war eingefallen und fleckig, sein Hals schien den Kopf nur noch mit Mühe tragen zu können.

Aber erst seine Augen, die Augen eines scheinbar Blinden, verrieten mir wirklich, wie es um ihn stand. Er guckte gar nicht. Er suchte sein Heil offenbar nicht mehr in der Außenwelt, sondern in einem Universum im Innern, das Gegenwart und Zukunft aussperrte.

Vor der Trauerfeier, zu Hause, wo Freunde und Angehörige zusammengekommen waren, um Abschied zu nehmen, hatte es kaum den Anschein, als freue er sich, mich zu sehen. Es war etwas Abwesendes in seinem Verhalten. Zweimal verwechselte er mich mit seinem Sohn Ben, dem ich hier zum erstenmal begegnete.

Ben war hager und nervös, rein äußerlich ein Ebenbild seines Vaters, ansonsten aber ganz anders geartet. Das wurde in der Unterhaltung mit ihm sofort deutlich. Er redete in einem fort über Preise: wie unbezahlbar Computer und andere Geräte seien, mit denen er seinen Betrieb aufzurüsten versuchte. Die Betonung seiner Klagen legte die Vermutung nahe, daß ich hier einen erbosten Sohn vor mir hatte, der glaubte, ein Anrecht auf die Unterstützung eines Papas zu haben, welcher früher allzuoft nicht zu Hause gewesen war und außerdem das nötige Geld besaß.

Ben lachte laut und oft, auch an diesem traurigen Tag, doch sein hageres Gesicht stand dabei derart unter Spannung, daß man bei jeder Entladung fürchten mußte, es könnte zerreißen.

Sams Tochter Lisa war eine üppige Blondine, gekleidet in frisches und korrektes Marineblau mit Weiß. Genau ihre Mutter, nur eben jünger und noch ohne technische Eingriffe.

Sie umarmte mich so innig, wie ich es bereits befürchtet hatte, wobei ihr Gebaren etwas Theatralisches und Schmeichlerisches hatte. Ihr Mann Hank, Schnurrbartträger, sah stoisch und ziemlich militant aus. Sein Händedruck war korrekt und unpersönlich.

Anna selbst fand kaum Erwähnung, als scheue man sich, nun, da sie sang- und klanglos und ein für allemal aufgehört hatte zu existieren, noch auf ihr im letzten halben Jahr in so beängstigender Weise verändertes Äußeres zu sprechen zu kommen. Außerdem nahm ich an, daß ihre Kinder ihr wohl nur in den allerletzten Wochen zur Seite gestanden hatten, zuwenig jedenfalls, als daß sie jetzt ganz ohne Schuldgefühle dagestanden hätten. Ich konnte für keinen von beiden viel Sympathie aufbringen, obwohl sich vor allem Lisa sehr um mich bemühte.

Sam kümmerten seine Kinder nicht mehr als die übrigen Gäste, fiel mir auf, doch er ließ sich gefügig von ihnen zum Wagen hinausgeleiten, und auch im Krematorium ging er am Arm seiner Tochter, wie ein Blinder, mit tastenden Schrittchen. Sprechen sah ich ihn kaum. Er war wie ein alter Mann aus einer anderen Welt.

123

Während der Trauerfeier blieb ich hinten stehen. Erst im Anschluß daran ging ich auf Sam zu. Die plötzliche Freude in seinem Gesicht, als er mich wie zum erstenmal an diesem Tag sah, ging mir unerwartet nahe. Er umarmte mich und klopfte mir heftig auf den Rücken, als müßte ich getröstet werden und nicht er. Ja, so war er. Ich erkannte ihn wieder.

Seine Trauer war aufrichtig. Anna war – wohl im Gegensatz zu Sabine – kein Bonbon für sein eitles altes Herz gewesen, sondern seine Frau: diejenige, dank derer er in der Lage gewesen war, Studios zu leiten und Oscars einzuheimsen – sein Leben. Trotz allem hatte er sie geliebt, davon war ich überzeugt. Sam war und blieb ein treuer jüdischer Mann, mochte er auch noch so selbstverliebt und daher so empfänglich für den Lichtblick in seinem Leben gewesen sein, den Sabine für ihn dargestellt haben mußte.

Ich überlegte mir, daß Anna und Sabine für Sam schließlich unauflöslich miteinander verknüpft gewesen sein mußten. Sabine hatte seine Ehe mit Anna bestimmt genausosehr zusammengehalten, wie sie sie in Mitleidenschaft zog. Annas Erkrankung hatte ihn gezwungen, sich von Sabine zu lösen, so daß er endlich alt und treu werden konnte.

Ich wußte, daß er mich jetzt ohne Groll als Verbündeten betrachten konnte: beide allein. Höchstwahrscheinlich wurde Sabines Verschwinden für Sam erst jetzt real – so wie ihm die liebevolle Förderung durch Anna in all den Jahren wohl erst jetzt bewußt wurde. Waren alle Männer so begriffsstutzig, fragte ich mich. Und war Gefühlsopportunismus ein männliches Phänomen?

Der eigentliche Verlierer war im Grunde ich, da ich noch so viel Zeit vor mir hatte. Sam hatte aber auch immer Massel! Er war alt. Ich dagegen stand vor einem Kahlschlag, mit dem ich nicht zu Rande kam.

Ich hatte nichts als meine Wut. Und selbst die begann zu verrauchen.

124

Ich war noch auf einem der lederbezogenen Chromstühle im hinteren Teil des Saals sitzen geblieben, während sich die anderen schon nach draußen begaben. Da setzte sich jemand neben mich. Es war Lisa. Lisa Miller-Zaidenweber. Ihr Gesicht war rot angelaufen und ein wenig verquollen.

»Ach, Max, ich bin so froh, daß ich dich kennengelernt habe!« sagte sie. »Ich wollte dir noch sagen: Es ist so schrecklich, daß das ausgerechnet in dem Moment passieren mußte, mit Mamas erstem Schlaganfall. Gerade als wir so wahnsinnig froh waren über dich und Sabine, Mama und ich.«

Sie sah mich mit vertraulich zugekniffenen Äuglein an.

»Ich halte es hier nicht so gut aus, verstehst du? In L.A. All die Lügen, ich konnte das nicht ertragen. Ich komme schon lange nicht mehr her. Na ja, außer manchmal zu Thanksgiving. Mama kam meistens zu uns. Zu meinem Vater habe ich kaum noch Kontakt, schon seit Jahren nicht mehr.«

Das wußte ich, aber ich hatte es mit einer natürlichen Entfremdung in Zusammenhang gebracht ... Unterschiedlichen Temperamenten ... War ich so kurzsichtig? Hatte Sam einen schlechten Vater abgegeben? Ja, natürlich hatte er.

»Wie lange schon?« fragte ich zaghaft.

Ich wußte nicht, ob mir nach den nuancierten, langen Antworten war, zu denen sie aufgelegt zu sein schien. Nach den genauen Jahreszahlen.

Doch sie faßte sich kurz.

»Ach, schon so lange. Fünfzehn, sechzehn Jahre?« sagte sie. »Wenn dein Vater in eine andere als deine Mutter verliebt ist, ist das doch genauso, als betrüge er dich auch, nicht? Du fühlst dich verraten und betrogen, auch wenn du nicht mit dem Mann verheiratet bist, sondern von ihm gezeugt wurdest. Ich habe meinen Vater vergöttert, als er noch der richtige Mann meiner Mutter war. Danach habe ich ihn nicht mehr gekannt.«

Ihr Gefühl war präzise und zutreffend, registrierte ich plötzlich. Die Qualität von Gefühlen: die lag in der Präzision, in der Konzentriertheit. Mit einem Mal mochte ich sie.

»War es denn so eine sichtbare, öffentliche Affäre?« marterte ich mich mal wieder selbst.

»Das kann ich nicht mal behaupten. Sie half ihm, glaube ich, sie hörte ihm zu, sie war bei der Arbeit immer mit ihm zusammen. Aber für mich steht auf alle Fälle fest, daß sie bei weitem mehr war als nur seine persönliche Assistentin.«

Sie fuhr fort: »Ich konnte das wirklich nicht mit ansehen, zumal er schon immer durch Abwesenheit geglänzt hatte, immer nur Arbeit, Arbeit, Arbeit.«

»Kennst du Sabine?«

»Nein, o nein. Ich wollte sie auch gar nicht kennenlernen. Es machte mich ganz krank, wie sie sich auf ihn auswirkte: diese aufgesetzte Munterkeit, dieses eitle Getue. Und auch, daß plötzlich nur noch vom Krieg die Rede war, dauernd dieser Krieg. Filme mußten darüber gedreht werden – er sprach mit Überlebenden, warf mit Daten, Fakten, neuen Erkenntnissen um sich. Alles schön und gut, aber von dem Krieg, den er selbst mitgemacht hatte, wußten *wir* nicht das geringste, *uns* hat er nie ein Sterbenswörtchen erzählt. Sie bekam alles zu hören, aber uns enthielt er die wahre Geschichte vor. Er dachte offenbar, daß wir, seine amerikanischen Kinder, zu oberflächlich seien, um es zu begreifen. Ich habe ihn bestimmt hundertmal darauf angesprochen, aber er hat immer nur abgewinkt, ist ärgerlich geworden. Da bin ich weggegangen.«

Ich wollte ihr sagen, daß Sams Memoiren herauskommen

würden. Daß er sie und Ben bestimmt nur habe schonen wollen. Aber ich schwieg. Ich drang nicht weiter in sie, und zum Glück sagte auch sie nichts mehr.

Meine große Liebe hatte eine ziemliche Spur der Zerstörung hinter sich gezogen, mußte ich mit einiger Bitterkeit feststellen.

Lisa hatte doch noch nicht alles gesagt. »Deshalb war Mama so froh über dich – endlich war wieder alles im Lot. Du warst gleich so etwas wie ein Sohn für sie, weißt du. Mama war eigentlich so einfach, so gut im Glücklichsein, und sie hat so wenig Gelegenheit dazu bekommen.«

Ein Sohn? Von Anna? Ich hatte Lisa unterschätzt. Lisa ließ ihre Gefühle nicht nur zu, sondern war damit im Einklang.

»Ich bin angenehm überrascht, daß Sabine nicht hierhergekommen ist. Das wäre ja der Gipfel gewesen! Obwohl Papa dann wahrscheinlich aufgeblüht wäre. Aber na ja...«

»Sabine ist weg«, sagte ich, »sie ist verschwunden. Wußtest du das nicht? Schon seit geraumer Zeit. Wir glauben sogar... ich glaube... daß sie nie wiederkommt.«

Lisa sah mich völlig perplex an. Dann begann sie mir ermunternd zuzunicken, die Augen weit aufgerissen, als könne sie damit die Chance auf weitere Informationen erhöhen.

»Ja, sie ist weg«, sagte ich.

Mehr wollte ich nicht sagen. Mehr würde ich nicht sagen. Was Sam nicht wußte, durfte auch Lisa nicht erfahren.

Sie nahm meine Hand. Die ihre war erstaunlich warm und weich. Zu meiner eigenen Verblüffung fühlte ich Tränen über meine Wangen laufen. Lisa streichelte meine Hand, und als ich aufblickte, sah ich, daß sie ebenfalls weinte. Wir waren ganz allein in dem kleinen Saal zurückgeblieben.

Der Kuß dauerte nur einen Augenblick: eigenartig sanft und tröstend.

Da erst begriff ich, daß das Ganze noch immer nicht vorüber war.

125

Am nächsten Tag bin ich abgereist, so gern ich auch in der Hitze von L. A. geblieben, ein anderer geworden, zur Besinnung gekommen wäre.

Ich konnte es mir nicht erlauben, noch länger wegzubleiben. Vom Verlag. Von Sams Buch. Von einem Leben, das ich aufrechtzuerhalten hatte.

Im Flugzeug faßte ich endlich einen Entschluß.

126

»Frau Edelstein?«

Um mich hereinlassen zu können, beförderte die resolute junge Frau ein Kinderfahrrad vor dem Eingang zur Seite.

»Die alte Frau Edelstein? Die wohnt jetzt in Steenhuis, in einem Pflegeheim, glaube ich. Wir wohnen erst zwei Jahre hier. Die Papiere liegen oben. Ich hab bestimmt eine Adresse. Kommen Sie rein.«

Nichts erinnerte mehr an das düstere alte Haus von damals. Überall nur helles Kiefern- und Buchenholz, bunte Teppiche, Kinderspielzeug, IKEA-Accessoires.

Linkisch blieb ich im Wohnzimmer stehen. Es war still im Haus, die Kinder mußten in der Schule oder im Kindergarten sein. Keine Uhren. Im Edelstein-Haus hatten gleich mehrere auf einem Fleck gestanden.

Die Frau kam mit Adresse und Telefonnummer eines Pflegeheims von oben herunter. Ich bedankte mich umständlich und stolperte beim Hinausgehen beinahe noch über das kleine Fahrrad. Spürte, daß sie mir hinterhersah.

127

»Edelstein? Sagt mir nichts.«

Die Schwester hatte einen starken Drenter Akzent.

»Wir haben hier keine Frau Edelstein. Sie müssen sich irren.«

»Sind Sie sicher? Esther Edelstein. Sie muß hier wohnen. Sie kommt aus Vorden. Sehen Sie doch bitte noch einmal nach.«

»Aber Herr Lipschitz, ich kenne hier jeden einzelnen. Vor zwei Jahren hergezogen, sagen Sie? Ich könnte mal nachsehen, vielleicht unter einem anderen Namen. Esther, Esther...«

Es dauerte eine kleine Weile.

»Frau van Hall heißt Esther. Und die wohnt auch seit zwei Jahren hier. Aber die werden Sie wohl nicht meinen. Ich glaube auch nicht, daß – na ja, Sie können es ja mal versuchen...«

»Was meinen Sie?«

»Mit Frau van Hall kann man sich kaum noch unterhalten, das ist ziemlich mühselig. Aber kommen Sie doch mal eben mit, dann können Sie ja selbst sehen. Sie hat lichte Momente, sag ich mal...«

128

In einem kleinen, kärglich eingerichteten Zimmer saß eine alte Frau mit langen grauen Haaren. Daß sie es sein mußte, verriet sofort das Foto von Sabine an der Wand. Sabine konnte auf dem Bild nicht älter als fünfzehn sein, rundlicher als bei unserer letzten Begegnung, dunkle Augen, kürzeres Haar. Das veränderliche Gesicht, damals noch so arglos und gesund.

Im Zimmer stand ein großes Bücherregal. Martin Gilbert sah ich darin stehen, Helen Epstein, Hannah Arendt... Der Fernseher lief. Wie grau sie geworden war, eine weißgraue, spindeldürre Gestalt. Trotzdem erkannte ich sie wieder. Esther van Hall: Das mußte ihr Mädchenname sein. Sie sah mich scharf an, schien mich aber nicht zu erkennen. Die Hand, die ich ihr hinstreckte, ignorierte sie.

»Esther?« fragte ich.

Ganz kurz blitzten ihre Augen auf, dann schwenkten sie ab, starrten auf einen Punkt neben mir.

»Esther? Ich bin es, Max Lipschitz, der Freund von Sabine!?«

»Sabine? Wo ist Sabine?«

Ihre Stimme war unerwartet tief.

»Nicht hier. Ich bin es, Max, ich bin Ihretwegen gekommen. Frau Edelstein?«

»Edelstein existiert nicht mehr«, flüsterte sie.

»Was ist mit ihm geschehen?« fragte ich behutsam.

»Edelstein ist tot, Edelstein wurde ermordet, tot ist er!« Sie sagte es mit lauter Stimme.

»Edelstein war Jude!« fügte sie hinzu.

»Wer hat ihn ermordet?« fragte ich.

Sie schwieg.

»Esther?« hakte ich nach.

Sie sagte nichts. Sie blickte immer noch auf diesen entfernten Punkt neben mir.

»Ich bin bei Lisa Stern gewesen.«

Sie ging nicht darauf ein, starrte aber plötzlich mit geweiteten Augen auf meinen Mund. Sie erhob sich, richtete sich kerzengerade auf.

»Ich war bei Lisa Stern, Esther«, versuchte ich es noch einmal.

»Ja, ja!! Das weiß ich jetzt!« sagte sie. Sie schüttelte ihre Faust.

»Daß er ein Mörder ist, ein Mörder! Ein dreckiger Verräter! Das weiß ich ja jetzt!« wiederholte sie, nun schreiend.

Eine Schwester kam herein und sah mißtrauisch von mir zu ihr.

»Alles in Ordnung?« fragte sie. »Wollen Sie sich nicht hinsetzen, Frau van Hall?«

»Zisch ab«, sagte Esther flapsig.

Die Schwester ging kopfschüttelnd hinaus. Esther bedachte mich mit einem verschwörerischen Blick. Ich fragte mich unvermittelt, ob sie wohl wirklich so irre war, wie sie sich gab.

»Sie stehen vor der Tür«, sagte sie. »Sie lauschen. Guck mal nach!«

Ich sah auf den Gang hinaus. Da war niemand. Ich ging ins Zimmer zurück.

»Esther? Sam Zaidenweber hat seine Memoiren geschrieben.«

Ihre blaßblauen Augen sahen mich jetzt ganz direkt an.

»Max«, sagte sie. »Bist du das wirklich, Max?«

»Ja, Esther. Wie geht es dir?«

»Mein Gott, Max, suchst du sie immer noch?«

»Ja, Esther, ich suche sie. Ich suche sie wieder. Weißt du, wo sie ist?«

»Armer Max. Sabine kommt nie mehr wieder...«

Sie brach in Tränen aus.

»Laß sie doch in Ruhe, Max. Ich habe sie schon so lange nicht mehr gesehen.«

»Ja, aber...«

Ich erfaßte, daß ich so nicht weiterkam.

»Wer war Edelstein?« fragte ich daher.

Ihr Blick wurde immer klarer, auch ihre Stimme klang jetzt höher und normaler.

»Max«, sagte sie, »kann ich dir vertrauen? Bist du wirklich bei Lisa Stern gewesen?«

Ich nickte. Esther fixierte mich. Dann holte sie tief Luft.

»Dann weißt du es also.«

»Ja«, sagte ich.

»Es tut mir leid, Max. Daß ich dir nicht früher schon etwas – es ging einfach nicht...«

»Ich verstehe«, sagte ich zu meiner eigenen Verwunderung.

»Hans Edelstein ist tot. Er wurde in Sachsenhausen ermordet, von Minne van Vliet. Minne Fedders van Vliet. Dem Mann, den ich geliebt habe, meinem Mann. Der saß auch dort, Gott weiß, warum, er hat wohl sogar die Moffen hintergangen. Ich habe ihn geliebt, Max, weißt du. Ich war verliebt in ihn! Dafür konnte ich doch nichts! In den Falschen verliebt zu sein, wie erklärt man das? Das war etwas Körperliches, wie eine unheilbare Krankheit, die dazu führte, daß ich es nicht wahrhaben *wollte*. Er war kein Unmensch, er konnte unendlich liebevoll und zärtlich sein; er war ein Gelehrter, ein Mann, vor dem man Respekt haben konnte. Aber ich hatte schon so meine Vermutungen, die ganzen Jahre; das stimmte alles nicht. Der Ausweis, der stimmte nicht. Aber erst im Zusammenhang mit dieser Frau, dieser Hure, mit der er sich abgab, bin ich dem Ganzen dann nachgegangen. Da erst hatte ich die nötige Kraft und die nötige Wut...«

Sie brach erneut in Tränen aus. »Er hat mit den Nazis kollaboriert, weißt du. Keiner weiß davon. Ich habe es nie jemandem erzählt. Angefangen hat es mit diesem Verrat. Er wollte nicht so sein, davon bin ich überzeugt. Aber er ist dazu geworden! Er war so unglücklich – nach dem Tod von seinem Bruder: einem Widerstandshelden, der an irgendeiner Krankheit gestorben war. Er hat alle diese Menschen aus Beschämung verraten, aus einem Schuldgefühl heraus, weil er einfach nicht damit zurechtkam. Das war der Anfang. Und danach hat er sich die Ideen zurechtgelegt, die dann alles weitere nach sich zogen. Er war...«

Sie verstummte.

Ich nahm meinen Mut zusammen. »Und Sabine? Wußte Sabine davon?« fragte ich.

Sie sah mich erstaunt an.

»Sabine wußte nichts, gar nichts. Sabine dachte, daß Hans – sie wußte nur das, was ich ihr immer erzählt hatte. Als ich es auch noch nicht wußte. Als ich nur ahnte, daß irgend etwas nicht stimmte. Er war zu schweigsam. Seine Geschichte so kurz, so merkwürdig. Ich schmückte sie aus, machte sie ein wenig menschlicher, versuchte sie zu verstehen – Sabine zuliebe eigentlich. Aber als er dann mit dieser Schlampe – ich war so fertig. Da bin ich aktiv geworden, hab alles untersucht, alles sollte an den Tag. Nach Antwerpen bin ich gefahren, zu Juri Edelstein. Ich war bei Lisa Stern. In Yad Vashem in Jerusalem. Ich bin nach Deutschland gereist, nach Berlin, hab dort Archive eingesehen. Hab das Kriegsarchiv vom RIOD in Amsterdam durchforstet. Fast ein Jahr hat mich das alles gekostet. Das war auch so schwierig, weil ich ja nicht wollte, daß er oder auch Sabine etwas mitbekamen, ehe ich Gewißheit hatte. Alles an den Tag gebracht hatte. Erst als ich keinerlei Zweifel mehr hatte, hab ich's ihm gesagt. Er ist sofort gegangen. Und danach hab ich sie angerufen. Meine Tochter. Nur Sabine wollte ich meine Schande anvertrauen, die Bausteine meines gescheiterten Lebens, meiner gescheiterten Liebe, die ich ausgegraben hatte. ›Komm mal nach Hause‹, habe ich gesagt. ›Ich weiß, wer dein Vater ist.‹ Sie dachte, ich sei verrückt geworden, und hat so lange gebohrt, bis sie schon gleich am Telefon die ganze Geschichte aus mir herausbekommen hatte.

Ein paar Stunden später kam sie dann mit ihrem ganzen

Sack und Pack zu mir. Da hab ich ihr alles noch einmal erzählt und ihr auch alles gezeigt. Das Foto von Hans Edelstein, die Papiere von Hans' Verurteilung. Ich habe ihr das Band von Lisa Sterns Geschichte vorgespielt. Aber Sabine wollte mir immer noch nicht glauben. Sie wollte es aus *seinem* Mund hören, sagte sie.«

»War das an einem normalen Wochentag, Esther? Was für ein Tag war das?«

Sie schien mich nicht zu hören. Was tat das auch schon zur Sache?

»Sie vergötterte ihn«, sagte sie. »Sie hat ihren Vater abgöttisch geliebt. Und ich *sie*. Deshalb konnte ich es auch nicht ertragen, daß sie sich so sträubte. Sie blieb eisern dabei, daß sie mir nicht glaubte! Klar, daß sie mir nicht glauben wollte!«

Sie rieb sich wie ein kleines Kind mit beiden Fäusten in den Augen, um einen neuen Tränenstrom zu unterbinden.

»Aber du weißt doch ganz genau, daß sie dir geglaubt hat«, sagte ich. »Sie hat dir sofort geglaubt. Sonst hätte sie doch nicht ihre ganzen Siebensachen mitgebracht, oder?«

Sie hielt einen Moment inne und nickte dann. »Was hätte ich denn tun sollen?« sagte sie weinend. »Hätte ich es ihr verschweigen sollen?«

Ich fragte: »Hat sie ihren Vater gefunden?«

»O ja, sicher«, sagte sie. »Sie läßt nicht so schnell locker. So war sie schon immer, genau wie ich. Sie hat mit ihm gesprochen. Klar. Er hat alles abgestritten. Und gerade dadurch ist ihr, glaube ich, plötzlich klargeworden, daß sie längst wußte, wie wahr das Ganze war. Daß sie sein Geständnis eigentlich schon nicht mehr brauchte. Und von da an hat sie so getan, als sei er tot.

Er ist nach Südamerika gegangen, hat er mich noch wissen lassen. Ich glaube, er hatte Angst vor Vergeltungsmaßnahmen. Ich habe auch erwogen, einen Haftbefehl für ihn zu erwirken, aber den Gedanken habe ich schnell wieder fallenlassen. Ich wollte das nicht, Sabines wegen. Er war weg, und dabei sollte es bleiben. Sie ist gleich danach nach Amerika gegangen. Wieso, wollte sie nicht sagen...

Im Grunde haßt sie mich, Max. Weil sie geboren wurde, weil ich ihn geliebt habe, weil ich sie angelogen habe, weil ich nicht schon früher... Deswegen ist sie auch in Los Angeles geblieben. Sie wollte gar nicht mehr zurück.«

»Aber du hast sie doch noch gesprochen, oder?«

Sie sah mich hilflos an.

»Sie ruft mich hin und wieder an«, sagte sie. »Einmal bin ich auch bei ihr gewesen, im Sommer 1990. Da haben wir endlich miteinander geredet. Aber zurückkommen wollte sie trotzdem nicht.«

»Wann hast du das letzte Mal mit ihr gesprochen?«

Einen Moment guckte sie ganz verschreckt. Fürchtete wohl ihre eigene Vergeßlichkeit.

»Mein Gott, das weiß ich nicht mehr. Vorige Woche? Vorigen Monat? Ich weiß es nicht.«

»Hat sie gesagt, wo sie ist?«

»Wo? Nein, darüber hat sie nichts gesagt. Ihr ist doch nichts zugestoßen?«

»Esther? Sagt dir der Name Sam Zaidenweber etwas?«

Sie nickte, zweimal. Ich sah, wie erschöpft sie war.

Aber ich konnte mich nicht mehr bremsen.

»Zaidenweber hat die ganze Geschichte aufgeschrieben, Esther. Es ist ein Buch geworden. Es kommt in diesem Herbst heraus.«

Verstört sah sie mich an. Sie faßte meine Hand.

»Sam Zaidenweber hat sein Buch deiner Tochter gewidmet, Esther.«

Wieder rannen ihr Tränen übers Gesicht.

»Max?« flüsterte sie. »Würdest du mich bitte mal in den Arm nehmen?«

129

Nach dem Besuch bei Esther war meine Wut verraucht.

Aber irgend etwas saß mir immer noch quer. Ich glaube, ich fühlte mich einem solchen Maß an Scham und Schuld nicht gewachsen. Ohne daß Sabine mir die Hand reichte, würde diese Hürde nicht so ohne weiteres zu überspringen sein, redete ich mir ein.

Ich hatte noch so viele Fragen. Wie konnte ich herausfinden, was Sabine für Sam empfunden hatte, nach ihrer getreuen Pfadfinderarbeit, ihrer *Vatersuche*, ihrem tieftraurigen, wohlüberlegten *Opfer*? War sie Florence Nightingale, Maria Magdalena oder die Heilige Susanna? Alle drei in einer Person? Deckten sich die drei in diesem Fall?

Ich bezweifelte, daß ich das je ganz in Erfahrung bringen würde. Selbst die befriedigendsten Antworten auf die dringlichsten Fragen sind manchmal nicht genug.

Sam findet große Beachtung und genießt das, würde ich sagen, obwohl er sich immer wieder in einem bescheidenen, gefühlsbetonten Tenor äußert: »Ich schreibe nicht des Erfolgs wegen, sondern im Interesse der Kinder von heute, weil ich etwas an sie weitergeben möchte, eine Lehre für die Zukunft. Wer ich bin, spielt für diese Geschichte keine Rolle. Diese Geschichte erzählt, daß der Drang des Menschen zu überleben, ja, überhaupt zu leben, von größerem Wert ist und stärker sein kann als die schlimmsten, brutalsten Auswüchse des Bösen...«

Es ist spät, der Frankfurter Hof gleicht einem Tollhaus. Die Lounge mit der Bar in der Mitte quillt über von rauchenden und trinkenden Bücherfreunden, es herrscht eine Bullenhitze. Sam sieht blaß und zerbrechlich aus; er braucht Schlaf, finde ich, und ich selbst möchte auch ins Bett. Der Alkohol und der Abend an sich haben mich dumpf und benommen gemacht, ich kann mich nur noch schwerfällig bewegen.

Ich bringe Sam zu seinem Zimmer. Er ist schweigsam, der eigenartige Ernst vom Nachmittag ist zurückgekehrt. Sam zieht das eine Bein nach und läßt sich, als wir seine Zimmertür erreichen, in dem Sessel nieder, der dort auf dem Flur steht.

»Max«, sagt er. »Ich muß dir etwas sagen.«

»Sam«, artikuliere ich mit Mühe. Meine Trunkenheit kommt und geht, ich muß mich konzentrieren. »Ich möchte dir auch etwas sagen.«

Er sucht etwas in seinem Jackett, ist irritiert, als er es nicht gleich findet. Ich rede weiter, gehetzt, weil ich fürchte, ich könnte es mir sonst womöglich wieder anders überlegen und damit Zeit verschwenden. Ich kann es nicht länger verschweigen.

»Wußtest du, daß ich früher auch immer schreiben wollte, Sam? Daß Sabine versucht hat, mich wieder zum Schreiben zu bringen? Um es kurz zu machen, ich bin beinahe fertig mit...«

»Sabine hat angerufen«, unterbricht mich Sam.

Ich stehe vor seinem Sessel, überrage ihn, meinen alten Rivalen. Mein Kopf ist plötzlich leer. Ich gehe in die Hocke.

»Wo – wo ist sie?«

»Sie ist hier, Max, sie ist in Frankfurt. Ich wollte es dir heute nachmittag schon sagen. Ich hörte ihre Nachricht auf dem Anrufbeantworter, als ich mich umzog. Sie ist hier, sie hat ihre Telefonnummer hinterlassen. Ich habe sie noch nicht zurückgerufen.«

Ich schweige, mir ist kalt. »Oh«, sage ich dann kühl. »Und, rufst du sie an?«

»Nein. Hör zu, Max. Sie möchte, daß du sie anrufst. Sie fragte nach deiner Nummer. Sie weinte. Es war eine eigenartige Nachricht, Max. Ihr Vater sei gestorben, sagte sie, und sie bat um Vergebung. Letzteres hab ich schon nicht verstanden. Vielleicht dafür, daß sie so lange weggeblieben ist, ohne etwas von sich hören zu lassen? Darüber waren wir ja auch böse, wütend, beunruhigt... Das hat uns verrückt gemacht, stimmt's? Unbegreiflich, ja... aber doch nichts, wofür man um Vergebung bitten müßte, oder? Aber sie hat das noch einmal wiederholt: Ob wir ihr vergeben könnten. Sie klang so verängstigt, so aufgelöst. Ich war zu Tode erschrocken, ich hab den ganzen Nachmittag daran denken müssen, aber ich bin einfach nicht dazu gekommen, es dir zu sagen.« Er starrt einen Moment vor sich hin. Dann fährt er fort: »Aber am allerseltsamsten war natürlich diese Mitteilung über ihren Vater. Ich hatte es immer so verstanden, daß er längst tot sei.«

Ich kneife mir durch die Hosentasche ins Bein. Sage nichts. Meine Hände baumeln plötzlich nutzlos herab. Ich schlucke Worte hinunter.

Sam reicht mir langsam den Zettel mit ihrer Telefonnummer, als falle es ihm schwer. Ich nehme ihn entgegen. Er ist säuberlich zu einem kleinen Päckchen zusammengefaltet. Eine Schatzkarte, ich muß unwillkürlich an eine Schatzkarte denken. Ich falte den Zettel auseinander, viermal. Die Telefonnummer steht mitten auf dem weißen Blatt Briefpapier. Es ist noch warm von Sams Tasche.

Sam sieht mich kaum an, sein Gesicht ist verschlossen, aber das kann auch die Müdigkeit sein. »Ich glaube, du solltest sie zurückrufen«, sagt er. »Im Namen von uns beiden.«

Er nickt mir zu.

Ich erhebe mich und umarme ihn. Wir haben beide Tränen in den Augen. Mühsam richtet er sich auf, öffnet seine Zimmertür und tapert hinein. Ohne sich von mir zu verabschieden.

131

Langsam laufe ich durch die langen Hotelflure nach draußen zu meinem Auto. Meine Beine haben kein Gewicht mehr. Ich bin nur noch Rumpf, ich schwebe. Im Schritttempo fahre ich durch das nächtliche Frankfurt zu meinem Hotel. Es ist wenig Verkehr, die Stadt wartet noch auf den Morgen. Raum im Übergang, still und unbestimmt.

An einer Ampel, vor der ich unnützerweise auf Grün warte, greife ich zu meinem Mobiltelefon. Meine zitternden großen Finger geben die Nummer ein, die ich bereits auswendig weiß.

Neben mir auf dem Beifahrersitz liegt Sams Buch.

Mir geht auf, was ich bisher zu begreifen versäumt habe. Daß es *ihr* Buch ist, ihr Werk. Daß dies das Opfer ist.

Ich habe Angst. Ich kann nicht mehr vorausdenken, aber auch die hinter mir liegende Welt wirkt mit einem Mal leer. Schon seit Wochen hämmerte die Frage in meinem Kopf. Jetzt wird sie so laut, daß sie nicht mehr zu unterdrücken ist: Wie kann ich derjenige sein, der ihr vergeben darf?

Am anderen Ende läutet es zweimal. Ich fahre an.

»Ja?«

Vor Schreck mache ich einen Schlenker über den Asphalt. Ein entgegenkommendes Auto hupt. Ich halte am Straßenrand an.

Dann höre ich meine eigene Stimme, rauh von Rauch und Alkohol.

»Sabine? Bist du das...«

Ich höre einen unterdrückten Laut: »Oh...«

Danach ist es still. Ich fürchte, sie könnte aufgelegt haben.

Sekunden später enthüllt sich die Stille am anderen Ende als der atemlose Ansatz zu einem Schluchzen, einem Tränenausbruch.

Jetzt bin ich mir sicher, daß sie es ist.

Blitzschnell waschen mich diese Tränen rein, alles waschen sie rein. Ich weine nicht: Ich warte, seltsam glücklich. Und geduldig, bis sie wieder zu Atem kommt.

Sie ist es. Das ist ihr Schluchzen.

»Wo bist du?« fragt sie. »Max? Wo bist du?«

»Sabine?« frage ich und hole tief Luft: »Vergibst du mir bitte?«

Jessica Durlacher
Das Gewissen

Roman. Aus dem Niederländischen
von Hanni Ehlers

Sie sieht ihn zum ersten Mal an der Universität: Er ist wie sie jüdischer Abstammung, beide Familien haben traumatische Kriegserinnerungen, sie erkennt in ihm ihren Seelenverwandten. Mit aller Wucht wirft sich die junge Edna in die Katastrophe einer Liebe, die sie für die ihres Lebens hält. Ein bewegendes Buch über eine Frau, die erst lernen muß, ihr Leben und Lieben in die richtige Bahn zu lenken.
Jessica Durlachers Romanerstling stand wochenlang auf den niederländischen Bestsellerlisten und wurde mit mehreren Nachwuchspreisen ausgezeichnet.

»Ich wollte zeigen, wie es kommt, daß man eine ganz große Liebe doch verlassen muß.« *Jessica Durlacher*

»Jessica Durlacher schreibt mit Gespür für Situationskomik und Selbstironie. Wer sich darauf einläßt, kann verstehen, mitfühlen und mitlachen.«
Ellen Presser / Emma, Köln

»Die klug gebaute Geschichte von Ednas Erwachsenwerden zwischen Männern, Vätern und jüdischer Vergangenheit liest sich sommerlich leicht, die Einblicke in die weibliche Psyche sind tief.«
Anne Goebel / Süddeutsche Zeitung, München

»Ein Roman über Liebe und Erinnerung, herzzerreißend und todkomisch zugleich.«
Westdeutscher Rundfunk, Köln

Connie Palmen
im Diogenes Verlag

Die Gesetze
Roman. Aus dem Niederländischen von
Barbara Heller

Die Gesetze ist eine Sammlung unkonventioneller Liebesgeschichten, ein moderner Bildungsroman, eine brillant ausgedachte Geschichte von der Suche nach Selbstfindung und Glück.

»Das Wunder eines gelungenen modernen Entwicklungsromans. Tiefsinn und Selbstironie, Gedanke und Einfachheit, distanzierte Subjektivität und lakonische Feinheit der szenischen Beschreibung können miteinander bestehen. Und nicht zuletzt: Das Buch ist ein Findebuch, temporeich, lakonisch, voll Überraschungen.« *Dorothea Dieckmann / Die Zeit, Hamburg*

Die Freundschaft
Roman. Deutsch von Hanni Ehlers

Die Freundschaft ist ein Roman über Gegensätze und deren Anziehungskraft: Über die uralte und rätselhafte Verbindung von Körper und Geist; über die Angst vor Bindungen und die Sehnsucht nach Zugehörigkeit; über Süchte und Obsessionen und die freie Verfügung über sich selbst.

Ein Buch über eine ungewöhnliche Beziehung und über die Selbsterforschung einer jungen Frau, die lernt, ihrem eigenen Kopf zu folgen und sich von falschen Vorstellungen zu befreien. Es erklärt, warum Schuldgefühle dick machen und warum einen die Liebe in den Alkohol treiben kann. Warum man sich vor allem von der Liebe nicht zuviel versprechen darf. Und daß die Erregung im Kopf – das Denken – nicht weniger spannend ist als die im Körper. Ein aufregend wildes und zugleich zartes Buch voller Selbstironie, das Erkenntnis schenkt und einfach jeden angeht.

»Die selten gelingende Verbindung erzählerischer Lebendigkeit und philosophischer Nachdenklichkeit wird gerühmt. Sie gehört auch zum Roman *Die Freundschaft*. Wer sich Lesen als Animation der Sinne und des Geistes wünscht, dem sei dieses Buch empfohlen.«
Walter Hinck / Frankfurter Allgemeine Zeitung

I. M.
Ischa Meijer – In Margine, In Memoriam
Deutsch von Hanni Ehlers

Im Februar 1991 lernen sie sich kennen: Ischa Meijer, in den Niederlanden als Talkmaster, Entertainer und Journalist berühmt-berüchtigt, macht mit dem neuen Shooting-Star der Literaturszene, Connie Palmen, anläßlich ihres Debüts *Die Gesetze* ein Interview. Es ist zugleich der Beginn einer *amour fou*, die ein Leben lang andauern würde, wenn sie die Zeit dafür bekäme: Im Februar 1995 stirbt Meijer überraschend an einem Herzinfarkt. *I. M.* ist Connie Palmens bewegende Auseinandersetzung mit einer großen Liebe und einem Tod, der sie selbst fast vernichtet hat.

»Der ungeheuer intime Bericht einer glühenden *amour fou* gehört zum Schönsten und Ergreifendsten, was je im Namen der Liebe zu Papier gebracht wurde.«
Beate Berger / Marie Claire, München

»Connie Palmen versucht, den Schmerz mit Worten zu erfassen, das Gefühl, allein nicht mehr leben zu können, die Sehnsucht nach dem Geruch des Partners, die Abneigung dagegen, umarmt zu werden – auch in Zeiten der Trauer und des Trost-Brauchens. Der Tod ist eine schriftstellerische Herausforderung für Connie Palmen, die sie mit einer stupenden Meisterschaft besteht.« *Alexander Kudascheff / Deutsche Welle, Köln*

Die Erbschaft
Roman. Deutsch von Hanni Ehlers

Als die Schriftstellerin Lotte Inden erfährt, daß sie unheilbar krank ist, stellt sie einen jungen Mann ein, der sich nicht nur um ihren zunehmend geschwächten Körper, sondern auch um ihre geistige Hinterlassenschaft kümmern soll. Max Petzler wird zum ersten Leser und Archivar ihrer lebenslangen Aufzeichnungen und Gedanken, die Bausteine für ihren letzten großen Roman. Da Lotte weiß, daß sie dieses Werk nicht mehr vollenden wird, bereitet sie Max darauf vor, daß seine Hände die ihren ersetzen können, ja, daß er ihren Roman zu Ende führen kann.
Je mehr sich Max auf diese ›Erbschaft‹ einläßt, desto mehr beginnt ihn die ungewöhnliche Frau zu faszinieren.

»Connie Palmen schreibt so leichtfüßig, so lakonisch und ironisch über Leben, Liebe und Tod – die großen Menschheitsthemen –, daß ihre Bücher zu Bestsellern wurden und sie selbst zur meistgelesenen niederländischen Autorin.«
Karin Weber-Duve / Brigitte, Hamburg

*Leon de Winter
im Diogenes Verlag*

Hoffmans Hunger
Roman. Aus dem Niederländischen von
Sibylle Mulot

Durch eine spannende Spionage-Geschichte werden die Schicksale dreier Männer miteinander verwoben: Felix Hoffman, niederländischer Botschafter in Prag, der seinen leiblichen und metaphysischen Hunger mit Essen und Spinoza stillt, Freddy Mancini, Zeuge einer Entführung in Prag, John Marks, amerikanischer Ostblockspezialist. Zugleich die Geschichte von Europa 1989, das sich eint und berauscht im Konsum. Ein Rausch, der nur in einem Kater enden kann.

»Ein brillanter Roman in einer fabelhaften deutschen Übersetzung. Leon de Winter bringt etwas zustande, was die deutschsprachige Literatur seit Jahrzehnten verlernt zu haben scheint: eine helle, klare, sarkastische Erzählung von aktueller Welthaftigkeit zu schreiben.«
Wolfram Knorr/Die Weltwoche, Zürich

»*Hoffmans Hunger* ist unvergeßlich.«
Süddeutsche Zeitung, München

1993 mit Elliott Gould und Jacqueline Bisset verfilmt.

SuperTex
Roman. Deutsch von Sibylle Mulot

»Was macht ein Jude am Schabbesmorgen in einem Porsche!« – bekommt Max Breslauer zu hören, als er mit knapp hundert Sachen durch die Amsterdamer Innenstadt gerast ist und einen chassidischen Jungen auf dem Weg zur Synagoge angefahren hat. Eine Frage, die andere Fragen auslöst: »Was bin ich eigentlich? Ein Jude? Ein Goj? Worum dreht sich mein Leben?« Max, 36 Jahre alt und 90 Kilo schwer, Erbe eines Textilimperiums namens SuperTex, landet auf der Couch einer Analytikerin, der er sein Leben erzählt.

»In direkter Nachbarschaft von Italo Svevos *Zeno Cosini*, erzählt mit großem dramaturgischem Geschick, raffiniert eingesetzten Blenden und effektvoll inszenierten Episoden. Das ist große europäische Literatur.« *Martin Lüdke / Die Zeit, Hamburg*

Serenade
Roman. Deutsch von Hanni Ehlers

Anneke Weiss, Mitte Siebzig, seit langem Witwe, hat ihre Lebenslust und ihren Elan, sich munter in das Leben ihres Sohnes Bennie, eines verhinderten Komponisten, einzumischen, gerade erst richtig wiederentdeckt. Da diagnostizieren die Ärzte bei ihr ein Karzinom. Bennie drängt darauf, daß man seiner Mutter ihre tödliche Krankheit verschweigt. Das Leben scheint ganz normal weiterzugehen – Anneke verliebt sich sogar in den 77jährigen Fred Bachmann –, doch alles gerät aus den Fugen: Die alte Dame ist spurlos verschwunden, und Bennie und Fred machen sich auf die Suche. Nur vordergründig witzig und leichtfüßig erzählt dieser Roman von einem Trauma, das jeden Tag neu aufzubrechen vermag.

»*Serenade* ist ein Abschiedsgesang, die Liebeserklärung eines Sohnes an die Mutter und ein Buch über unser finsteres Jahrhundert. Leon de Winter nimmt den weiten Bogen mit großer erzählerischer Leichtigkeit. Als handelte der Roman nicht von der kompliziertesten aller Beziehungen.«
Nina Toepfer / Die Weltwoche, Zürich

Zionoco
Roman. Deutsch von Hanni Ehlers

Als Sol Mayer in Boston in der Boeing 737 auf die Starterlaubnis nach New York wartet, weiß er noch nicht, daß dieser Flug sein Leben verändern wird: Der Starprediger von Temple Yaakov, der großen Synagoge an der Fifth Avenue, verliebt sich verzweifelt in seine Sitznachbarin, Sängerin einer kleinen Band. Damit bekommt seine ohnehin nicht ganz intakte Gegenwart noch mehr Risse. Die Ehekrise mit Naomi, Erbin eines Millionenvermögens, läßt sich nicht länger verdrängen. Und beruflich hat sich der liberale Rabbiner mit öffentlichen Angriffen gegen orthodoxe Chassiden gerade mächtige Feinde geschaffen. Vor allem aber wird seine Vergangenheit wieder virulent, die Zeit, in der Sol als Lebemann und Taugenichts gegen den übermächtigen Vater rebellierte. Eine Reihe aufwühlender Ereignisse zwingt ihn schließlich zu einer halluzinatorischen Reise, wunderlicher, als er sich je hätte träumen lassen.

»Leon de Winter katapultiert seine Leser furios in die New Yorker Schickeria, in der Sol Mayer zwischen den Regeln des Talmud und seinen sexuellen Obsessionen hin und her schwankt. Ein hinreißend komisches und zugleich anrührendes Buch.«
Martina Gollhardt/Welt am Sonntag, Hamburg

Der Himmel von Hollywood
Roman. Deutsch von Hanni Ehlers

Als der einst vielversprechende Schauspieler Tom Green nach Verbüßen einer Haftstrafe nach Hollywood zurückkehrt, hat er noch knapp zweihundert Dollar in der Tasche und kaum eine Perspektive. Zufällig trifft er auf zwei Schauspielerkollegen, die wie er schon bessere Tage gesehen haben: den sechzigjährigen Jimmy Kage und den siebzigjährigen Oscar-Preisträger Floyd Benson, der sein Brot jetzt als Installateur von Alarmanlagen verdient. Bei einer nächtlichen Sauftour stoßen die drei am Hollywood Sign auf einen übel zugerichteten Toten, der einem von ihnen kein Unbekannter ist: Floyd Benson vermutet, daß der Tod des kleinen Gangsters Tino mit einer Riesensumme Geld und mafiosen Machenschaften in Zusammenhang steht. Die drei sympathischen Loser planen den Coup ihres Lebens...

»Raffiniert, unterhaltsam, komödiantisch – immer wieder zum Erstaunen und zur Verzückung des Lesers.« *Volker Hage/Der Spiegel, Hamburg*

Sokolows Universum
Roman. Deutsch von Sibylle Mulot

Ein Straßenkehrer in Tel Aviv wird Zeuge eines Mordes. Der Mann zweifelt an seinem Verstand, denn er glaubt, in dem Mörder einen alten Freund erkannt zu haben. Und dies würde in der Tat alle Regeln der Wahrscheinlichkeit außer Kraft setzen. Denn Sascha Sokolow ist kein gewöhnlicher Straßenkehrer. Noch vor kurzem war der emigrierte Russe einer der angesehensten Raumfahrtforscher seines Landes.

»In wunderbaren Rückblenden und intelligent-witzigen Dialogen gelingt De Winter nicht nur ein spannender Krimi, sondern ein Kaleidoskop der Welt, das von Liebe und Angst, Enttäuschungen und Leidenschaft, von Verrat und Hoffnung geprägt ist, ein Roman voller Überraschungen und phantastischer Wendungen.«
Joachim Knuth/Norddeutscher Rundfunk, Hamburg

Leo Kaplan
Roman. Deutsch von Hanni Ehlers

Der Schriftsteller Leo Kaplan, fast vierzig, fast Millionär, ist ein Virtuose des Ehebruchs. Bis es seiner Ehefrau Hannah zu bunt wird. Kaplan muß erkennen, daß er durch seine Liebeseskapaden nicht nur seine Ehe, sondern auch seine Kreativität verspielt hat. Erst als er überraschend seine große Jugendliebe wiedertrifft, beginnt er zu verstehen, wie er zu dem wurde, der er heute ist. Ein bewegender Roman über die Sehnsucht und die Suche nach den eigenen Wurzeln.

»Dem Leser schlägt in *Leo Kaplan* eine ungezügelte Phantasie und erzählerische Vitalität entgegen, die so unterhaltsam wie verblüffend ist.«
Volker Isfort / Abendzeitung, München

Malibu
Roman. Deutsch von Hanni Ehlers

Kurz bevor sie ihren 17. Geburtstag feiern kann, kommt Mirjam bei einem Verkehrsunfall ums Leben. Ihrem Vater, Joop Koopman, ist es nicht vergönnt, sich seiner Trauer hinzugeben. Sein Freund Philip verwickelt ihn in einen Spionagefall für den israelischen Geheimdienst, seine Cousine Linda in ihre buddhistische Wiedergeburtstheorie. Tragödie, Politspionage und metaphysischer Thriller in einem – Leon de Winters kühnster Roman.

»Nach diesem Roman steht fest, daß Leon de Winter auf einem außerordentlich hohen Niveau schreiben kann. *Malibu* hat mich von A bis Z gebannt – ein hervorragendes Buch, das man in einem Rutsch durchliest und bei dem man sich auf der letzten Seite wünscht: Mehr!«
Max Pam / HP/DE TIJD, Amsterdam